Tulpenblut

Island-Krimi

Von

LIVA DALIN

Anmerkung zum Text: Skandinavier duzen sich im Allgemeinen – das dürfte bekannt sein. In Island geht das noch deutlich weiter – hier ist der Nachname praktisch gesellschaftlich irrelevant. Wer bislang glaubte, die ehemalige Sängerin der Sugarcubes, BJÖRK, die auch weit über die Grenzen Islands hinaus bekannt ist, habe einen schlichten Künstlernamen gewählt, liegt falsch. Das ist einfach der Name, mit dem man „Frau Guðmundsdóttir" in Island anspricht. Wenn also einige Figuren in diesem Buch ohne Nachnamen auskommen müssen, so spiegelt das eine Realität wider, die für Deutsche oft nur schwer nachvollziehbar ist. Aber eben Realität.

Anregungen und Fragen:

www.liva-dalin.me oder author@liva-dalin.me

Inhalt

#003

#004

#005

#006

#007

#008

#009

#010

#011

#012

#013

#014

#015

#016

#017

#018

#019

#020

#021

#022

#023

#024

#025

#026

#027

#028

#029

#030

TULPENBLUT

„Man muss doch auch in unserem Job mal vögeln dürfen - sonst wird man weich in der Birne!“ erklärt die Ermittlerin Stella Nykvist ihrem Kollegen Bjarne mitten im Fall. Damit bringt sie Steine ins Rollen, von denen sie nichts ahnen.

Wer würde einer Schwangeren den kompletten Bauch entfernen und sie in einem Müllcontainer ablegen? Dieser Frage müssen sich die Ermittler im kargen düsteren Island stellen – aber wer die Katastrophe von Utøya überstanden hat, ist dafür gut gerüstet, oder?

Aufbrausend, sexy, impulsiv, launisch – so ist Stella Nykvist. Schnell, spannend – und gesäumt von einer Menge Leichen, die grausam zugerichtet wurden ist dieser Fall. Dass sie mit Verdächtigen schläft und bei Zeugen einbricht, ist nicht böse gemeint...

Über Liva Dalin

Gut möglich, dass du schon was von Liva Dalin gelesen hast. Aber Du weisst es nicht.

Jahrgang 1989, ist Liva Dalin stolz darauf, bereits in jedem Land Skandinaviens ein Buch oder ein Drehbuch verfasst zu haben – mit Ausnahme der Färöer-Inseln. Nach erfolgreichen Auftragsarbeiten und 5 Romanen unter diversen Pseudonymen folgt Tulpenblut unter ihrem echten Namen.

Liva arbeitete in einer Werbeagentur, gründete ein erfolgreiches Insurtech in Norwegen und entwickelte als Unternehmensberaterin Nachhaltigkeitskonzepte für die dänische Regierung und einen großen skandinavischen Energie-Provider. Neben allen relevanten Skandinavischen Sprachen spricht sie fließend Englisch und Deutsch sowie Niederländisch in engen Grenzen.

#001

„Eine *tote Leiche*? Ist das schlimmer als eine normale Leiche?" grinste Stella durch den Hörer hindurch und wusste, wie unpassend dieser Spruch jetzt war – aber sie konnte ihn sich einfach nicht verkneifen. Ihr Gegenüber war nervös, aufgebracht, angespannt. Und sie witzelte herum. Sie wusste, warum sie bei manchen Kollegen einen schlechten Ruf hatte.

Dann schob sie nach „Na gut... Schick ihn rauf zu mir. Ich hole ihn an der Zwischentür ab – oder nein, noch besser: Bring ihn in diesen kleinen Besprechungsraum an der Kantine – da gibt es Platz und ich denke, da gibt es auch noch Kaffee."

Der Kaffee war ihr im Moment wichtiger. Ihre Nächte waren kurz im Moment, was im Wesentlichen mit ihrem Nachbarn Kjell zusammenhing, an dem sie sich die letzten Nächte abgearbeitet hatte, bis ihre Körper Grenzen aufgezeigt hatten. Großartig. Aber eben nicht förderlich für den Schlaf. Außerdem war er mitten in der Nacht einfach abgehauen und sie hatte morgens eine halbe Stunde wachgelegen, um sich zu fragen, warum er das getan hatte, obwohl er nur drei Häuser weiter wohnte.

Stella blickte sich kurz im Spiegel an. Sie sah gelangweilt aus und fühlte sich farblos. Ihre rotblonden Haare schienen ihr heute der einzige Farbklecks in diesem grauen Land zu sein. Es war ein langweiliger dunkler Morgen gewesen, wie dieses ganze unselige Island ihr langweilig, müde und grau erschien. Sie wurde nicht warm mit diesem Land – aber sie musste es auch nur noch drei Wochen lang ertragen, wenn alles glatt ging.

Sie wuschelte ihre Haare zurecht, raffte ihre Jeans am Hintern und verbog sich, um zu sehen, wie ihr Po in dieser Hose wirkte. Sie nickte und grinste. Super sah ihr Hintern aus. Mit diesem Wissen schnappte sie sich ihren blauen A4 Block, riss die Tür schwungvoll auf und rauschte die kleine Treppe in die untere Etage herunter, um zu sehen, was es mit der *toten Leiche* auf sich hatte.

Rayk, der sich hier um alles zu kümmern schien, signalisierte ihr mit dem erhobenen Daumen der einen Hand und dem Daumen der Anderen in Richtung Kantine, dass der Finder der Leiche sich in dem kleinen Raum befand, den sie verabredet hatten. Stella Nykvist reckte ihren Daumen ebenso herauf und bedachte den Mann mit einem Lächeln, das in diesem grauen Bunker das Beste war, was er an diesem Tag zu sehen kriegen würde. Tatsächlich war das Polizei-Revier von Kirkvogur in einem vorgelagerten Industriegebiet untergebracht und konkurrierte dort architektonisch mit den kleinen Fabriken, die alle aussahen wie sehr sehr große Garagen oder zusammengeschweißte Schiffscontainer.

Architektur war anders.

Die geöffnete Tür in der Linken bot sie ihrem Gegenüber - ein dickbäuchiger Mittvierziger mit fettig zurückgekämmten Haaren – die Rechte an und begrüßet ihn abschätzend. Seine Hand kam Stella Nykvist schwitzig vor und sie musste dem Drang widerstehen, ihre Hand in dem kleinen schmucklosen Waschbecken am rechten Rand des Raumes zu reinigen.

„Du bist nicht von hier?“ fragte der Mann, bevor er auch nur seinen Namen nannte. Stella kannte diese Reaktion schon und war sie erstaunlich leid. Beinahe glaubte sie, dass in einem Land mit weniger als 400.000 Einwohnern vielleicht jeder jeden kannte. Wenn nicht das, so nahm sie an, dass hier vielleicht 800.000 Leute leben könnten, wenn Isländer nicht alle Nicht-Isländer stets auf diese Art begrüßen würden.

„Ich bin eine Vertretung. Mich stellt die SkanForce.“

Das Misstrauen des dicken Mannes verstärkte sich und wurde nun in vier großen Falten auf seiner Stirn auch offiziell sichtbar. „Was Privatisiertes?“ In dem Land, das die Finanzkrise des letzten Jahrzehntes ausgeblutet hatte, standen privatisierte Organisationen nicht eben hoch im Kurs.

„Nein - nicht im Geringsten. Wir von der SkanForce gehören zur Polizei. Wir unterstützen die Kriminalpolizei in allen Ländern Skandinaviens, wo Ermittler länger abwesend sind und nicht einfach ersetzt werden könne. Das können Urlaubsvertretungen sein, das kann auch eine Verstärkung bei komplizierten Ermittlungen oder Gerichtsverfahren sein. Eigentlich alles, wo nicht ausreichend Kräfte vorhanden sind. Wir leben in Ländern mit wenigen Menschen und großen Entfernungen, weisst Du?" Skandinavien litt an dünner Besiedlung und Stella träumte von dem Tag, an dem sie die SkanForce nicht immer erläutern müsste, weil die Menschen in Skandinavien sie kannten.

„Und in dem Falle ist es Krebs."

Stella warf dem Mann einen langen konzentrierten Blick zu. „Ja – in dem Falle ist es Krebs, wegen dem ich hier bin..."

„Wird Ilva wiederkommen?" fragte er in einem Akzent, der für die Nicht-Isländerin an der Grenze von verständlich war.

„Ich bin kein Arzt," schnitt sie dieses Gespräch so rasch ab, wie eben möglich, bat den Mann mit einer klaren Geste, wieder Platz zu nehmen und erklärte „Ich bin so lange für dich da. Stella Nykvist, wie gesagt – und Du bist...?" Sie hatte den blauen Block geöffnet, der von unlesbaren Bleistift-Notizen strotzte und klickte zweimal auf ihren Druckbleistift, ohne den sie nicht ermitteln konnte.

„Vilfrid."

„Vilfrid ...?" bedeutet sie, weiterzusprechen.

„Ah – Fürs Protokoll?"

„Genau."

„Ilva kennt mich. Wir waren auf der Schule."

Sie nickte, sah Vilfrid einen Moment an, der ihrer Erfahrung nach bei Isländern unendlich lange dauern konnte. Dann schob er nach „Hakonsson, Vilfrid, wie gesagt."

„Okay..." Sie notierte den Namen gewissenhaft, sah ihn dann über den tristgrauen Tisch hinweg an und stellte fest, dass sie den Kaffee vergessen hatte. Andererseits spürte sie keine Lust, mit diesem Mann Kaffee zu trinken und bat ihn, zu erzählen, was er Rayk am Eingang erzählt hatte.

„Also." Er raffte sich etwas schwerfällig in die Höhe, stützte seine Arme auf und faltete die Hände. Einen Moment hatte Stella den Verdacht, der Mann würde beten wollen, dann jedoch stützte er seinen Kopf einfach nur einen Moment ab und begann, dadurch noch undeutlicher zu sprechen. Stella musste sich konzentrieren. „Ich habe eine Leiche gefunden. Hier drüben," Er zeigte in Richtung des großen Berges, der das Industriegebiet begrenzte und der Polizeistation die Reste des wenigen Lichtes nahm, „in der Siedlung. In der langen Siedlung."

„Ah... Okay... Wo hast Du diese Leiche gefunden?"

„Im Container."

„In was für einem Container? Im Müllcontainer?"

Vilfrid nickte, Stella notierte in ihrer Druckschrift, die sie mit dem 0,7er Bleistift so schnell ins Papier meißelte wie andere Leute die Schrift, die man in der Grundschule lernte.

„Und..." murmelte er. „Sie hatte keinen Bauch."

„Wie meinst Du das? Keinen Bauch?"

„Weggeschnitten."

„Den Bauch?"

„Ja – der war weg, komplett."

„Äh... okay. Vilfrid – wann war das? Wann hast Du eine Frau ohne Bauch gefunden?"

„Grad eben. Bin gleich rübergekommen."

„Du bist...--- What?"

Ihr Blick blieb an seinem fleischigen Wangen hängen. „Willst Du mir sagen, dass die Leiche da jetzt noch liegt und du hier rübergekommen bist?"

„Ich fass so eine Tote doch nicht an," gab er ruhig zu bedenken und schüttelte zur Bestätigung nachdrücklich den Kopf.

„Wer ist jetzt bei der Leiche?"

„Keiner. Also – niemand."

„Aber..." Stella war immer noch entsetzt und spürte die Hitze ihrer roten Wangen. „Vilfrid – Du hast doch ein Telefon, oder? Da hättest Du doch hier anrufen können, oder?"

„Ich... Also... Es ist ja nicht weit. Und ich meine... So eine Leiche rennt ja auch nicht mehr weg. Die ist ja tot."

Stella Nykvist schloss die Augen für ein oder zwei Sekunden, klappte ihr Buch blind zu und öffnete die Augen erst dann wieder, um zu verkünden „Wir nehmen meinen Wagen."

#002

Er wusste, was getan werden musste. Es gab keine andere Möglichkeit mehr.

Und doch folgte ihm die Idee und das ganze Blut in den Schlaf. Das Messer, das er aus dem Haushalt seiner Tante entwendet hatte, war alles andere als ein Präzisionswerkzeug – aber es würde seinen Zweck erfüllen, es war groß und fest und stammte nicht aus seinem Haus oder von seinem Arbeitsplatz. Man würde es im Zweifel nicht zu ihm zurückverfolgen können.

Und das war ihm wichtig gewesen.

Als er begriffen hatte, dass er handeln musste, hatte er sich als erstes um die Waffe gekümmert, obwohl sein Plan damals noch anders ausgesehen hatte. Mittlerweile hatte ihn bereits mehrfach der Zweifel gepackt, aber letztendlich waren seine Möglichkeiten einfach beschränkt und er musste handeln.

Das Messer würde den Job erledigen – und mit so einem Messer konnte er umgehen – das erforderte keine komplizierte Planung, keine Ausbildung, keine Illegale Beschaffung. Und es war geeignet, den Verdacht gezielt abzulenken. Er würde sie überfallen, er würde ihr auflauern. Das hatte er genau geplant. Es würde der Donnerstag oder der Freitag sein. Da war sie nachts allein im Dunkeln unterwegs. Und da wurden Frauen nun mal überfallen. Das war auf der ganzen Welt so, oder?

Anders ließen sich die Spuren nicht mehr beseitigen, anders würde er dieser Situation nicht mehr Herr werden können. Es war ein verdammtes Dorf und er wunderte sich, dass nicht schon viel früher jemand auf diese Sache gestoßen war.

Und er würde sie beenden. Das Messer würde das Problem lösen. Und er würde sich aus dem Staub machen, ungesehen. Worte des Beileids, des Entsetzens würde er sprechen. Am Arbeitsplatz würden die Leute über den schrecklichen Überfall sprechen und sich fragen, wie so etwas nur hier passieren konnte.

So würde es kommen.

Es war alles geplant.

#003

„Das glaube ich jetzt nicht..." Rayk legte die Hand vor die Augen und versuchte gleichzeitig den Kopf zu schütteln. Ein hoffnungsloses Unterfangen. Ein Blick zu Vilfrid, ein Blick in Stellas Gesicht, das ihm viel zu wenig entsetzt schien.

Als könnte er es nicht begreifen, blickte er noch einmal in den großen Container herunter. Am Rand waren Blutspuren zu erkennen. Verschmiertes, dunkles Blut, das frisch wirkte. Drei der Müllbeutel, die das diffuse Licht zum Vorschein brachte, waren in Blut getränkt.

Blut einer Leiche, die nirgends zu sehen war.

Es gab keine Leiche in diesem Container.

Stella Nykvist wollte einfach nur zurückspulen und sich nicht mehr an diesem Ort befinden. Schließlich schüttelte sie den Kopf und schüttelte damit auch den Moment der Lähmung ab, der sie erfasst hatte. Dann wollte sie einfach nur schreien. Laut schreien. Vilfrid hatte auf der Fahrt hierher, die vielleicht sechs oder sieben Minuten gedauert hatte, berichtet, wie gruselig die Leiche ausgesehen hatte und dass ihr scheinbar jemand Teile des Bauchs großflächig aufgeschnitten hatte und viel Blut zu sehen gewesen war. Rippen, Organe... da war in seiner Schilderung alles dabei gewesen. Unappetitlich, grausam, brutal.

Und nun hatten sie das Blut, starrten sie in den Container, hatten sie den Zeugen neben sich stehen – einzig die Leiche war nicht mehr am vorgesehenen Platz. Also hatten sie eigentlich nur das Blut.

„Verdammter Dreck!" schnauzte Stella in ihrem heimischen Dialekt und besann sich dann wieder des Isländischen, obwohl sie sich sicher war, dass jeder sie verstanden hatte. „Wir müssen das hier alles absperren – den ganzen verdammten Block. Rayk! - Wir brauchen Kollegen, die hier Befragungen machen können. Wo bekommen wir die her? Hier in dem Block wohnen doch sicher... Wie viele Leute wohnen da? 70, 80? Da wird doch einer was gesehen haben?"

Sie war laut geworden und spürte das Adrenalin durch ihre Venen preschen, das sie voran peitschte. Welcher verdammte Idiot verließ einen Tatort und fuhr zur Polizei, anstatt diese anzurufen? Stella Nykvist tippelte auf den Füßen, bewegte sich und murmelte einen kurzen Moment vor sich hin. „Rayk – bitte erst einmal absperren." Dann wandte sie sich an den Finder der Leiche. „Wie lange hast Du gebraucht, um zu uns rüber zu kommen?"

Der zuckte die Schultern. „Weiß nicht. 15 Minuten vielleicht." Der Mann schwitzte jetzt und seine Gesichtshaut hatte sich stark verfärbt. Am liebsten hätte Stella Nykvist ausgeholt und ihm mit der Faust fest ins Gesicht geschlagen. Niemand wusste, was jetzt hier passiert war. Sie ballte ihre Fäuste. Auch, wenn die Tage hier grau waren, war jetzt wohl das, was man in dieser Region als *helllichten Tag* beschreiben würde. Es war knapp nach 9 Uhr morgens. Und da wurde eine Leiche gefunden und 10 Minuten später kam jemand vorbei und schaffte die weg? Wie ging das denn? Stella trat drei rasche Schritte nach hinten auf dem Hof, der hinter den Häusern lag, die man hier *Den Langen Block* nannte. Eine Aneinanderreihung mehrerer dreistöckiger langweiliger grauer Bauten zu einem langen grauen Riegel, der die graue Hauptstraße in Höhe der Tankstelle von Kirkvogur säumte und der kleinen Ansiedlung von gut 600 Menschen jegliche potentielle Romantik nahm.

Hinter dem grauen Riegel befand sich ein langes Band von Parkplätzen, jetzt zu großen Teilen leer, weil die Menschen bei der Arbeit waren oder keine Autos hatten. Zwischen Parkplätzen und der Hauswand auf Höhe des mittleren Treppenhauses hatte jemand lieblos drei Container gepresst, von denen einer nun blutgetränkt und doch ohne Leiche dastand.

Wenn Stella zurückging und hinaufblickte, konnte sie feststellen, dass diverse Fenster mit Neugierigen belebt waren, die die Polizei scheinbar gesehen hatten. Sobald sie Stellas Blick sahen, zogen sie sich zurück, Vorhänge schlugen vor Fenstern zu. Hier und da konnte man Menschen sehen, die sich hinter den Gardinen ausreichend getarnt fühlten. Einen rauchenden älteren Mann im oberen Stockwerk links.

„Da oben sind jede Menge Leute!“ rief sie zu Rayk herüber, der ihrer Meinung nach immer noch auf demselben Fleck stand wie vor zwei Minuten und sich nicht regte. „Rayk! Hallo – wir müssen dafür sorgen, dass hier hinten abgesperrt wird – wir müssen die Aussage von Vilfrid aufnehmen! Und vor allem müssen wir dafür sorgen, dass niemand aus den Häusern verschwindet.“

„Und – ähm... Ich weiß nicht recht – was willst Du zuerst machen?“

„Zuerst?? Zuerst sperrst Du ab, dann rufst du Verstärkung. Ich gehe jetzt nach vorne. Vilfrid – Du kommst mit. In welchem der Häuser wohnst Du?“

„In welchem der Häuser?“

„Du wohnst doch hier im Langen Block, nehme ich an?“

„Nein.“

„Was machst Du dann hier? Wieso warst Du am Container? Wieso hast Du den Container aufgemacht, in dem die Leiche lag?“

„Ich... Also ich wollte hier nur den Müll...“ murmelte er und es war Stella Nykvist sofort klar, dass er etwas verheimlichen wollte.

„Du kommst hierher, um deinen Müll zu entsorgen?“ Stella Nykvist war laut geblieben und hatte Mühe, sich auf ausreichend viele Dinge gleichzeitig zu konzentrieren. Immerhin hatte Rayk sich bewegt und holte Absperrband aus dem Polizei-Subaru.

„Ich arbeite manchmal drüben an der Tankstelle... Meine Schicht war vorbei. Und wir haben da drüben keinen richtigen Container...“

„Gott verdammt – Vilfrid! Oh Mann!“ Sie schüttelte den Kopf. „Ich sage es jetzt mal ganz klar: Was Du hier gemacht hast, habe ich so noch nie erlebt. Wir haben jetzt Blut, wir werden feststellen können, was für Blut das ist – aber wir haben keine Leiche, keinen Beweis für die Verletzungen, die du uns eben beschrieben hast – nichts, wo wir ansetzen können!“

Sie wusste, dass sie den Zeugen nicht so anschnauzen sollte, aber es fiel Stella wirklich schwer, sich angesichts der Geschehnisse zu beherrschen. Schließlich zuckte der übergewichtige Kerl die Schultern, legte den Kopf leicht schief und erklärte „Vielleicht kann man das auf dem Foto einigermaßen erkennen…?“

„Auf dem…? Du hast die Leiche fotografiert?“

„Na ja… Du weisst ja nie,“ erklärte er ruhig, griff umständlich in seine Hosentasche und zauberte ein erkennbar älteres Smartphone hervor. „Ich meine – so eine Geschichte… Am Ende glaubt dir das keiner, ne?“

Stella Nykvist atmete tief und ruhig ein.

#004

Drei Stunden später war Stella Nykvist abgearbeitet, aufgekratzt, stocksauer und träumte von einem kalten Bier. Sie hatten zwischenzeitlich Ilva anrufen müssen, die Frau, die eine Chemo-Therapie in Oslo durchlitt und sonst die Kriminalstation von Kirkvogur leitete. Stella vertrat sie seit mehreren Wochen. Ilva hatte Telefonate geführt und Protokolle in Gang setzen müssen, bis Verstärkung aus dem Nachbarort Vaskurjutorg nach Kirkvogur beordert wurde. Ganze vier Beamte, die bei den Verhören halfen. Bis die vor Ort waren, hatten zwei junge Polizisten von der Station geholfen, die Stella wie verirrte Teenager vorkamen. Morde waren in Island eine solche Ausnahme, dass die meisten von ihnen sie nur aus der Theorie kannten.

Das war bei Stella anders...

Rayk hatte sich um die Absperrung gekümmert, allerdings nicht besonders gut. Irgendwann hatte Stella bei einem der Gespräche im Langen Block aus dem Fenster geschaut und sehen müssen, wie eine unförmige Frau mittleren Alters mit ihrem Müll schon drei Schritte vor dem abgesperrten Container stand. Also hatte Stella das Fenster aufreißen müssen und die Frau über 15 Meter aus dem dritten Stockwerk angebrüllt. Die hatte irgendwelche Widerworte gegeben, dann die Schultern gezuckt und ihren Müll seelenruhig an die Wand gelehnt und sich wieder aus dem Staub gemacht.

Die Frau, mit der Stella im dritten Stock gesprochen hatte, wirkte auf sie praktisch wie eine Kopie der unförmigen Frau am Müllcontainer. Sie trug in ihrer engen Zweizimmerwohnung eine Daunenjacke, die Wohnung war nicht geheizt und Stella wollte nicht fragen, warum. Der Lange Block hatte eine Geschichte – keine, die sie sich jetzt anhören wollte...

Nachdem sie das Fenster wieder geschlossen hatte, erklärte ihr die unförmige Daunen-Frau „Der pinkelt hier immer hin."

„Hm? Wer?"

„Der Mann. Der Mann, der die Tote gefunden hat."

„Der pinkelt hier hin?"

„Der kommt von der Tankstelle, wirft den Müll hier hin und dann pinkelt er immer hinter den Container."

„Und das kannst Du von hier sehen?"

Die Frau strich sich eine grau melierte fettige Strähne hinters Ohr. Dann schüttelte sie den Kopf mit einem Gesichtsausdruck, der Stella zu verstehen gab *Du stellst wirklich blöde Fragen*. „Ich kann ja nicht durch die Wand gucken. Aber er macht das. Ich weiß es – und man riecht es auch."

Stella hatte einen Moment lang Lust zu sagen *glaub mir, deine Bude stinkt auch nicht schlecht,* aber sie entschloss sich, nur zu nicken. „Was hast Du gesehen, was hast Du gehört?"

„Wenn der pinkelt?"

„Nein! Was hast Du heute gesehen, was hast Du heute gehört?"

„Hab' Fern gesehen, hab nix gehört."

Im Grunde hätte Stella das Gespräch auch ohne die jeweils Befragten führen können – hätte ihr zumindest wertvolle Zeit gespart, überlegte sie. Alle Bewohne des langen Blocks hatten im Grunde dasselbe gesagt „Ich habe TV geschaut, das Gerät steht an der anderen Seite des Hauses zu Straße hin, deshalb konnte ich nichts hören." Das schlimmste daran war für die Kommissarin der SkanForce, dass praktisch alle Bewohner des Hauses zugegen waren. Die unschöne Geschichte dieses Hauses erklärte das. Die meisten Menschen, die hier in dieser eigenartig toten Gegend waren, hatten entweder einmal vom Fischfang gelebt, bis sich die Schwärme vor der Küste durch Erderwärmung und geänderte Strömungen so sehr verschoben hatten, dass sich der Fang nicht mehr lohnte.

Dann war das gekommen, was hier nur Efnafræðin hieß und so viel bedeutete wie *Die Chemie*. Das war das große graue Gebäude gewesen in dem tristen grauen Industriegebiet, in dem zurzeit auch Stella in der Polizeistation arbeitete. Efnafræðin hieß nicht wirklich *die Chemie*, sondern genau genommen Medical Tæknimaður Hlutafélag oder MTH und war für einen kurzen historischen Moment der größte Arbeitgeber hier gewesen, bis das unzureichend geschützte Patent ausgelaufen war und die Firma praktisch über Nacht die Tore geschlossen hatte – nicht jedoch, ohne den Staat Island um die gesamte Summe der Wirtschaftsförderung zu prellen. So hatte Stella zumindest gehört. Es gab auch andere Geschichten.

Sie hatten den Langen Block für die Mitarbeiter gebaut. Heute lebten entweder gestrandete arbeitslose Ex-Arbeiter der MTH hier oder Menschen, die die billige Miete zu schätzen wussten. Beides zusammen ließ den Langen Block in einer Geschwindigkeit verfallen, über die man Doktorarbeiten schreiben konnte. Oder: Hätte können, wenn die Menschen auskunftsfreudiger gewesen wären.

Aber genau das war Stellas Problem. Am Ende der Befragungen gab es exakt drei verwertbare Aussagen. Drei von ganzen 73 Menschen, von denen sicherlich 15 aufgrund ihres Alkoholpegels eigentlich nicht vernehmungsfähig waren. Morgens um 11. Sie schüttelte den Kopf.

Die relevantesten drei Aussagen beschränkten sich allesamt auf akustische Wahrnehmungen. Ein Mann, der praktisch direkt über dem Container sein Toilettenfenster hatte, meinte zwei männliche Stimmen gehört zu haben, die sich am Container gestritten hatten. Die hatten dabei angeblich gezischt, was Stella zunächst nicht verstanden hatte. Dann hatte sie begriffen, dass er meinte, die Männer haben sich bemüht, leise zu sprechen. Wann das exakt war, konnte der Mann nicht sagen, aber legte man seinen Tagesablauf zugrunde, passte es in etwa in die Zeit, in der die Leiche verschwunden war. Allerdings wusste der Mann kein sonderlich präzises zeitliches Bild von seinem Tagesablauf zu zeichnen. Wirklich verwertbar war das so eigentlich nicht.

Sinn gab es erst durch eine Aussage einer weiteren unförmigen Frau, die einer der Verstärkungs-Beamten, aufgenommen hatte. Zum Glück hatte die krebskranke Ilva diese Unterstützung organisieren können. Die Frau, die laut des Polizisten zwar stark nach Alkohol roch, darüber hinaus jedoch sehr vernehmungsfähig gewirkt hatte, hatte zwei Männer mit einem Kombi gesehen, von dem sie sicher wusste, dass es ein teurer Kombi gewesen sein musste, ohne, dass sie eine Marke nennen konnte – „Teuer – sicher was Deutsches“ war ihre Vermutung gewesen. Die beiden Männer waren gut 20 Minuten nach dem Ende von Vilfrids Schicht mit dem Wagen auf den Hof gefahren und der Wagen hatte einen offenen Anhänger gezogen, auf dem *Dinge* zu finden gewesen waren, die sie nicht beschreiben konnte. Er war ihr aufgefallen, weil die Männer gewendet hatten, was mit einem Anhänger auf dem engen Hof eine echte Herausforderung war. Dann hatte jedoch *ihre Sendung* angefangen und sie hatte die Lust verloren, den Männern zuzusehen.

Die beiden Aussagen zusammen, unter all den Einschränkungen dieser Art der Befragung, schienen sich zumindest gegenseitig in gewissen Grenzen zu stützen und waren das Beste, was sie bislang hatten.

Die dritte Aussage hatte Stella als nicht wirklich glaubwürdig eingestuft. Sie stammte von einem jüngeren Mann, der auch hin und wieder in der gegenüberliegenden Tankstelle arbeitete. Zumindest abends und am Wochenende. Der hatte zu berichten gewusst, dass es in den frühen Morgenstunden Geräusche am Müllcontainer gegeben hatte, die so klangen, als habe jemand versucht, etwas Schweres in den Container zu werfen. Angeblich habe sogar ein Bewohner das Fenster geöffnet, herunter gebrüllt und nach Ruhe verlangt.

Stella schien es, als habe der junge Mann die Geräusche der Nacht, falls es sie denn gegeben hatte, seinem neuen Wissen einfach angepasst. Das musste nicht böse gemeint sein. Vielleicht suggerierte sein Hirn ihm, dass das alles Sinn gab. Hinzu kam: Wenn seine Aussage in den Details stimmte, hätte man mehr Blut um den Metallcontainer herum finden müssen. Und das Ganze passte auch zeitlich nicht recht zusammen.

Irgendwann musste Stella Nykvist eine Pause einlegen und beschloss, rasch etwas zu essen und zu Fuß zur Station zurück zu laufen, als der Polizei-Fotograf eintraf, der schon zwei Stunden zuvor angekündigt gewesen war. In diesem grauen Land nach Stellas Erfahrung keine Seltenheit. Große Entfernungen, geringe Ambitionen. Die Krise hatte Island verändert.

Die junge rotblonde Polizistin machte Halt an der Tankstelle, erwarb eine kleine Falsche Mineralwasser und einen überteuerten Freyja Villiköttur Schokoriegel, der ihr jedoch jede Summe Wert gewesen wäre. Der Tankstellen-Shop war winzig und lieblos, wie nahezu alles hier in der Gegend auf Stella Nykvist grau und lieblos wirkte. Dennoch wieselte ihr Blick herum, schaute sie sich genau um. Unauffällig. Hier hatte dieser Vilfrid also in der Nacht gearbeitet. Dann war er zum Ende der Schicht rüber gelaufen, hatte möglicherweise hinter den Container gepinkelt. Wieso hatte er das nicht hier getan? Hier musste es doch eine Toilette geben?

Sie nahm einen Umweg in Kauf und begab sich zu einem kleinen Fastfood-Laden, der mitten in einem Wohngebiet Backfisch verkaufte. Sie hatte ihn erst vor zwei Wochen entdeckt, als sie sich einmal mit dem kleinen Wagen verfahren hatte, den die Station ihr stellte. Der Backfisch schmeckte sehr traditionell, knusprig und wurde mit Bratkartoffeln gereicht, die im Prinzip wie zu große Pommes Frites schmeckten. Stella, die solche fetttriefenden Fastfood-Verlockungen eigentlich ablehnte, erinnerten die Dinger irgendwie an ihre Kindheit, die sie unter anderem auch kurz Zeit in den Niederlanden verbracht hatte. Sie hatte die Niederlande gemocht. Vor allem die Niederländer. Und so hatte sie sich diesen Snack in den vergangenen Wochen viel zu oft gegönnt. Anschließend fühlte sie sich stets fett und rund aber irgendwie glücklich.

Die Empfindung war blödsinnig. In der vergangenen Nacht noch war Kjell mit der Zunge über ihren Bauch gefahren und hatte plötzlich gesagt „Mann, der ist wirklich perfekt." Die Erinnerung daran veränderte die Temperatur in ihrem Bauch sofort wieder und machte sie zappelig, aber sie musste sich beherrschen. Sie war sich sicher, dass Kjell mehr wollte und am Abend wieder herüberkommen würde. Ganz sicher. Er würde nicht widerstehen können. Und sie würde ihn nicht sinnlos betteln lassen, dessen war sie sich ebenso sicher.

Mit zu viel nackten und verschwitzten Erinnerungen vor dem geistigen Auge zahlte sie und trat den Weg zurück zur Station an, wo sie sich dem Mobiltelefon widmete, das Vilfrid ihr samt PIN übergeben hatte. Anschließend hatte sie gespürt, dass er das bereute und hatte wenig Interesse daran, herauszufinden, warum. Vermutlich wusste er um die Pornos auf seinem Telefon, nahm Stella Nykvist an – vielleicht tat sie ihm da aber auch unrecht...

Aber er hatte für sie irgendwie danach ausgesehen.

Sie zog sich zurück in ihr Büro im oberen Stockwerk des tristen Containers und nahm das Telefon zur Hand, überlegte es sich dann jedoch anders und wählte die Nummer ihres Lieblingskollegen Bjarne Sandvik, der technisch gesehen auch für SkanForce tätig war. Er war ein freier Mitarbeiter, der 2011 auf Utøya vor Ort gewesen war. Eine Erfahrung, die ihn so geprägt hatte, dass er ein Jahr lang ausgestiegen war und dann auch nicht mehr in den normalen Dienst zurückgewollt hatte. Seit 2016 schließlich arbeitete er nach einem gescheiterten Wiedereingliederungsprogramm sozusagen als eines der Gründungsmitglieder für SkanForce.

Leider ging ihr Anruf direkt auf die Mailbox und sie überlegte kurz, ob sie eine Nachricht hinterlassen wollte, entschied sich dann aber dagegen, als Rayk den Raum betrat und sehr betroffen wirkte.

„Rayk?"

„Vilfrid hat eben angerufen."

„Und? Ist ihm noch was eingefallen?"

„Nein – er fragt sich, wann er sein Telefon bekommen könnte."

„Verdammter Spinner – doch nicht jetzt!" Sie winkte Rayk mit einer großfürstlichen Geste aus ihrem grauen Amtszimmer und schüttelte den Kopf. Nicht über sich, sondern vielmehr über ihre Reaktion. Sie hatte es schon wieder getan und hatte den Boten getötet. Schließlich war es nicht Rayks Schuld, wenn jemand eine Frage stellte, die ihr nicht in den Kram passte. Sie musste sich wieder einmal beherrschen und stellte fest, dass ihre nackt verschwitzten Tagträume sie so weit von ihrem Job weggelockt haben, dass sie aufholen musste.

Und entschuldigen musste sie sich bei Rayk. Sie nahm sich vor, das später zu tun, wenn sie Kaffee holen würde. Und das würde sie ganz sicher tun. Also nahm sie sich das Telefon vor, entsperrte es und wechselte in die Galerie. Dort fand sie ohne größeren Aufwand satte acht Bilder, die Vilfrid aufgenommen hatte, als er die Leiche gefunden hatte. Acht!

Für einen hässlichen Moment raubten ihr die Bilder den Atem – und das schon auf dem kleinen 4.5er Screen. Nachdem sie durchgeatmet hatte – aus verschiedenen Gründen – schickte sie die Bilder als erstes per Mail an ihr SkanForce Account und rief die Fotos auf dem großen 21 Zoll Schirm vor sich auf, der noch aus den Zeiten vor dem Flatscreen stammte, an die Stella Nykvist sich eigentlich nicht mehr erinnerte. Immerhin lieferte er dennoch ein wirklich ausgezeichnetes Bild.

Für diese Art Bilder fast zu präzise, zu echt, zu ungeschönt.

Niemand sollte solche Dinge sehen. Und niemand sollte solche Dinge fotografieren. Und niemand… Sie entsperrte das Smartphone noch einmal und schaute auf die letzten versandten Nachrichten.

Natürlich!

Dieser fiese Mensch hatte die Bilder der Leiche doch tatsächlich an ein Mail-Konto geschickt, das jedoch immerhin nur sein eigenes zu sein schien. Und mit Blick auf die blutigen acht Bilder der toten jungen Frau fragte sie sich, was er damit wirklich tun wollte. Die Bilder zeigten auf der einen Seite etwas wirklich Schlimmes, was so kein Mensch sehen sollte, wenn man sie fragte. Gleichermaßen fragte sie sich mit einer gewissen Wut, was diesen Kerl getrieben hatte, die Bilder genau *so* zu fotografieren.

Was zeigten die Bilder?

Das erste Bild war noch distanziert und aus einer schlechten

Perspektive aufgenommen, das zweite ebenso. Beide zeigten im Prinzip einen Haufen Müll und etwas, das ein Mensch sein musste. Erst Bild Nummer drei lieferte das Grauen des Geschehens und zeigte ganz klar, dass es sich bei der Leiche um eine Frau handelte. Das Gesicht war nur schwer zu erkennen, da lange dunkelbraune Haare sich über die wesentlichen Merkmale des Kopfs legten. Bild vier war aus einer ähnlichen Perspektive aufgenommen worden, nur aus einer entschieden größeren Nähe. Hier war nun auch klar zu erkennen, was das wirkliche Grauen der Aufnahmen ausmachte: Jemand hatte der Frau den vollständigen Bauch entfernt. Komplett. Der Schnitt war groß und halbrund geführt worden, hatte unter ihren Brüsten angesetzt und sich bis zur Jeans heruntergezogen, die aufgeknöpft und leicht herunter geschoben war. Der Bauch fehlte – und er fehlte so vollständig, wie man sich das als biologischer Laie vorgestellt hätte. Man konnte Rippen erkennen, an denen noch Fleisch zu sehen war, blutverschmiert und dunkelrot.

Der Betrachter blickte auf einen Haufen halber Organe, teils zerfetzt. Hier hatte jemand ein Messer angesetzt. Ein großes Messer, nahm Stella an, ohne Medizinerin zu sein.

Alles, was man wirklich sehen musste, war auf diesem Bild zu erkennen, vom Gesicht abgesehen. Bis hierher war das Ganze schon wirklich schwer zu ertragen. Das war eine Schlachtung gewesen, das hatte nicht mehr viel Menschliches an sich und die Fleischfetzen, die man an den Knochen oberhalb des Bauchs erkennen konnte, erinnerten eher an marinierte Rippchen. Stella schüttelte den Kopf. Sie zappelte auf ihrem Stuhl herum, wie sie es viel zu oft tat und schob ihre rotblonde Strähne hinters rechte Ohr. Die Bilder waren unerträglich. Dennoch hatte Vilfrid weiter fotografiert.

Die Bilder 5 bis 8 zeigten nicht wesentlich mehr über den Leichenfund, sie zeigten entschieden mehr über den Leichenfinder, den Fotografen dieser Bilder. Auf dem ersten dieser Serie war die Kamera weiter in den Müllcontainer hineingehalten worden, was schon von einer gewissen Respektlosigkeit zeugte.

Auch von Angstlosigkeit und geringer Scheu gegenüber dem Objekt. Was Stella Nykvist noch mehr wurmte: Es sagte auch etwas über die Geilheit dieses Kerls aus, der die Schamhaare zum Bildgegenstand gemacht hatte. Das folgende Bild zeugte davon, dass er in den Container hineingeklettert sein musste oder sich zumindest einen höheren Stand gegönnt hatte. Hatte er etwa die Jeans der Toten weiter heruntergezogen? Tatsache! Man konnte gut erkennen, dass die Schamhaare zu dem rasiert worden waren, was die jungen Mädchen *Landing Strip* nannten.

„Dieses Dreckschwein…" murmelte Stella aufgewühlt und spürte, wie ihr Puls gestiegen war und sie leicht schwitzte. Sie wurde vom Klingelton abgelenkt, den sie Bjarne Sandvik zugewiesen hatte: *Prayer in C*, eines ihrer Lieblingslieder für ihren Lieblingskollegen.

#005

Das Beste an Stellas kleinem gelben Haus war vermutlich der Blick auf die Kirche und das dahinter erkennbare Wasser. In einem italienischen Dorf mit sommerlicher Strandpromenade und ein paar Olivenbäumen auf den flachen Hügel wäre diese Premiumlage unübertroffen gewesen und unbezahlbar obendrein.

Im isländischen Kirkvogur mit all seinen 600 Einwohnern, der halb verstorbenen Fabrik, dem grauen Industriegebiet und der eigenartigen Container-Bauweise war ihr Haus in erster Linie dadurch prominent, dass es Gelb war und daher einer der wenigen echten Hingucker im Ort. Ansonsten war es in erster Linie klein und kalt. Stella trug ein lockeres Kleid, das man nur innerhalb des Hauses tragen konnte. Obwohl es fast April war, fielen die Temperaturen nachts hier an der Süd-Küste Islands immer noch unter die Frostgrenze und manchmal schien es ihr, als träfe das auch auf das Innere ihres Hauses zu. Vielleicht war das aber auch eine moralische Sache, die sie prägte und sie fühlte sich einfach nur kalt.

Gestern mit Kjell war das anders gewesen. Und nun ertappte sie sich dabei, dass sie am Spülbecken stand, aus dem kleinen Fenster blickte, das unten leicht beschlagen war und darauf hoffte, dass Kjell noch einmal vorbeikam. Und er sollte wieder so vorbeikommen, wie am Vorabend – nackt und warm. Die Reihenfolge der beiden Komponenten war ihr nach diesem schrägen Tag beinahe gleichgültig.

Sie streamte zum Abwaschen des Geschirrs vom Vortag das Album DANCE OF DEATH von Iron Maiden, das zu ihrer Stimmung zu passen schien. Die Bilder der Toten im Müllcontainer hatten einen fiesen eisernen Geschmack in ihrem Mund hinterlassen, der sie verfolgte. Das Gespräch mit ihrem liebsten Kollegen Bjarne Sandvik hatte etwas geholfen.

Bjarne weilte zurzeit in Turku in Finnland. Eine Stadt, die auch Stella sehr mochte. Er hatte von einen sonnigen Tag mit

14 Grad und blauem Himmel berichtet, Stella von einem grauen Tag mit 3 Grad und Niederschlag. Und von ihrer eigenen Niedergeschlagenheit hatte sie berichtet. „Wie ticken Männer, die eine tote Frau in einem Müllcontainer finden und ihre Muschi fotografieren?“ hatte sie Bjarne gefragt und auch er hatte einen Moment innehalten müssen.

„Absurd, Liebes, da hast Du recht. Wie schätzt Du das ein – ist der Typ verdächtig?“

„Hm... Nein – ich halte den eher für einen Spinner, aber nicht für einen Mörder,“ hatte sie abgewunken. Ganz sicher war sie sich allerdings nicht. Sie mochte diesen schmierigen Vilfrid nicht, hatte ihn gleich abgelehnt. Das machte es nicht leichter.

„Aber Du weisst: Wer Leichen findet...“

„Ja – aber die gesamte Idiotie danach... Leiche finden, Bilder machen und dann zur Polizei gehen und die Leiche auch noch verschwinden lassen...? Weiß nicht.“

„Was wisst ihr über ihn?“ hatte er mit seiner ruhigen Stimme gefragt, die am Telefon immer klang wie die des noch jungen Robert De Niro aus den Filmen der 80er Jahre.

„Nicht viel. Wir haben eigentlich noch nichts. Wir haben ja hier viel zu wenig Leute. Wie lange bist Du noch in Finnland? Ich hätte Budget und könnte Dich hier beschäftigen, wenn der Fall komplizierter werden sollte.“

Er hatte gelacht. „Ha... Ich habe hier tatsächlich nur noch bis zum Wochenende zu tun. Höchstens hoffe ich. Wir sind in der Prozessvorbereitung. Frag mich dann noch einmal. Sonst fahre ich nach Östersund rüber und mache ein paar Tage frei.“

„Ich meine es ernst. Das wird hier alles zu lange dauern, fürchte ich. Ich habe erst morgen Mittag einen Termin bei einem Gerichtsmediziner, eine ganze Fahrstunde entfernt. Die kennen keine Hektik hier.“

„Worüber willst Du mit dem reden? Du hast doch nix ohne Leiche, oder?“

„Ich habe die Bilder,“ hatte Stella Nykvist sich förmlich selbst Mut zugesprochen, „und ich habe Blutproben und ein paar andere Flüssigkeiten, die wir in dem Container eingesammelt haben. Aber wirklich mit der Hand am Arm. Du kannst Dir nicht vorstellen, wie Island jenseits von Reykjavik ist."

„Oh doch, kann ich... ich war doch vor zwei oder drei Jahren mal monatelang in Vík í Mýrdal – das ist nicht weit weg von Kirkvogur. Zumindest für isländische Verhältnisse. Und das war damals fast Sommer – und es wurde nie hell. Immer grau – immer, ich schwör es dir!" Er hatte wieder herzhaft und herzlich gelacht. „Ich habe den Himmel erst wieder im Flugzeug gesehen! Kein Wunder, dass die Leute anfangen, an Geister zu glauben und sich gegenseitig die Bäuche abschneiden."

Sein Lachen in solchen Situationen war unbezahlbar für Stella. Sie hatte sich vorgestellt, wie es wäre, mit ihm gemeinsam zu ermitteln und hatte beschlossen, ihn kurz vor dem Wochenende zu fragen, falls der Fall sich länger ziehen sollte. Und der Fall würde sich ziehen. Wenn sie Bjarne fragte, würde er sogar in das Land des schwarzen Vulkangesteins kommen, da war sie sich sicher. Und das mochten die Kollegen von SkanForce im Durchschnitt am wenigsten. Stella zählte die Tage, die ihr noch blieben. In drei Wochen sollte Ilva, die die Station eigentlich leitete, planmäßig nach ihrer Chemo wieder da sein.

Hoffentlich.

Dann erblickte sie Kjell, der von schräg gegenüber die frostbrüchige kleine steile Straße überquerte und offenbar auf ihr Haus zusteuerte. Sie spürte ihren Puls spontan im Hals. Darauf hatte sie sich für heute Abend gefreut, das hatte sie gewollt, das hatte sie über den grauen, verregneten Tag mit all dem fiesen Papierkram gerettet.

Yes.

Mit einer geschickten Bewegung griff sie sich unter das Kleid und entledigte sich rasch ihres Slips, blickte sich um und stopfte das kleine bisschen Stoff kurzerhand in den nächstgelegenen Schrank unter die Küchentücher.

Sie befeuchtete die Finger mit der Zunge und strich sich anschließend mit den Fingerspitzen über die Augenbrauen und überlegte noch, ob sie gleich zur Tür sprinten sollte, wenn Kjell klingelte. Sie wartete einen Moment. Jetzt würde er die wenigen Stufen hinaufschreiten, dann würde er klopfen – das war sicher. Die Klingel war schlecht installiert und klingelte nicht verlässlich.

Aber es geschah nichts. Rein gar nichts.

Hatte er geklingelt und sie hatte es überhört? *Scheiss drauf*, sagte sie sich. Du hast hier nichts zu verlieren, in drei Wochen bist du wieder weg. Dann hetzte sie die wenigen Stufen der halben Etage herunter und riss die hölzerne Haustür auf. Kein Kjell. Dieser verdammte Mistkerl. War der etwa runter in die Kneipe gegangen, die unten am Ende der Straße gegenüber der Kirche lag? Stella tippelte die wenigen Stufen barfuß herunter und konnte Kjell mit seinen blonden langen Haaren gerade noch am unteren Ende der Straße erkennen. Bier trinken ohne sie? Soweit sollte das noch kommen!

Rasch zog sie sich zwei schwarze Pullover über und deckte ihre Beine mit ihren hohen Lederstiefeln ab, schnappte sich ihren Schlüssel, schloss die unterdimensionierte hölzerne Tür und kehrte dem gelben Haus ohne Slip den Rücken.

#006

Als sie in dem kleinen orangen Subaru saß und den Wagen nach Osten an der Küste entlang nach Vaskurjutorg steuerte, fühlte Stella sich, als hätte sie einen riesigen Fehler begangen.

Gehe nie ohne Slip in eine Kneipe, in der Männer ergebnisorientiert trinken, würde sie ihrer Tochter mit auf den Weg geben, falls sie je eine haben würde. Und bei diesem Tipp ging es nicht nur um die schiere Kälte. Wichtig bei diesem Ratschlag fürs Leben würde auch sein: Begebe dich nie hektisch und ohne eigenes Geld in eine solche Situation. Aber diese Geschichte stand auf einem anderen Blatt und trug den Namen Ragnar.

An den wollte sie aber nicht denken, als sie sich jetzt zu dem scheinbar einzigen Mann mit einer gerichtsmedizinischen Qualifikation in einem Umkreis von einer Stunde begab. Ilva hatte ihr Dr. Jovin Andrisson wärmstens empfohlen, obwohl sie klar gesagt hatte, dass er menschlich schwierig sein würde. Dennoch hielt sie ihn mit Abstand für den Besten in der ganzen Gegend für diesen Job. Das war gewesen, als die beiden noch gescherzt hatten, dass hier ja wohl nicht viel passieren würde, was die Dienste dieses Mannes erforderlich machen sollte.

Das war gestern noch lustig gewesen.

Jetzt hingegen bog Stella auf den Parkplatz des Institutes ein – und sie wusste seit gut 10 Minuten, dass sie zu spät sein würde. Bei ihrem hektischen Aufbruch hatte sie jedoch vergessen, die Nummer des Institutes mitzunehmen. Und in diesem verdammten Lava-Asche-Land konnte man sich auch nicht mit dem Stau herausreden, für den in Stockholm oder Aarhus jeder Verständnis hatte.

Stella wollte schon seit ihrer Kindheit pünktlich sein und konnte sich selbst nie recht verzeihen, wenn sie es nicht schaffte. Sie beschloss, sich nicht die Mühe zu machen, eine blöde Ausrede zu erfinden, obwohl es ihr Kopfzerbrechen machte. Am Empfang erfuhr sie dann, dass der Medizinier noch gute 15 Minuten benötigen würde und sich entschuldigen ließ. Sie nickte nachlässig und verzeihend, obwohl sie innerlich grinste.

Karma.

Eine halbe Stunde später befand sie sich im Büro des Gerichtsmediziners, der diesen Job in Teilzeit ausübte – ansonsten war er Mitarbeiter der Forschungseinrichtung, die an das kleine Gebäude angrenzte, das als echtes Haus ausgeführt war und nicht dem üblichen Container-Design hier folgte. Das Unternehmen nannte sich MediXXX und war hier der wichtigste Arbeitgeber – so viel wusste Stella schon.

„So viele verdächtige Todesfälle haben wir hier ja nicht," erklärte der Mann wenig später Stella Nykvist, die das besser wusste als er. Die isländische Tötungsrate, wie das offiziell hieß, war nicht nur die niedrigste in Skandinavien, sondern lag kaum höher als im Vatikanstaat. Die Wahrscheinlichkeit, einem Mord zum Opfer zu fallen, war in Island so gering, wie kaum irgendwo anders auf der Welt.

„Insofern hoffe ich, dass das hier zumindest ein spannender Fall ist," gab Stella zurück und lächelte, so breit und gewinnend sie vermochte. Der Arzt war aber eher der sachliche Typ. Ein Langweiler, wenn man Stella fragte.

„Letztes Jahr hatte ich gar keinen Mord," erklärte er emotionslos.

„Das hatte Ilva schon gesagt..."

„Wie geht es ihr?" fragte er mechanisch nach, ohne von seinem Notebook aufzuschauen.

„Kann ich nicht wirklich sagen. Wir haben gestern telefoniert und sie hat dich wärmstens empfohlen. Da hatte ich den Eindruck, dass es ihr schon wieder besser geht. Aber ich kenne sie ja kaum."

„Eine Schande. So eine gesunde Frau." Er schüttelte den Kopf – erst dann sah er auf und blickte Stella erstmals richtig in die Augen. Dann lass uns doch mal sehen, was wir haben. Er drehte sein Notebook um und sofort wurde es wieder ekelerregend.

Er hatte die Bilder, die Stella ihm gemailt hatte, nicht nur analysiert – er hatte sie scheinbar auch auf schmerzhafte Weise vergrößert.

„Ich habe mich gefragt, warum jemand so etwas tun würde. Die Bauchdecke weg zu schneiden – das ist ziemlich kompliziert, ohne die darunter liegenden Organe und Muskeln auf das übelste zu verletzen. Außer, du verwendest ein Skalpell wie ich.“

„Aber dafür ist der Schnitt nicht gut genug?“

„Genau. Das hat mir zu denken gegeben – und auf dem Weg dahin kam mir eigentlich nur ein einziger Gedanke: Schwangerschaft.“

Stella musste ernstlich für einen kurzen Moment würgen. „Dann war das eine Art... Abtreibung?“ brachte sie nur langsam über die Lippen, obwohl sie sonst als eher schnell galt.

Der Arzt blickte sie für einen ganzen Moment durchdringend an. „Abtreibung... Wenn Du so willst. Wobei es da ja effizientere und professioneller Methoden geben soll... Danach ist es dann in erster Linie ein Doppelmord. Ich habe das Blut untersucht, das die Polizisten mitgebracht haben – und tatsächlich hat es einen erhebliche hCG-Wert.“

„Das ist ... Schwangerschaftshormon...?“ riet sie mehr, als sie es wirklich gewusst hätte.

Ihr Gegenüber nickte knapp und dozierte unnötiger Weise „humanes Chorion Gonadotropin. Ich habe mir...“ er deutete auf das Bild, „...daher die Fotos sehr genau angesehen. Und ich würde sagen – aber ich habe da keinen echten Vergleich – dass sie sicherlich in einem fortgeschritteneren Stadium der Schwangerschaft war. Alles, was man an Organen sieht, deutet darauf hin, auch die Beschaffenheit der Haut. Aber wie gesagt,“ er hob die Hände abwehrend, „Ich habe noch nie einen vergleichbaren Fall gesehen, wo jemand einen Schwangerschaftsbauch sozusagen abgeschnitten hätte.“

„Hm... Was macht dich dann so sicher?“

„Ich musste mal eine schwangere behandeln, die einen grausigen Unfall hatte, 7. Monat. Grauenhaft. Das war noch in meiner Ausbildung in Großbritannien – und das Bild vergisst Du nicht so schnell."

„Das kann ich mir vorstellen... lässt sich sonst irgendetwas ableiten?"

„Ohne Leiche? Wenig... Wenn ich auf die Bilder sehe... Der Körper wirkt jung, ich hätte gesagt eher in den 20ern als in den 30ern. Aber hey – das ist nicht sauber zu sagen, ist eher eine Theorie der Umstände."

„Und das Blut?"

„Gibt sonst nichts her, was dir weiterhilft, denke ich."

„Nein – ich wollte sagen: Wenn Du dir das Blut auf den Bildern ansiehst – könntest Du sagen, ob man ihr den Bauch... dort an der Stelle *entfernt* ...hat?"

„Puuh... Nein – das kommt auf so viele Umstände an. Wie sie gelegen hat, ob sie noch am Leben war, wie sie sediert wurde... Wenn sie tot war, dann wie lange sie tot war... Also: Nein."

„Das hatte ich schon befürchtet. Hättest Du ein Gefühl dafür, wie lange so eine Operation dauern würde? Ich meine – wenn da ein Kind drin ist... das ist doch an... einer Menge *Dingen* fest, oder"

„Plazenta und solche Dinge? Ja. Ich kann mir das auch nur schwer vorstellen, wenn ich ganz ehrlich bin. Wenn das jemand schon mal gemacht hat – Gott bewahre – dann wird das weniger lange dauern als beim ersten Mal. Wie so ziemlich alles, oder?"

Stella ahnte, was Ilva gemeint hatte, als sie den Mann als *schwierig* beschrieben hatte... Festlegung war sicherlich nicht seine Stärke. Natürlich war ihr klar, dass sie dem Mann durchaus viel zumutete. Kirkvogur war nicht gerade Berlin, New York oder Kopenhagen. Da hätte vielleicht mal jemand Erfahrungen haben können, die jetzt hilfreich waren. Aber hier?

Stella Nykvist warf dem Mann einen nachdenklichen Blick zu. „Ich frage mich, warum man so ein Opfer an so einer Stelle *verschwinden* lassen will. Ich meine: Island! Hier gibt es doch komplette Landstriche, die nur alternde Yetis zu sehen bekommen – da kann man eine Leiche doch praktisch hinschmeißen, wo man will. Warum dort?"

„Das... ist Dein Job, nicht meiner."

Stella nickte leicht genervt. Ein wenig mehr Geist hätte man schon in den Fall stecken können, wenn man daran beteiligt war, dachte sie sich. Erst recht, wenn man es praktisch nie mit Morden zu tun hatte. Da musste das doch eine spannende Abwechslung sein! Aber vielleicht war sie da mittlerweile auch verdorben, gut möglich.

Sie nickte resigniert, erhob sich und fragte Dr. Jovin Andrisson beiläufig, was die MediXXX, für die er eigentlich tätig war, herstellte.

„Medikamente, vor allem Generika."

„Ah... hätte gar nicht gedacht, dass ein Land wie Island groß genug für so etwas ist. Lohnt sich das demnach?"

„Ganz ehrlich: Ich schaue hier nicht in die Bücher, ich bin Wissenschaftler. Aber als es mit MTH drüben bei Euch in Kirkvogur so bergab ging, da musste Island ja irgendetwas tun, damit die Region hier nicht ausstirbt. Und da haben sie hier in Generika investiert."

„Aha... Eine Art Arbeitsbeschaffung?"

Er verzog das Gesicht leicht. „Wenn Du so willst... Zumindest eine sinnvolle Arbeitsbeschaffung. Immerhin entlastet es das Gesundheitssystem um Milliarden, selbst in einem kleinen Land. Und die Menschen haben wieder Arbeit, vergiss das nicht."

„Auch wahr. Hast Du auch bei MTH gearbeitet?"

„Sicher. Ich habe sogar mal ein halbes Jahr im Langen Block gelebt. Aber damals war der noch nicht so heruntergekommen wie jetzt." Der schlanke Mann schüttelte den Kopf, begleitet von einer sehr geringschätzigen Miene. „Heute leben doch da eigentlich nur noch Säufer..."

Für den Weg zurück hatte Stella sich drei Dinge vorgenommen. Sie wollte die Stunde nutzen, um wieder einmal ganz bewusst die MASTER OF PUPPETS von Metallica zu hören. Ein wirklich lautes Album, das der tristen Küstenregion etwas mehr Leben einhauchen sollte. Sie wollte eigentlich wieder einmal die Sonne sehen. Die vermisste sie so sehr, seit sie hier war. Außerdem wollte sie mit Bjarne Sandvik telefonieren und als Drittes mit ihrer Station, um zu erfahren, ob sich etwas Neues ergeben hatte. Vier Wohnungen im Langen Block waren am Vortag leer gewesen – da standen noch Gespräche aus.

Sie war noch nicht einmal bis zum Titelsong des Albums vorgedrungen, als ihr Telefon klingelte und ihren Metal-Stream unterbrach. Eine unbekannte Isländische Nummer – das bedeutete selten etwas Gutes, überlegte sie und fuhr vorsichtshalber an den Straßenrand, der natürlich wieder einmal mit schwarzem Vulkanschotter abgesetzt war.

„Stella Nykvist?"

„Stella - Dr. Jovin Andrisson noch einmal."

„Oh – ist dir noch etwas an den Fotos aufgefallen?"

„Nein – das nicht. Aber Du hast vorher etwas gesagt, was mich nachdenklich gestimmt hat." Stella wartete einen ganzen Moment lang, bis sie sich schließlich genötigt fühlte zu sagen „Aha! Was denn?"

„Der Lange Block. Warum würde man da eine Leiche entsorgen und sie nicht *irgendwo hinschmeißen*, wie Du gesagt hast?"

„Ja – warum?" Ihr Blick glitt über die Wiesenlandschaft neben der einzigen Straße weit und breit. Ein Kleinkind hätte hier eine Leiche entsorgen können... Es gab nur welligen Rasen auf der einen Seite und einen flachen Berg auf der anderen. Dazwischen endlose Weite. Nicht einmal ein Schaf oder ähnliches. Stella konnte sich nicht vorstellen, dass irgendein Tourist hier spontan anhielt, ausstieg und das Wandern begann. Eine Leiche zu entsorgen war also im wahrsten Sinne des Wortes ein Kinderspiel. „Gras über etwas wachsen zu lassen" bekam hier eine ganz neue Bedeutung.

„Also... ich habe doch selbst mal dort gelebt. Du solltest vielleicht eins prüfen: Der Lange Block ist nicht an die normale Müllentsorgung angeschlossen, wie die anderen Häuser dort. Die Container, die hinter den großen Häusern stehen, werden von einer großen Müllverbrennung entsorgt, weil das Haus so groß ist. Das ist die Müllverbrennung, die auch das Industriegebiet bedient, in dem Eure Polizeistation ist."

„Wieso das denn?"

„Das war ein Deal. Damals als MTH eröffnet hat, wollten die rasch Wohnraum schaffen und haben dann angeboten, die Entsorgung für den Langen Block zu organisieren. Und wenn ich das richtig im Kopf habe, dann wird dieser Container immer Dienstag früh gelehrt, also gestern Morgen. Vielleicht prüfst Du das mal. Könnte doch sein, dass der Mörder das auch wusste und darauf spekuliert hat, dass die Leiche auf die Weise schnell und effizient entsorgt wird?"

„Sau-gut, danke. Das lasse ich prüfen!" freute sie sich ehrlich.

„Gern. Melde dich, wenn ihr die Leiche findet."

„Mach ich..."

Den letzten Satz hatte sie nicht ganz begriffen – was sollte sie denn sonst machen hier in der Gegend? Sie schüttelte den Kopf, fuhr weiter und rief Rayk an, um mit ihm über Müllverbrennung in Kirkvogur zu sprechen. Dann eben doch kein „Master of Puppets"...

#007

Islands Zeitungen waren das erste Opfer des Wandels gewesen – nicht einmal *24 stundir* hatte den Wandel überlebt. Und die Finanzkrise hatte den Rest erledigt. Das war nun auch schon ein paar Tage her. Ihm fehlten die alten Zeitungen manchmal – aber er hatte sich auch an die Online-Ausgaben gewöhnt und las sie am liebsten auf dem Tablet. Dann fühlte es sich ein wenig an wie früher mit echten Zeitungen. Reykjaviks größte Online-Zeitung hatte den Mord als Aufmacher, wenn man bei einer Digital-Zeitung überhaupt von so etwas wie einem Aufmacher sprechen konnte.

Allerdings wussten die scheinbar nichts über den Mord, der hier mehr oder weniger vor der Haustür geschehen war. Ragnar fühlte sich immer noch ein wenig verantwortlich für den langen Block, obwohl das ja schon lange nicht mehr der Fall war. Nur moralisch gab es da eine Beziehung, an die sich einige hier noch erinnerten: bevor MTH den Bach herunter gegangen war und nur noch das Rumpf-Team der Forschung erhalten geblieben war, hatte der Lange Block zu „seiner" Firma gehört. Ragnar hatte Glück gehabt und es war ihm gelungen, aus der Verantwortung von MTH herauszukommen, bevor es schwierig wurde. Er hatte das Geld genommen, dass seine Kompagnons ihm angeboten hatten und hatte sich verzogen. Und er hatte das Geld nicht in Aktien angelegt, wie alle anderen. Was für ein wahnsinniges Glück! Keine vier Wochen später begann der Zerfall des Marktes. Und dann der Zerfall der MTH.

Eine ganze Zeit lang hatte er nach Reykjavik gehen wollen – oder richtig weg, nach Schweden, Finnland oder vielleicht nach New York. Aber er war Isländer, das wusste er. Und nach einem langen Trip von 18 Monaten war er wieder nach Kirkvogur zurückgekehrt. Die Meute war weitergezogen. Große Teile der Angestellten arbeiteten nun bei MediXXX, eine gute Stunde die Küste hinauf, und entwickelten dort Verfahren zur Herstellung von Generika.

Und Ragnar hatte sich völlig neu sortiert. Er verkaufte jetzt Versicherungen. Vorwiegend Schiffspolicen. Kleine Lose. Er brauchte das Geld nicht wirklich. Er wollte die Beschäftigung haben, mit den Menschen hier im Kontakt bleiben.

So saß er auch an diesem Mittag in seinem kleinen Büro mit dem Blick auf die Kirche, heuchelte Beschäftigung vor und las die großen Online-Zeitungen. Aber es gab nichts. Niemand hatte etwas richtiges über den Mord, keiner wusste etwas. Auch er wusste nur wenig mehr, nur die paar Fetzen, die die rotblonde Kommissarin, falls das ihr Titel war, gestern Nacht von sich gegeben hatte, als sie im Bett oberhalb seines Büros mit Blick auf die Kirche gelegen hatten.

Er konnte sich nicht erinnern, wann er einmal so leicht eine Frau hatte abschleppen können. Eine Frau ohne Slip wohlgemerkt... unfassbar. Und verdammt: Er wollte sie wiedersehen, sie war wirklich scharf.

Eigentlich war sie wegen Kjell in der Kneipe gewesen, als sie ins Gespräch kamen. Und als er ihr berichtet hatte, dass Kjell eine Freundin hatte, da war sie leicht sauer geworden und dann war alles irgendwie schnell gegangen und Ragnar fragte sich ernsthaft, ob er sich diesen Fang anrechnen konnte oder ob sich die junge Frau einfach leicht abschleppen ließ. Vielleicht war sie auch einfach so sauer auf Kjell – und das, obwohl Ragnar zugeben musste, dass er sich nicht zu 100 Prozent sicher war, was Kjells Freundin betraf...

Ganz sicher war er sich bei Stella grundsätzlich auch nicht. In jedem Falle war sie am Morgen verschwunden gewesen. Er hatte sie morgens irgendwann in einem orangen Wagen davonfahren sehen, wusste aber nur ungenau, wo sie wohnte. Seiner Ansicht nach auf der Skógargata, die von der Kirche nach oben zu den Weiden auf dem Berg führte. Hatte sie nicht das kleine gelbe Haus gemietet?

Er würde sich erkundigen müssen und schnappte sich sein Telefon.

#008

Rayk war unterwegs, um mit den Arzt-Praxen des Umlandes zu sprechen. Stella war dem Gedanken gefolgt, dass schwangere Frauen schließlich regelmäßig zu einem Gynäkologen gehen müssten, war aber zunächst von Rayk ausgelacht worden. Der hatte trotz seiner gerade einmal 28 Jahre bereits zwei Kinder und behauptete, dass das mit den regelmäßigen Besuchen bei den Gynäkologen hier nicht so gehandhabt wurde. Schließlich hatte er seine Frau ans Telefon geholt und die hatte das nicht relativiert, sondern bestätigt. Es gab durchaus Gynäkologen hier, zumindest in Reykjavik. Und das Wort für diesen Berufsstand war so lang, dass nur Eingeborene es sich merken konnten. Stellas Sprachkenntnisse jedenfalls endeten hier.

Aber Rayks Frau hatte das Konzept erklärt: Die Betreuung geschah bei ganz normalen Ärzten, Ultraschall galt als dummes Zeug. Somit hatte Stella dann Rayk eben zu allen Ärzten losgeschickt. Nun stand sie in ihrem Büro und kritzelte das Whiteboard voll, bis ihr Blick auf *Die Chemie* fiel oder vielmehr das, was davon übrig war. Ilvas Büro, in dem sie zurzeit ja arbeitete, hatte den perfekten Blick auf die vier Besucherparkplätze der ehemals stolzen Firma, von der jetzt nur noch ein kleiner Bereich in Betrieb war, der scheinbar profitabel lief. Und dort war jemand vorgefahren, den sie auch auf diese Entfernung sofort erkannt hatte. Er hatte sich gestreckt, in der Gegend umhergeblickt und dann eine ganze Zeit auf die Polizeistation gestarrt: Ragnar. Suchte der sie etwa?

Nykvist war sich in ihrem Urteil über die letzte Nacht noch nicht ganz sicher und hätte am liebsten alles geleugnet und rückgängig gemacht. Den ganzen Tag wollte sie sich den *Schlampe*-Schriftzug von der Stirn wischen, bis sie sich besonnen hatte, dass das die verdammte Macho-Sichtweise einer anderen Generation war, der sich heute keine Frau mehr unterwerfen musste. Der sich keine Frau unterwerfen musste. Schon gar nicht in Skandinavien.

Männer hatten die „Schlampe" und das „Flittchen" nur in die Weltgeschichte eingeführt, um Frauen an sich zu binden. Wie so viele Ideen, die in der Gesellschaft heute noch eine Rolle zu spielen schienen.

Also konzentrierte sie sich wieder auf ihre Notizen. Wenige Notizen. Zu wenige eigentlich. Aus ihrem Fenster konnte sie Ragnar erkennen, der vor der Eingangstür von MTH auf und ab ging und telefonierte.

Stella notierte am oberen Eck des Whiteboards mit festem Strich grinsend *#keineschlampe* und fuhr mit einen zufriedenen Dauerlächeln mit ihrer Arbeit fort.

Tatsächlich hatten ihre Recherchen ergeben, dass der Müll des Langen Blocks am Vortag geleert werden sollte, der Fahrer jedoch einen Unfall gehabt hatte. Offensichtlich unter Alkoholeinfluss. Das war also nicht planbar gewesen und stützte die These des Gerichtsmediziners, dass hier ein perfider Entsorgungsplan vorgelegen haben könnte.

Der Leiter der Entsorgungsanlage war bei der Befragung leicht entsetzt gewesen über die Fragen, die Stella Nykvist ihm gestellt hatte und hielt vieles davon für einen Scherz. Er hatte die Fragen erst beantwortet, nachdem er Stella auf dem Revier angerufen hatte, um sicherzugehen, dass sie nicht irgendeine Spinnerin war oder zur Presse gehörte.

„Wieso kommst Du denn für eine solche Befragung nicht bei uns vorbei??"

„Vermutlich mache ich das nachher noch," hatte sie dem Mann nachsichtig erklärt, „Ich muss jetzt rasch ein paar grundlegende Informationen haben und mein Kollege ist unterwegs. Da ist das Revier dann gleich leer. So viele sind wir hier ja nicht."

„Wie geht es Ilva?"

„Besser, soweit ich das beurteilen kann," murmelte sie und bemerkte ihr wachsendes schlechtes Gewissen, weil sie sich bei Ilva eigentlich nicht richtig nach ihrem Zustand erkundigt hatte. Krebs war in Stellas Leben ein bewusst sehr weit draußen gehaltenes Phänomen. Sie wusste, dass sie mit dieser

Art Krankheit schwer umgehen konnte – also gab sie sich Mühe, sie zu ignorieren. Kein wirklich funktionales Konzept, das war ihr klar.

„Sag mir mal, wie das läuft, wenn ihr den Müll am Langen Block holt."

„Das ist ein ganz mechanischer Prozess. Da kommt ein spezieller Truck, der normalerweise Industrie-Müll entsorgt. Als Fahrer kannst Du dich daneben stellen und warten. Der Laster macht das mehr oder weniger allein, wenn alles glatt geht."

„Also: So ein Laster hebt den Container an und schüttet ihn in den Laderaum, verstehe ich das richtig?"

„Mehr oder weniger schon, ja. Das ist ein ganz modernes Ding. Du musst ihn nur richtig daneben positionieren. Und der Wagen sagt Dir sogar, wo der richtige Punkt ist."

„So wie in der Auto-Waschanlage? Kann ich mir das so vorstellen?"

„Genau. Stehst Du zu nah dran oder zu weit weg, macht der Laster gar nichts. Das kannst Du dann nur noch manuell machen, passiert aber heute nur nach gaaaaanz selten," erläuterte er stolz.

„Okay – was da also hinten reinfällt, bekommt der Fahrer vermutlich gar nicht mehr mit?" mutmaßte Stella.

„Nein. Die meisten Fahrer spielen während des Vorganges heute auf ihren Handys rum, würde ich sagen. Ich weiß gar nicht, wofür wir die eigentlich noch bezahlen."

Sie hatte genickt und hatte ein Bild vor Augen. „Und dann? Dann bringt der Fahrer das zu Euch in die Anlage...?" Sie war im Büro zur Karte gegangen, die das gesamte Land zeigte, das ja tatsächlich kaum ein Drittel der Einwohner von Kopenhagen hatte. „Wenn ich das richtig sehe, ist das ein ganzes Stückchen weg. Wieso fährt der soweit, wieso macht das nicht irgendein Entsorger hier?"

„Das ist schon so, seit MTH das Ding gebaut hat. Wir holen deren Müll, den Müll des Langen Blocks und dann steuern wir unterwegs noch die ganzen großen Sachen an, die keinen reinen

Chemie-Müll haben. Also etwa auch MediXXX, wo heute die Hälfte der Leute von MTH Generika bastelt."

„So... Bei der MediXXX war ich heute auch schon... Wie geht es dann weiter?"

„Der Fahrer schüttet das Ganze in einer Art Grube, wo Roboter das alles aufteilen und nach Müllgruppen und Entsorgungsklassen trennen, soweit das möglich ist."

„Wo sind da die Grenzen?"

„Verbundstoffe haben Grenzen, die kannst Du nicht verbrennen. Wir müssen manche Sachen nach UK transportieren oder in Ländern, die..." Er hatte nach einer angemessenen Formulierung gesucht. Schließlich hatte Stella vorgeschlagen „...die mit Verbundstoffen keine Probleme haben...?"

„Die... - ja, so in der Art."

„Okay. Was würde in dem Falle mit der Leiche passieren?"

„Organischer Abfall – verbrennen wir."

Das hatte gesessen. Selbst die erfahrene Ermittlerin hatte einen Moment schlucken müssen, aber das war ihr eigenartiger Weise für einen Moment nahe gegangen. Wenn man in Morden ermittelte, kam man an viele Grenzen der Gesellschaft und musste sich mit Dingen auseinandersetzen, von denen man in Fernsehkrimis nie etwas sah. Eine junge Schwangere, die jemand brutal getötet hatte, als *organischen Abfall* zu bezeichnen... Whow.

Stella hatte sich schütteln müssen.

Während sie ihre Notizen am Board vervollständigte, stellte sie fest, dass sich keinerlei Tathergang in ihrem Kopf ergeben wollte. Sie hatten Anhaltspunkte, die zwei Männer mit einem teuren Deutschen Kombi und einem Anhänger beinhalteten, die in Stellas Kopf nicht zu diesem Tatmuster passen wollten. Wenn sie nach einem Tatmotiv suchte, dann fragte sie sich, ob es da nicht eher in die Richtung einer ungewollten Schwangerschaft ging.

Auf der anderen Seite – brachte es wirklich jemand fertig, seiner Freundin den Bauch abzuschneiden? Schon bei dem Bild zog sich Stellas Kopfhaut zusammen – so sehr, dass sie beinahe schmerzte. Was für ein grauenhafter Gedanke. Und das in einer späten Phase der Schwangerschaft, wie der Arzt vermutete. In Stellas Hirn ging das nicht recht hinein. Es lag zu viel Brutalität in der Tat. Wenn jemand seine Freundin wegen einer ungewollten Schwangerschaft tötete – machte er das dann nicht eher in einer frühen Phase? Funktionierte das besser? Sie ließ das Bild vor ihrem geistigen Auge entstehen und kam zu dem Schluss, dass sie zwar nichts über solche Dinge wusste, aber dass das Bild irgendwie besser zu passen schien. Dann notierte sie „Späte Phase: Enttäuschung - Wut!" Dieses Bild schien in ihrem Kopf Sinn zu geben. Eine hochschwangere Frau brachte vielleicht eher jemand um, der unglaublich verletzt war. Etwa ein verlassener Ehemann, der nicht wollte, dass jemand anders sein Kind großzieht oder sein Kind ohne ihn aufwächst. Ja – das Bild schien zu funktionieren. Das wäre dann eine Tötung, die sich nicht gegen die ungewollte Schwangerschaft selbst richtete.

Nächste wichtige Frage: Wo war die verdammte Leiche jetzt? Für einen ganz grauenhaften Moment hatte Stella einen Gedanken, der sie schauderte und ohne weiteres Nachdenken rief sie Dr. Jovin Andrisson an, der nach einem Klingeln am Telefon war. „Jovin – ganz kurze Frage: Wie habe ich mir das vorzustellen, wenn eine Schwangerschaft vielleicht so im siebten oder achten Monat ist. Da ist das Baby doch lebensfähig?"

„Technisch... Ja, normalerweise ist es da lebensfähig – aber extrem abhängig von den Umständen. Wieso?"

„Ich hatte gerade einen grausigen Gedanken: Hältst Du es für vorstellbar, dass jemand der Mutter das Baby stehlen wollte und es sozusagen herausgeschnitten hat?"

Es entstand eine beißende Stille, bis der Arzt sagte „Deinen Job möchte ich nicht haben..."

#009

„Hast Du das gehört? Das mit der toten Frau?"

„Was?" murmelte Kjell leicht abwesend, weil er gerade dabei war, Teile für das kaputte Boot online zu bestellen und sich auf lange komplizierte Kürzel konzentrieren musste.

„Hier in Kirkvogur! Verdammt – deshalb war da gestern die Polizei unterwegs."

„Die Polizei?"

„Diese rothaarige Polizisten, die Ilva vertritt. Die ist doch gestern mit der gesamten Mannschaft am Langen Block gewesen."

„Echt?" Nun war er anwesend. Die kleine rothaarige Polizistin. So nahm die Umwelt sie also wahr. Er nahm sie als rotblond wahr, fast eher blond. Sie wirkte zart auf ihn, dennoch war sie sehr kräftig, hatte die Hände einer Bestie, wenn sie wollte. Sie besaß wirklich Kraft, die sie sich antrainiert haben musste – über Jahre. Ihre Rückenmuskulatur war beeindruckend fest. Er erhob sich und ging ins Nebenzimmer, wo seine Freundin konzentriert auf eine Webseite schaute. „Was ist das denn?"

„Dieser News-Blog, von dem ich Dir erzählt habe. Hier –" Sie deutete unnötig fest auf den Monitor. „Angeblich soll die Frau auch schwanger gewesen sein und hier steht, sie hätten ihr sozusagen den Bauch aufgeschnitten. Gott! Das ist ja wie in einem Horrorfilm." Sie hielt sich die Faust vor dem Mund und schien auf ihren Fingergelenken zu kauen.

Er blickte ihr konzentriert über die Schulter. Er blickte über die beiden Tulpen, das fast 10 Jahre alte Foto seiner Familie und starrte schließlich auf die Webseite, die glücklicherweise kein Foto des Vorfalls zu besitzen schien, sondern vielmehr ein Foto des Langen Blocks zur Illustration des Artikels verwendet hatte.

Auf einer entschieden kleineren Abbildung sah man eine abgesperrte Straße, von der sich gerade Stella Nykvist entfernte. „Wie kann es sein, dass wir das nicht mitbekommen haben...?“ fragte sie.

„Na ja – wenn das gestern Morgen war... Da waren wir schließlich noch in Reykjavik. Und als wir gestern Abend kamen, war das schon weg, da gab es nichts.“

„Du warst doch noch einmal unten – hat da niemand was erzählt?“

Sein Kopf schüttelte sich von selbst. Tatsächlich hatte gestern offensichtlich niemand etwas gewusst, sonst hätte ihm sicherlich jemand etwas erzählt.

„Gibt es noch mehr, die das berichten?“ wollte er wissen und seine Freundin zuckte gleichzeitig die Schultern und begann zu suchen. Ihr Kopf hatte sich verabschiedet und folgte der unfassbaren Todesart. Wer schnitt einer Frau denn den Bauch auf? Abartig. Horrorfilm war tatsächlich die rechte Assoziation.

Schließlich schüttelte sie den Kopf, nachdem sie nichts gefunden hatte, lud den News Blog erneut und fror regelrecht fest. Der Inhalt der Seite war gerade aktualisiert worden. Ein neues Bild zeigte nun eine Aufnahme, auf der ein Müllcontainer und Blut in großen Mengen zu sehen war. Klickte man weiter, gab es ein Bild, dass stark gepixelt war und andeutete, dass der Frau der Bauch mehr oder weniger komplett entfernt worden war. Zumindest legten das die dunkelroten Zonen unter den groben Pixeln nahe.

Beide schüttelten den Kopf und er wusste, dass er noch einmal mit der Polizistin sprechen musste, um etwas mehr über den Stand der Ermittlungen zu erfahren.

#010

Sie sah Rayks Nummer im Display des Subarus und nahm das Gespräch sofort an. Sie ahnte, warum er sie sprechen wollte. „Stella, ich bin noch bei einem der Ärzte – der hat mir gerade eine WebSite…“

„Diesen Newsblog?“

„Genau, Ich…“

„Ich bin schon auf dem Weg zu Vilfrid!“

„Okay,“ gab Rayk beinahe kleinlaut zurück. „Dann wird der ja wahrscheinlich bald…“

„Davon kannst Du ausgehen!“

„Gut – ich würde sagen, dann hören wir uns später. Eins vielleicht noch. Ich habe gestern mit einem alten Kollegen gesprochen, der schon in Pension ist seit ein paar Jahren. Der sagte mir, dass es mal eine Anklage gegen Vilfrid gegeben hat. Da war etwas mit Pornographie, meinte er. Ganz sicher war er dann aber doch auch nicht.“

„Mann! Auch das noch! Dann check das bitte, wenn Du wieder in der Station bist.“

„Boah… da bin ich mir nicht so ganz sicher, ob das heute noch was wird…“

„Wieso?“ fragte sie verwirrt. Es war alles andere als zu spät dafür.

„Die Sachen, falls da etwas war, die haben wir in einem Archiv. Das ist nicht bei uns auf der Station. Da komme ich vermutlich erst morgen hin.“

„Mh… okay - ich würde sagen, dann hören wir uns später.“

„Geht klar – ich habe noch zwei Ärzte vor mir, dann bin ich wieder zurück.“

„Und keine Ergebnisse?“

„Zumindest nichts Verwertbares, wenn Du mich fragst. Lass und das nachher bitte gemeinsam beurteilen.“

„Okay – dann bis später.“ Sie schüttelte der Kopf. Rayk war fünf

Jahre jünger als sie und benahm sich manchmal eher, als wäre er halb so alt. Unselbständig. Sie fragte sich, woran das lag und ob Ilva das als Chefin eventuell förderte?

Dann schüttelte sie schließlich den Kopf und wandte sich wichtigeren Dingen zu.

10 Minuten später hatte sie bei Vilfrid geklingelt, war um das kleine Haus herumgegangen, in dem er lebte und hatte keine Lebenszeichen zu sehen bekommen. Als Stella von hinten in das winzige ungepflegte Haus hineinsah, konnte sie allerdings den Computer erkennen, der lief. Und nicht nur das. Sie konnte tatsächlich erkennen, dass Vilfrids Computer diesen News-Blog zeigte. Ausgerechnet!

Stella Nykvist blickte sich um und fasste einen Gedanken. Dann ging sie nach vorn auf die Straße, setzte sich ins Auto, fuhr umständlich auf den Hügel, der hinter dem Haus lag und kletterte den grasbewachsenen Abhang herunter. Sie zog sich auf dem Weg ihre Handschuhe über, hüpfte mit einem großen Satz auf das Geländer der kleinen Terrasse und sprang schließlich so leise wie möglich auf die schlecht verlegten Steine, zwischen denen sich Grasnaben gebildet hatten. Sie hustete hörbar – nichts geschah. Schließlich griff sie die gekippte Tür geschickt mit der einen Hand, ruckte zweimal an dem hölzernen Rahmen und hielt die mannshohe Terrassentür in der Hand, die von hinten in das Zimmer des Zeugen führte. Sekunden später stand sie konzentriert am altertümlich wirkenden PC von Vilfrid. Ihr Puls ging heftig und unbarmherzig. Der Raum wirkte chaotisch, war ungepflegt und lange nicht gesaugt worden. Überall befanden sich leere Energy-Drink-Dosen und zerknüllte Kunststoff-Flaschen.

Stella ekelte sich, aber das war wohl der Preis. Mit drei raschen Griffen hatte sie den Computer zum Leben erweckt und wollte gerade nach den jüngsten Bilddateien suchen. Die Mühe musste sie sich jedoch nicht machen – das entsprechende Fenster war geöffnet. Sie holte noch einmal kurz tief Luft und atmete ihre Wut herunter. Tatsächlich lagen die Bilder in einem Verzeichnis mit dem Titel DEAD_BITCH2.

„Drecksau…“ murmelte sie und zögerte nicht, das Verzeichnis zu löschen und anschließend den Papierkorb des Rechners zu leeren.

Dann blieb sie an dem Bild der verschwindenden Dateien hängen. DEAD_BITCH2? Wieso denn die Nummerierung? Sie ging die Verzeichnisstruktur durch und fand auf derselben Ebene, auf der sie gerade gelöscht hatte, ein Verzeichnis DEAD_BITCH, das eine exakte Kopie der soeben gelöschten Dateien darstellte und vermutlich das Original war. Sie löschte auch diese, hatte sich halb umgedreht, als sie noch einmal zum Rechner ging, das mail-Tool öffnete und pauschal die Mails der letzten drei Tage löschte. Schließlich löschte sie auch die gesendeten Mails und öffnete anschließend seinen Browser und drückte die Kombination CTRL+H, die einen Blick auf eine Browserhistorie freilegte, deren wichtigste Bausteine „porn“ „naked“ „bitches“ „Lesbian“ und „hardcore“ darstellten, gerne auch in mehrfacher Kombination.

Stella spürte ein starkes Verlangen, diesen Mann zu bestrafen, wandte sich dann jedoch ab, verließ das Haus wieder und huschte den Grashügel wieder hoch, gerade, als der Regen wiedereinsetzte – kalt und unbarmherzig, aber eben zum Glück erst, nachdem sie den grasbewachsenen Hügel erklommen hatte.

Gute 10 Minuten später kam sie wieder in die Station gelatscht und fluchte über das Wetter.

„Und? Was hat er gesagt?“

„Wer?“

„Na – Vilfrid!“

„Ah - hab ihn nicht angetroffen. Aber den schnappe ich mir noch.“

#011

Als das Telefon klingelte, zuckte Bjarne Sandvik zusammen und erhob sich dann so rasch, dass er sofort einen beißenden Schmerz im Nacken verspürte und wieder zurück ins Bett sank. Er stöhnte auf und verzog die Augen. Verdammt - das hatte weh getan! Er rollte sich vorsichtiger zur Seite, hielt mit der einen Hand seinen Nacken fest, um ihn zu verstärken und zu schützen, während er mit der anderen Hand nach seinem Telefon griff und den Anruf annahm, ohne zu sehen, wer der Anrufer war.

Rasch erkannte er Stellas Stimme, ohne ganz zu begreifen, was sie erzählte. Diese Frau plapperte, wie ihr der Schnabel gewachsen war. Gute 15 Jahre jünger als er, schien sie ihm manchmal wie ein aufgedrehte Teenagerin zu sein, die etwas Spannendes erlebt hatte und nun zeigen wollte, dass sie auch etwas wusste.

Daneben liebte er sie und hielt sie für eine der besten Polizistinnen, die er kennengelernt hatte in all den Jahren – und sie war die perfekte Besetzung für die SkanForce.

„Stelly, Stelly....! Kurz Klappe halten."

„Hm?"

„Ich will, dass Du jetzt durchatmest und bis 8 zählst – bescheiß mich nicht, ich zähle mit. Wenn Du das getan hast, will ich drei ruhige Sätze von Dir hören, die mir sagen, warum Du mich anrufst."

Sie zählte tatsächlich, er konnte sie murmeln hören, während er die Zeit nutze, sich auf die Kante des Bettes setzte und sich orientierte. Okay – Hotelzimmer, alles klar. Er erinnerte sich. Kein schönes Hotel, aber okay. Dann waren ihre 8 Sekunden um.

„Ich habe eine zweite Leiche – und zwar eine, die dieselben Verletzungen hat wie Leiche Nummer eins."

„Frau ohne Bauch, über die wir gestern gesprochen haben? Mrs. *Organischer Abfall*?"

„Eben jene, ja. Und heute Morgen ist noch so eine gefunden worden. Gute 10 Kilometer weg von hier."

„Dort oben keine Entfernung..."

„Genau. Trotzdem nichts, was man zu Fuß macht. Aber hier können wir ohne eine Sekunde nachzudenken sagen, dass wir in einem einzigen Fall ermitteln. Und da steckt für mich mehr drin. Gestern war das noch ein Verrückter, der vielleicht seine Freundin getötet hatte, heute ist es ein verrückter Serienmörder!"

„Stelly, sachte..."

„Bjarne – ich will dich hier haben. Ich habe das Budget da und kann Dich mit einem Anruf beschäftigen." Er konnte hören, dass sie im Hintergrund wild auf ihrem Telefon herumhämmerte. „Bjarne, im Ernst: Hier sind sonst keine echten Polizisten. Die ganze Station hat vier Kräfte, fünf, wenn ich die Putzfrau großzügig dazu zähle – Hurray! Da kann man nicht nach einem Serienmörder suchen!"

„Serienmörder... Du hast zwei Morde. Das ist noch keine Serie. Vielleicht hat der zwei Frauen gleichzeitig geschwängert, der blöde Idiot? Vielleicht sind das zwei grundverschiedene Morde? Vielleicht ein Trittbrettfahrer?"

„Es gibt keine Veröffentlichung zum Modus Operandi – man kann ihn noch nicht kopieren."

„Modus Operandi... Stelly – ehrlich, Du weisst, dass ich dich liebe – aber wir wollen doch nicht gleich durchdrehen..."

„Kannst Du heute noch fliegen?"

„Ich kann..." Er strich sich übers Gesicht. „Ja... klar – kann ich schon."

„Okay – der QR-Code für den Flug kommt in wenigen Sekunden bei Dir an. Ist flex – du kannst fliegen, wann immer du willst – vorausgesetzt es ist noch heute."

„...dein Ernst?" Er wusste nicht, warum er das gefragt hatte. Stella war ein Spaßvogel, ohne Zweifel – aber ganz sicher nicht bei so einem Thema. Er wollte noch etwas witziges sagen, aber sie hatte bereits aufgelegt. Das nächste Geräusch, das ein sein Ohr drang, signalisierte ihm, dass das Flugticket gerade auf seinem Telefon eingegangen war. Die Zeiten von Papiertickets hatten auch etwas Schönes gehabt, überlegte er noch – da hätte ihn niemand in der Weise überfallen können. Papiertickets... Das war ja schon gar nicht mehr wahr, eine Erinnerung, die man seinen Enkeln erzählte...

Dann raffte er sich auf und putzte erst einmal die Zähne, während er mit der linken Hand die möglichen Flugzeiten checkte. Er erwischte den 11.20 Flug ab Helsinki, was nur zeigte, wie unverschämt früh Stella ihn aus dem Bett gerissen hatte.

#012

Die Frau hatte über eine halbe Stunde geheult und Stella hatte es bislang nicht einmal geschafft, den Namen der Leidenden zu verstehen, obwohl sie sie mehrfach gefragt hatten. Sie weinte weiter, was das Zeug hielt und Stella Nykvist merkte, dass sie dieses Verhalten richtiggehend aggressiv machte. Ihr war klar, wie ungerecht dieser Gedanke war, sie schämte sich dafür. Dennoch: Am liebsten hätte sie der Frau eine schallende Ohrfeige gegeben und sie angebrüllt, um zu sagen: *Los, Frau – wir brauchen eine Aussage! Wir haben keine Zeit für dein scheiß Rumgeflenne!*

Aber es blieb bei dem Gedanken.

Und Stella wusste warum. Vor ein paar Jahren hatte sie vier Stunden in der Sonne auf Kungsholmen an der Mariebergsgatan gesessen und auf einen Selbstmörder auf einem Hochhausdach gestarrt. Irgendwann hatte sie sich ein Megaphone geschnappt und hoch gebrüllt, dass der Kerl sich endlich entscheiden sollte – schließlich spielte Dänemark im EM-Qualifikationsspiel und die Kollegen wollten das Spiel nicht verpassen. Und sie hatte hoch gerufen „Entweder Du springst JETZT oder du nimmst die Treppe – Hauptsache, Du entscheidest Dich!"

Zwei Minuten später war der Spinner die Treppe heruntergelaufen – aber Stellas Karriere hätte das beinahe beendet.

Ein junger Mann mit einer dekorativen Lederjacke, den sie noch nie zuvor gesehen hatte, drückte Stella einen Becher Milchkaffee in die Hand. Er verschwand, bevor sie sich anständig bedanken konnte. Sie blickte ihm gedankenverloren hinterher. Er hatte ihren Namen gekannt und ihr Kaffee gebracht. Diese Begegnung war definitiv das Netteste, was ihr bislang an diesem Morgen passiert war.

Aufgeweckt hatte sie ein hässliches Klingeln. Sie hatte auf ihr Telefon gesehen, verwirrt, schlaftrunken, bis sie das Blaulicht vor der Tür wahrgenommen hatte und begriff, dass jemand an der Tür des kleinen gelben Hauses geläutet hatte. Erst dann hatte ihr Telefon geklingelt und ohne ein sinnvolles weiteres Wort hatte Rayk ihr erläutert, dass sie vor der Tür stünden, um sie abzuholen. Es gab eine Leiche. „Eine tote Leiche?" hatte sie noch gefragt und Rayk hatte aufgelegt. Sie hatte vermutet, dass er dennoch gelächelt hatte.

Minuten später hatte sie bereits auf der Rückbank des großen Volvos gesessen und sich noch etwas taumelig gefühlt, während Rayk neben ihr begonnen hatte, zu sprechen und ihr einen Überblick zu geben. Tatsächlich war eine weitere Leiche mitten im Nichts von einer Joggerin gefunden worden. Mehrere Laufminuten von Kirkvogur entfernt in einer großen Wiese war die Frau, die nun heulend vor ihnen saß, in der Dunkelheit querfeldein gelaufen. Die erste Frage, die Stella durch den Kopf gegangen war, lautete in etwa *welcher verdammte Schwachkopf würde um diese Zeit…?*

Aber diese Frage stellte sie sich schon seit Jahren immer wieder.

Als sie angekommen waren, hatten ein paar Leute bereits Scheinwerfer aufgestellt, weil es noch zu dunkel war. Diese Männer hatte sie zuvor in den vergangenen Wochen noch nicht gesehen und sie schienen nicht zur Polizei zu gehören, die ja in Island nun auch nicht gerade groß war. Knapp 800 Polizisten gab es im ganzen Land, je nachdem, wie man rechnete. Das einzige, was klar war: Die Joggerin war über die Leiche gestolpert und dann, als sie zurückgegangen war, um zu sehen, worüber sie gestolpert war, bäuchlings auf die Tote gefallen. Das war offensichtlich eine nachhaltig erschreckende Erfahrung gewesen, die vermutlich auch Hartgesottene aus der Fassung gebracht hätte. Die Tote war enorm kalt, was sich schon für Menschen, die im Umgang mit Leichen erfahren waren, unangenehm anfühlte. Die Frau war darüber hinaus blutig, aufgeschnitten und eben auch tot. Für die Joggerin war es *der* Albtraum ihres bisherigen Lebens.

Niemand würde ihr einen Vorwurf daraus machen.

Dennoch musste jetzt langsam etwas passieren – sie brauchten eine Aussage. Stella schätzte sie ein. Sie überlegte, dass eine Frau, die um diese Zeit mit einer Stirnlampe querfeldein lief, sich sicherlich nichts von einem männlichen Beamten sagen lassen wollte.

Also gab Stella sich einen Ruck. Sie machte spontan drei Schritte auf die Frau zu, kniete sich konfrontativ vor sie und fragte sie nicht noch einmal nach ihrem Namen, wie sie es bislang ständig getan hatten.

„Ich bin Stella Nykvist," erklärte sie und übertrieb dann „Ich bin von einer Spezialeinheit, die in ganz Skandinavien wichtige Fälle aufklärt. Sie müssten jetzt mit mir sprechen. Das ist wichtig. Wir haben es etwas eilig."

Die Frau hielt kurz inne, begann dann wieder zu weinen. Nach zwei weiteren versuchen erhob Stella sich, zischte „Memme" in einer ihrer anderen Sprachen und schnappte sich Rayk im Vorbeigehen. „Die Frau braucht einen Psychologen. Vermutlich das und ein paar Medikamente. Woher bekommen wir hier einen Notarzt?"

„Der ist schon unterwegs. Kann aber noch ein bisschen dauern."

„Der Notarzt kann noch ein bisschen dauern...? Das spricht ja nicht gerade... egal." Sie schüttelte resigniert den Kopf „Im Anschluss ist sie ohnehin nicht mehr vernehmungsfähig..."

„Aber wenn der sie doch beruhigt...?"

„Ja ja... Aber die Medikamente stehen in jedem skandinavischen Land auf der Ausschluss-Liste für Vernehmungen. Das brauche ich nicht zu überprüfen – das wird hier genauso sein. Ich mache jetzt eins: Ich werfe meinen Kollegen Bjarne aus dem Bett. Der soll uns verstärken. Wenn Du mich fragst... Wir haben es hier mit einem Serienmörder zu tun." Als sie es ausgesprochen hatte, hatte es größer geklungen als beabsichtigt und sie spürte aus dem Augenwinkel, wie sich einer der Männer, die hier unterstützten, umdrehte und auffallend zu ihre herüberblickte.

„Serienmörder? In Island?"

„Ja, ich weiß – aber das haben die Finnen bei Arnfinn Nesset auch gedacht – und der hat 40 Menschen getötet."

Sie hatte sich erhoben, etwas von der Gruppe abgesetzt und das Gespräch mit Bjarne geführt. Nachdem sie ihm den Code für seinen Flug geschickt hatte, hatte sie kurz die Augen geschlossen, dann hatte sie sich umgedreht – und innegehalten.

Sie hatte gut 20 Meter entfernt gestanden, die Scheinwerfer zeigte in eine andere Richtung und die Aufmerksamkeit war in andere Richtungen fokussiert. Aber jetzt sah sie es. Sie konnte es ganz klar erkennen: Die aufgeschnittene Frau, die unter der Hightech-Version eines Lakens verborgen war, lag in der Mitte von vier gleichmäßigen kleinen Erhebungen. Sie hatte sich einen ganzen Moment gefragt, ob sie jetzt eventuell durchdrehte.

Stella hatte den Einsatz kurz unterbrechen lassen. Alle Beamten hatten sich außerhalb der vier Erhebungen begeben – und nun sahen sie es auch: Die Frau lag in der Mitte zwischen den vier kleinen Erhebungen in dem ansonsten praktisch ebenen Rasen. Stella gab sich alle Mühe, das nur bestätigen, fotografieren und aufnehmen zu lassen.

Die Tote lag auf dem Rücken in einer Lache ihres Blutes. Hier war der Fundort mit großer Sicherheit der Tatort. Das war anders als bei der ersten Toten, soviel war klar. Aber diese Art, wie sie da lag – gottesfürchtig, das Gesicht zum Himmel gerichtet, die Hände seitlich vom Körper weggestreckt. Nachdem sie eben schon das böse Unwort Serienmörder in den Mund genommen hatte, würde sie jetzt nicht noch so verrückt sein, ein Wort wie „Ritualmord" in den Mund zu nehmen. Aber sie ließ das ganze genauso fotografieren.

Eigenartiger Weise hatte diese Art Unterbrechung die weinende Finderin der Leiche derartig abgelenkt, dass Rayk nun mit ihr ins Gespräch gekommen war. Er hatte vorsichtig mit ihr gesprochen und musste Stella später berichten, dass sie eigentlich nicht viel Verwertbares gesagt hatte, außer der wenigen Sachen, die sie schon wussten. Also hatte Stella gefragt, wo man ein frühes Frühstück bekommen würde.

Als Rayk noch überlegte, war ein kleiner Tumult entstanden, dann war jemand zur Seite gekippt, ganz in der Nähe der toten Frau. Nach einigen Wirrungen hatte sich herausgestellt, dass der Mann die Tote kannte. Sie wussten jetzt, dass sie scheinbar auf den Namen Jolly gehört hatte, er wusste, dass sie aus Reykjavik stammte und kurz hier in der Region gelebt hatte, wusste jedoch nicht mehr, wo sie heute lebte.

Das war nicht direkt nichts – aber so sehr viel mehr als nichts war es auch nicht. Also hatte Stella auf ein Frühstück bestanden.

#013

Kjell und Ragnar hatten sich zufällig auf der Straße getroffen und waren stehen geblieben. Das Gespräch kam rasch weg von Versicherungen oder der MTH – das Thema des Tages war der Leichenfund draußen vor dem Ort. So schien es Ragnar jedenfalls, der morgens im gleichen Restaurant im Diner-Style gefrühstückt hatte wie Stella Nykvist.

Stella hatte mit Rayk zusammen gegessen, dann waren beide aufgestanden, Rayk war nach draußen gegangen und Stella, die Ragnar bis dahin nicht gesehen zu haben schien, hatte sich im Vorbeigehen sehr plötzlich und unerwartet an seinen Tisch gesetzt. Er hatte sich bei dem Gedanken ertappt, ob sie wohl heute Unterwäsche trug und hatte befürchtet, dass man ihn diesen Gedanken in fetten roten Lettern am Gesicht ablesen konnte.

Dann hatten sie über den Fund der Leiche gesprochen, von dem Ragnar bereits gehört hatte. Der alte Kerl, der hier in dem Diner bediente, hatte es gewusst und seine Klappe nicht halten können.

Stella hatte alles bestätigt und war dabei aus seiner Sicht verhältnismäßig offen gewesen.

Und so wusste Ragnar mehr als Kjell, der ganz früh morgens im Werk gewesen war, weil die Luft-Zerlegungsanlage einen Defekt hatte und ein Teil der Produktion aus dem Ruder gelaufen war. Ragnar kommentierte wie gewohnt nichts, was seine alte Firma betraf. Er wunderte sich vielmehr, dass Kjell es ihm überhaupt erzählt hatte, dachte sich aber weiter nichts dabei. Kjell sah ihn schon von vornherein sehr erstaunt an. Die Tatsache, dass es sich hier um einen Ritualmord handeln sollte, löste zuerst kurz ein Lachen bei ihm aus, dann wurde er ernst und wollte Details wissen.

Schließlich schüttelte er den Kopf. „Was für ein Wahnsinn! An wie viele Tote erinnerst Du dich hier in der Gegend? Gab es hier schon mal einen Mord in den letzten Jahren?“

Ragnar schüttelte den Kopf. „Keine Ahnung – ich denke, eher

nicht... Doch, warte, gab es da nicht mal diesen einen, bei dem diese Litauer...?"

„Ja – aber das war ja eher Totschlag. Und hey – da war auch nichts rituell, kein Serienmörder... Der Wahnsinn, wirklich. Woher weisst Du das alles?"

„Die Polizistin aus Schweden hat es gewusst. Mit der habe ich heute Morgen gefrühstückt."

„Mit Stella Nykvist?"

„Genau..."

„Du hast...? Wieso frühstückst Du mit der?"

„Das war falsch ausgedrückt – sie war im selben Laden wie ich und wir haben gesprochen." Ragnar musste sein Lachen unterdrücken. Die missverständliche Formulierung war kein Zufall gewesen. Er hatte Kjell stecken müssen, dass er die auffällige rotblonde Frau kannte. Er ging nicht weiter und würde keinerlei Andeutungen machen. Aber wissen sollte Kjell es. Sollte er ruhig diesen Stachel im Fleisch spüren. Eifersucht. Das tat weh. Gerade jemandem wie Kjell.

„Achso... hatte mich schon gewundert... Mann – der Wahnsinn! Ein Serienmörder. Spricht man überhaupt bei zwei Morden schon von Serienmord?"

„Keine Ahnung..."

„Müssten die uns da nicht eigentlich informieren – ich meine irgendwie offiziell und so? Also: Die gesamte Bevölkerung?"

„Und dann – was sollen die sagen? Dass wir Türen und Fenster schließen sollen?"

„Ja... auch wieder wahr..."

„Also - Mein Rat: Richtig versichern hilft. Eine gescheite Lebensversicherung stützt deine Hinterbliebenen auch in so einem Fall."

„Mann – echt jetzt? Du willst mir eine Lebens..."

„Kjell! Das war ein Witz. Ich kann Dir natürlich eine verkaufen – aber das ist wirklich nicht mein Kerngeschäft. Ich mache nach wie vor eher Schiffspolicen nach dem Verfallsverfahren."

„Ja ja... Verfallsverfahren. Aber im Ernst: ich komme da vielleicht demnächst mal rein…“

Dann hatte er ihm auf die Schulter geklopft und war verschwunden. Ragnar hatte sich in seinen Wagen gesetzt und war die gute Stunde rüber bis zur MediXXX gefahren. Mit denen hatte er wirklich Versicherungsthemen für neues Labor zu klären. Und gab es einen Versicherungsmakler, der sich besser mit so etwas auskannte als er, der die MTH praktisch aufgebaut hatte? Er hatte den Weg mit großer Vorfreude angetreten.

#014

„Dieser Mord ändert alles," hatte Stella erklärt, als sie Rayk das neue Bord zeigte, an dem sie eine Stunde herumgemalt hatte, um die neue Entwicklung des Falles in das einzuordnen, was sie am Vorabend erarbeitet hatten. Und das hatte zu diesem Zeitpunkt so ungemein schlüssig gewirkt. Jetzt hingegen... jetzt wirkte es auf Stella, als hätten sie gestern wie im Kindergarten ermittelt und heute hatte ihr ein Kerl aus dem Gymnasium gezeigt, wo es langging. Sie war enttäuscht, angestrengt, genervt, aufgekratzt und gab sich Mühe, das ausnahmsweise nicht an Rayk auszulassen.

„Wenn ich sagen sollte, was jetzt die wichtigsten Themen sind, dann ist das etwas ganz anderes als gestern Abend. Wir müssen jetzt herausbekommen, wer diese Jolly ist. Wann hat die hier gelebt, wer würde die kennen? Ich meine – das ist ja nicht gerade New York hier, oder?"

„Nein – hier kennt eigentlich jeder einigermaßen jeden. Also ich denke, wenn ich mich ans Telefon hänge, werde ich das herausbekommen. Und dann?"

„Dann müssen wir etwas darüber in Erfahrung bringen, was das für eine Schwangerschaft war. Es muss dazu ja einen Vater geben. Der ist vielleicht ihr Freund, ihr Gatte, ihr Liebhaber... Ich überlege gerade eins: So viele Leute gehen doch von hier nicht weg. Du telefonierst und ich schnappe mir ein Bild von der Leiche und gehe schnell da rüber zu der ehemaligen MTH. Die meisten Leute, die hier in letzter Zeit weggegangen sind, waren doch wohl Angestellte der MTH, oder?"

„Guter Punkt, mach das. Und dann?"

„Okay – wenn wir wissen, wer sie ist, setzen wir alles darauf, sie ganz konkret zu ermitteln, zu verstehen, was mit ihr passiert ist. Wir sind nicht viele – also muss die andere Leiche erst mal liegen bleiben. Am Ende gehören die ohnehin zusammen."

„Ich wollte heute noch zu drei Ärzten, die gestern keine Zeit hatten," erläuterte Rayk und wirkte leicht geknickt, dass er das liegen lassen sollte. Stella hatte grundsätzlich den Eindruck, dass Rayk viel lieber draußen war, als hier in der Polizeistation herumzusitzen und Anrufe entgegen zu nehmen.

„Sag – haben wir eine Chance, deinen ehemaligen Kollegen hierher zu bekommen, damit er uns hilft?"

„Welchen Kollegen?" Es dauerte einen Moment, dann konnte man es im Kopf des schlanken dunkelhaarigen Kerls klicken hören. „Ah – den könnte ich in der Tat fragen, ob er uns hilft. Sonst müssen wir wirklich Leute von woanders anfordern. Und bis die genehmigt sind..."

„Mein Kollege wird ja auch irgendwann heute eintreffen... Also kläre doch bitte das mit deinem alten Kollegen zuerst. Dann hängst Du dich ans Telefon. Ich gehe rüber zur MTH, dann rufe ich in der Gerichtsmedizin an und werde auch den Dr. bitten, die ehemaligen MTH Kollegen, die dort jetzt bei MediXXX arbeiten, zu fragen, ob sie eine Jolly kennen."

„Gut! Das klingt nach einem Plan!"

Sie wollte sich gerade erheben, als Rayk anmerkte „Wusstest Du, dass es gestern zwei Einbrüche in der Stadt gegeben hat?"

„Nein – was ist passiert?"

„Vilfrid und sein Nachbar sind beraubt worden.

„Vilfrid? Gestern?" Sie nickte nachdenklich „Was haben sie denn gestohlen?"

„Seinen Computer und Bargeld. Und scheinbar hatte er einen richtig teuren Computer. Da muss jemand gewusst haben, was er tut." Stella hatte das ganz anders in Erinnerung und spürte einen Moment lang eine gewisse Leere in sich. Manche Menschen hatten schon ein eigenartiges Verhältnis zu Recht und Gesetz. „Hm... Bargeld ersetzt die Versicherung ja nicht," murmelte sie. „Einen teuren Computer schon. Wenn man eine Rechnung hat. Und bei seinem Nachbarn?"

„Genau dasselbe..."

„Meinst Du, dass das mit unserem Fall zusammenhängt?"

„Hm... weiß nicht – aber es ist schon eine komische Häufung von Ereignissen, oder? Wann passiert hier sonst schon mal so etwas." Er atmete tief durch und überlegte. „Ich habe mir überlegt, ob vielleicht jemand die Bilder der Toten stehlen wollte?"

„Aha – und die waren auf dem *teuren* Computer... Das ist ein Thema..." Dann schüttelte sie den Kopf. „Lass uns das nicht mit Priorität behandeln."

Rayk nickte „Okay, meinetwegen – dann legen wir jetzt los?"

„Das tun wir." Stella erhob sich, Rayk verschwand und sie blickte dem etwas zu langhaarigen jungen Kerl hinterher. Dann schüttelte sie den Kopf und schlüpfte in ihre dicke Jacke, die sie sich heute Nacht geschnappt hatte. Sie hatte sich in der Hektik der Nacht die Zähne nicht geputzt und kompensierte das jetzt mit Pfefferminzbonbons, mit deren Geschmack sie auch nicht übermäßig glücklich war.

Sie druckte rasch ein Bild der Toten aus und rollte es zusammen. Der Weg zur MTH herüber dauerte fast fünf Minuten, weil das Gebäude zwar in Sichtweite lag, sie jedoch um das kleinere Gebäude, das zwischen ihrem Büro-Container und *Der Chemie* lag, herumlaufen musste.

Im Näherkommen überlegte Stella erstmals, dass ihr in der Hektik der vergangenen Tage nicht aufgefallen war, dass sie keinerlei Ahnung hatte, was MTH wirklich herstellte und auch nicht gefragt hatte, was der Firma eigentlich passiert war und wie das mit MediXXX zusammenhing. Sie hatte sich geistig so viel mit dem Wenigen beschäftigt, was sie hatten. Und sie spürte, dass sie entschieden zu wenig Leute waren, um einen solchen Fall zu lösen. Sie entschied, dass sie weitere Leute beantragen musste, wenn das hier nicht den Bach runtergehen sollte. Die Gefahr bestand. Wie alle Polizisten, die sie kannte, wollte sie nie als erstes um mehr Leute betteln. Aber das hier erforderte es – und da musste sie zäh sein. Allein die Tatsache, dass sie noch nicht mehr Leute beantragt hatte – Bjarne ausgenommen – zeigte, dass sie keinen Meter vorausdenken konnte mit dem bisschen Volk, das ihr zur Verfügung stand.

Bevor sie klingelte, schickte sie noch eine Nachricht an Rayk und erklärte ihm, dass sie später mehr Leute beantragen mussten. Als sie die Nachricht gerade verschickte, wurde die Tür geöffnet und ein Mann in den späten 50ern sah sie interessiert an. „Du willst zu uns?"

„Ich – ja, ich war nur noch nicht so weit." Lächelte sie ihn an. Und das konnte sie, wenn sie wollte so, dass es bei jedem Mann in seinem Alter dieses Schweigervater-Gen auslöste. Er bat sie warmherzig in den geheizten Vorraum, den sie glücklich zur Kenntnis nahm, obwohl sie nur wenige Minuten draußen gewesen war.

„Was kann ich für Dich tun?" fragte der elegant gekleidete Mann, der nicht recht in dieses graue Industriegebiet passen wollte.

„Ich..." Sie griff seitlich in die Jacke, nahm das gerollte Bild hervor und erklärte ihm „Ich bin von der Polizei." Sie zeigte auf das Gebäude in Sichtweite.

„Ach... jetzt erkenne ich Dich. Wie geht es Ilva?"

„Ich... besser, denke ich..."

„Das freut mich. Grüß sie von mir. Grüß sie von uns allen."

„Mach ich, danke, werde ich ausrichten. Ich bin wegen etwas anderem hier. Ich möchte dir dieses Bild hier zeigen." Sie entrollte den Ausdruck und hatte noch nicht die Zeit gehabt, Luft zu holen oder zu sprechen, als der Mann sagte „Jolly... Was ist mit der?"

„Du kennst sie also. Woher kennst Du sie?"

„Oh Gott..." Er nahm die Hand vor den Mund, wie es wirklich selten bei Männern beobachtete und blickte sie über das Foto hinweg an. „Sie ist die Tote? Sie haben sie da draußen aufgeschlitzt?"

„Wir ermitteln in einem Mordfall, das ist korrekt," begann Stella – dann besann sie sich und fragte sich, was der formale Blödsinn sollte. Das Bild zeigte die Tote, die sie gefunden hatten. Der Mann hier bei MTH reagierte als zweiter so. Also nickte sie betroffen und schwenkte um. „Ja – wir müssen davon ausgehen, dass sie einem Gewaltverbrechen zum Opfer gefallen ist, leider." Sie nickte mitfühlend und ergänzte dann schnell „Und du kennst sie woher?“

„Jolly hat hier gearbeitet. Sie hat ein paar Mal hier gearbeitet. Ich glaube, sie ist eigentlich aus der Hauptstadt, wenn ich mich richtig erinnere. Gelebt hat sie hier nicht richtig.“

„Sie war so etwas wie eine freie Mitarbeiterin?“

„Sie hat hier geforscht. Da muss sie noch studiert haben, denke ich. Vielleicht studiert sie noch, weiß nicht recht.“ Er schüttelte nachdenklich den Kopf und wirkte dabei sehr traurig.

„Aber da habt ihr hier doch sicherlich Unterlagen, oder?“

„Na, ganz sicher sogar, das machen die alles ordentlich hier. Wir müssen ja auch Forschung dokumentieren und so. Setz dich erst mal. Ich... Ich hol jemanden, der dir hilft.“

„Danke!“ Sie machte ein paar gelangweilte Schritte durch die Empfangshalle, die diesen Namen nicht recht verdiente. Auch hier war es für eine „Halle“ zu eng, zu grau, zu charakterlos. Die Wände waren als Kontrast zum hellen Grau des Gebäudes und des Bodens dunkelgrau abgesetzt und mit Schwarzweiß-Bildern dekoriert. Sie nahm das Wort innerlich zurück. *Dekoriert* klang positiver und bunter. Auch die Bildmotive gaben das nicht her. Da gab es nicht die üblichen Bilder von der Jubiläumsfeier oder dem Weihnachtsumtrunk. Da gab es Bilder aus der Bauphase, die Stella Nykvist erst richtig vor Augen führten, dass das hier im Grunde eine unberührte Bucht gewesen war, bevor die MTH gekommen war und die Firma hierhergesetzt hatte. Das Polizeirevier, in dem sie zurzeit ihren Vertretungsdienst absolvierte, hatte es da noch nicht gegeben. Eine andere Aufnahme legte jedoch nahe, dass es kurze Zeit später entstanden sein musste – ebenso wie sich die umliegenden Firmen rasch angesiedelt hatten. Wenn sie es recht durchdrang, musste das wohl um 2004 gewesen sein, vielleicht 2005, als die MTH sich hier niedergelassen hatte.

Sie wurde abgelenkt, als Kjell und ein weiterer Mann plötzlich durch eine Glastür kamen. Der Mann, den sie nicht kannte, sprach kurz mit dem Mann vom Empfang, während Kjell direkt auf sie zuschritt und ihr übertrieben formal die Hand schütteln wollte. Sie empfand das als lächerlich und ignorierte die für sie eigenartige Geste. Wenige Sekunden später schüttelte ihr der andere Mann die Hand und stellte sich als Snorre vor. Er schien im selben Alter wie Kjell zu sein. Sie schätze ihn auf Ende 30 oder vielleicht Anfang 40. Ein schlanker Kerl mit wachen Augen und Haar, das schon leicht licht wurde. Er erläuterte ihr, dass er der Geschäftsführer der MTH sei und Kjell zeigte auf ihn und sagte mit einem eigenartigen Stolz „Er ist Gründungsmitglied der Medical Tæknimaður Hlutafélag."

„Aha," murmelte Stella und schob nach „Da warst Du wie alt, Snorre? Mitte 20?"

„So ungefähr... Wir haben die Firma fast direkt nach der Uni gegründet. Ich hatte zwischendurch bei einer Medizintechnik-Firma in Deutschland gearbeitet und bei einer in UK. Und dann habe ich die Firma gegründet – hier in meiner Heimat."

„Du bist aus Kirkvogur?"

„Nein," lachte er, „um Gottes Willen – nicht aus diesem Kaff. Ich bin aus Keflavík."

Stella wollte zunächst kurz laut loslachen. Wenn sie recht informiert war, hatte Keflavík satte 10.000 Einwohner – aber man musste wohl Isländer sein, um den Unterschied zwischen einem Mikro-Ort und einem Kaff zu verstehen.

„Okay... Was macht ihr hier eigentlich genau?"

Kjell antwortete „Wir haben im Grunde die ganze Palette gemacht bis zur Finanzkrise. Fertigung von Baugruppen und Systemen, Supply Chain Management, Sicherstellung der Rückverfolgbarkeit, Zulassung von Medizinprodukten, Audits..."

„Okay – auch wenn es nichts mit meiner Frage zu tun hat: Warum wart ihr da von der Finanzkrise betroffen? Das klingt doch so, als würde man dafür immer Abnehmer finden, oder? Das hat doch nichts mit Aktien zu tun, oder?"

„Das stimmt," erläuterte Snorre nun wieder, „Aber wir haben von Beginn an etwas für unsere Mitarbeiter tun wollen und haben uns an einem Rentenfonds beteiligt. Der hatte eine unfassbare Performance. Und ja... *unfassbar* hätte uns vielleicht misstrauisch machen sollen. Aber hinterher klüger sein, ist ja leicht, oder?" Er lächelte und das sollte wohl gewinnend wirken, funktionierte bei Stella aber nicht so recht. Sie fragte sich, woran das lag, kam aber zu keinem sinnvollen Ergebnis. Sie wusste, dass in dieser Zeit viele isländische Firmen mit ähnlichen Geschichten den Bach runtergegangen waren, aber ihr Wirtschaftsverständnis war begrenzt. Ganz verstanden hatte sie seine Erklärung nicht, wenn sie ehrlich war, also legte sie noch einmal nach „Im Grunde habt ihr Euch also verspekuliert und hattet dann sozusagen Renten-Schulden bei Euren Mitarbeitern?"

„Genau... Und das in einer Höhe, die uns gezwungen hat, Teile der Fertigungsanlagen zu verkaufen. Die waren das Einzige, was sich ausreichend schnell zu Geld machen ließ."

„Okay... verstanden."

„Aber Du bist wegen etwas anderem hier?" kam Kjell zum Thema zurück und ein kleines Misstrauen schlich sich in Stellas Hinterkopf. Sie konnte das nur schwer greifen und entschied, es auf später zu vertagen.

„Ja..." Sie entrollte das Bild noch einmal und zeigte es den beiden recht nah vor ihrem Körper, um herauszufinden, ob sie näherkommen mussten, um die Frau zu erkennen. Mussten sie nicht. Snorre erkannte Jolly auf gute zwei Meter Entfernung ohne jeden Zweifel, Kjell zuckte mit leichter Verzögerung.

„Was ist mit ihr?" wollte Snorre wissen und Stella war erneut bereit, loszulachen, beherrschte sich aber erneut.

„Die Frau ist tot und wir müssten wissen, was sie hier gemacht hat und ob ihr über eine aktuelle Adresse von ihr verfügt."

„Na sicher..." Snorre schien erst verzögert zu begreifen, was er hier gerade gehört hatte. „Tot?"

„Ja... Und wir müssen ermitteln..."

„Ermordet?"

„Davon gehen wir aus, ja..."

„Kjell hat alles, was Du brauchst," erklärte er knapp, drehte sich um und verschwand grußlos durch die Tür. Die Geschwindigkeit und Spontaneität seines Abgangs schienen selbst Kjell für einen Moment zu verwundern. Dann straffte er sich jedoch, rief auf Isländisch etwas zu dem Mann vom Empfang, das Stella nur der Spur nach verstand. Vermutlich bedeutete es so viel wie „Sie braucht keine Sicherheitsüberprüfung." Aber schnell gesprochen war Isländisch für Stella Nykvist oft schwierig.

Die Auswirkung stimmte jedenfalls: Kjell öffnete ihr galant eine Tür, die eigentlich eine Zutrittskarte benötigte und führte sie einen langen mittelgrau gestrichenen Gang entlang, an dessen Ende sie links abbogen und in ein großes Büro traten, das theoretisch ein Sekretariat hatte, welches aber zurzeit scheinbar unbesetzt war.

Ein Büro weiter bot Kjell ihr einen Sitzplatz an, der seinem gegenüber lag. Er ließ sich auf einen unsachlich großen Ledersessel fallen und erweckte seinen Computer. Dann klickte er konzentriert und wortlos herum, lächelte Stella nur einmal zwischendurch kurz zu. Schließlich konzentrierte er sich intensiver und Stella bekam den Eindruck, dass er möglicherweise eine Brille brauchen könnte, jedoch zu eitel dazu war. Den Eindruck hatte sie auch schon gehabt, als er vor wenigen Tagen abends in ihrem kleinen gelben Haus zum Essen war. Aber da hatten andere Gedanken überwogen.

„Jolly – da haben wir sie. Ich hatte in der falschen Datenbank geschaut. Die ist gar keine freie Mitarbeiterin mehr, obwohl ich mir da einigermaßen sicher gewesen wäre."

„Sie war aber immer freie Mitarbeiterin? Nie festangestellt?" Stella ärgerte sich, dass sie ihren blauen Verhörblock nicht bei sich hatte und begann, sich Notizen in ihrem Handy zu machen.

„Sie war... lass mich schauen... Nein – sie war immer freie Mitarbeiterin. Eine Zeitlang hatte sie ein festes Stundenkontingent. Da hat sie aber nicht hier vor Ort gearbeitet. Und seit 5 Monaten ist sie nicht mehr... Ah." Kjell schaute konzentriert auf den Bildschirm und klickte scheinbar auf eine zusätzliche Information. „Ich würde sagen... Sie war wahrscheinlich schwanger.

Im Labor musst du dann sofort aufhören zu arbeiten."

„Aber du sagtest gerade, sie hätte zuhause gearbeitet?"

„Das stimmt. Das Gesetz ist nicht das Neueste. Es regelt – zumindest ist das hier in Island so – dass Frauen, die schwanger sind, nicht in unserer Branche arbeiten dürfen, weil das Risiko zu hoch ist. Und das gilt dann eben auch für Arbeitsformen wie Home-Office, die es zu Zeiten dieses Gesetzes noch nicht gab."

„Na prima... Da werden Frauen also mal wieder systematisch rausgekickt."

Er legte den Kopf einen Moment schief und erklärte „Das sehe ich ein wenig anders. Mein Eindruck ist, dass auch die Frauen sich nicht so sehr gegen dieses Gesetz einsetzen. Sie erhalten das volle Gehalt. Selbst Jolly bekommt das - und sie war nicht einmal fest angestellt. Soooo übel ist das also vielleicht nicht."

„Ja ja... Was hat sie hier bei Euch gemacht?"

„Sie hat Versuchsreihen geleitet und später ausgewertet. Also genaugenommen hat sie sie da am Ende scheinbar nur noch ausgewertet. Hat vermutlich ihr Diplom dazu gemacht, nehme ich mal an."

„Und dafür kommt sie von Reykjavik hierher? Das sind was – drei Stunden Fahrt?"

„Bestimmt – aber solche Stellen findest Du in Island vielleicht 20 Stück, eher weniger. Insofern fahren die Studenten dafür vermutlich so ziemlich jede Strecke. Und sie arbeitete ohnehin die meiste Zeit vom Home-Office aus."

„Hast Du sie näher gekannt?"

„Hm... nicht wirklich. Ich erinnere mich an sie. Sie ist eine hübsche Frau und vor allem ziemlich groß, wodurch sie auffällt. Sie war auch auf den Weihnachtsfeiern manchmal hier und so. Das war eher ungewöhnlich. Ich hatte mich manchmal gefragt, ob sie hier in der Gegend irgendeinen Freund, eine Bleibe hatte – denn hier in unseren Daten steht keine Adresse hier vor Ort. Das ist ungewöhnlich."

„Okay," murrte sie. „Wie heißt die Frau richtig?"

„Jorid Jónsdóttir... wahrscheinlich nannte sie deshalb jeder

Jolly"

„Hä?"

„Na Jolly, wie das JoJo?" Er blickte sie leicht ungläubig an und demonstrierte in der Luft unnötigerweise die Funktion eines JoJos. Schließlich zuckte er die Schultern und erklärte „War vielleicht was Isländisches…" Er nannte ihr Jollys Adresse, die in Reykjavik lag und sofort entstand ein Plan in Stellas Kopf. Bjarne würde in Reykjavik landen – da konnte er sich gleich einmal nützlich machen.

Ungefragt war Kjell galant genug, die Daten für Stella auszudrucken und verschwand kurz in das Vorzimmer, wo sich scheinbar der Drucker befand.

Stella tippte schnell eine Nachricht an Rayk, dass er sich nicht weiter kümmern musste und dass ihr die Adresse von Jolly jetzt vorlag. Dann erhob sie sich, stemmte sich wieder in ihre kurze Daunenjacke und Kjell kam ihr entgegen, stellte sich neben sie und zeigte ihr die wesentlichen Angaben auf dem Ausdruck, der auch Geburtsdatum und alles enthielt, was relevant war. Darüber hinaus sogar den Arzt, der die Schwangerschaft festgestellt hatte, was die Arbeit ganz entschieden erleichtern sollte. Na immerhin. Als Stella sich bedankte, spürte sie plötzlich Kjells Hand an ihrem Po.

Das war irgendwo zwischen frech und völlig unpassend in Stellas Augen. Natürlich hatten sie bereits ihre verschwitzten Körper aneinander gerieben, hatten sich nackt gesehen – aber was sollte jetzt das? In einem ersten Impuls wollte sie ihm eine Ohrfeige geben, zumal er sie mit der Hand auf ihrer Hüfte nun auch noch eigenartig anlächelte. Schließlich schob sie ihm etwas unvermittelt ihre freie Hand zwischen die Beine und drückte bereits leicht zu, bevor er begriff, was geschehen war. „Vorsicht, mein Lieber – ich glaube nicht, dass ich hier unters Freiwild falle, oder?"

„Ich…"

In dem Moment trat offensichtlich jemand in sein Vorzimmer und Stella ließ ihn los, begrüßte die Sekretärin freundlich und erklärte, dass sie den Weg raus sicherlich mühelos finden würde und sich niemand um sie bemühen musste. Ihr Puls schlug nicht nur bis in den Hals hoch – sie konnte ihn in den Fingerspitzen fühlen. Hatte sie gerade wirklich diesem Kerl zwischen die Beine gegriffen? Am helllichten Tag in einem Büro?

Sie schüttelte den Kopf, grinste aber beim Rausgehen. Obwohl sie jetzt nervös flatterte – sie hatte richtig gehandelt und würde es wieder tun. Sein Verhalten war unangemessen und das sollte er ruhig wissen und verstehen, dass man mit Frauen so nicht umgehen sollte.

#015

Bereits während er noch auf seinen Koffer wartete, hatte Bjarne Sandvik mit der Arbeit begonnen – gezwungenermaßen. Stella hatte ihm die Box vollgequatscht und zur Sicherheit noch Voice-Nachrichten auf digitalem Wege hinterlassen und ihm Informationen per Mail geschickt, während er rüber nach Reykjavik geflogen war.

So kannte er sie.

Als sein Koffer eintraf, hatte er bereits den Arzt ausfindig gemacht, der bei Jorid Jónsdóttir die Schwangerschaft festgestellt hatte. Er hatte dort einen Termin bei der Verwalterin der Praxis, die außerhalb von Reykjavik lag, aber immerhin mit etwas Fantasie auf dem Weg nach Kirkvogur. Gleichermaßen hatte er ihre Bank ausfindig gemacht, was erschreckend leicht gewesen war und würde auch dort mit jemandem sprechen können. Schließlich hatte er versucht, mit ihren Eltern zu sprechen, diese jedoch nicht erreichen können. Eltern Todesnachrichten ihrer Kinder zu überbringen, hatte bei ihm immer noch einen schlimmeren Beigeschmack als ohnehin bei jedem Polizisten, dessen war er sich bewusst. Aber Bjarne Sandvik hatte auch gelernt, sich seinen Utøya-Dämonen zu stellen.

Die Autovermietung stellte ihm einen Suzuki Vitara zur Verfügung, der für Island vermutlich das perfekte Auto war – kompakt aber einigermaßen geländegängig und für die üblen Straßen geeignet. Außerdem schien es ihm Fügung: Er hatte auch bei seinem letzten Besuch hier einen solchen Wagen gehabt – wenn auch ein etwas älteres Modell.

Gute 15 Minuten später hatte er bereits den mehrfach angebotenen Kaffee abgelehnt und saß einem Bankberater gegenüber und fragte sich irgendwo im Hinterkopf, wann in seinem Leben er das letzte Mal mit so einem aussterbenden Beruf zu tun gehabt hatte. Jedoch musste er erstaunt feststellen, dass selbst in dieser großen Stadt der Bankberater sehr gut über seine Kundin informiert war, was ihn ebenso erstaunte wie die Tatsache, dass

Stella es von Kirkvogur aus hinbekommen hatte, mithilfe eines Faxes die Auskünfte über die tote Frau zu autorisieren. Das dauerte normalerweise länger.

Der Bank-Mann bedauerte den Tod der jungen Frau mehrfach, erkundigte sich aber mit keiner Silbe, was geschehen war. *Eigenartig* speicherte Bjarne und machte sich Notizen in seinem dicken A5 Buch.

Sie ermittelten gemeinsam, dass die Schwangere, obwohl sie scheinbar ein Berufsverbot hatte, über zwei Einkommen verfügt hatte – eines von der MTH und ein weiteres von einer Isländischen Kapital-Gesellschaft mit einem generischen Namen, der weder dem Bank-Mann noch Bjarne etwas sagte. Dem mussten sie nachgehen, denn für eine Studentin war dieses Einkommen erstaunlich hoch. Miete zahlte die Frau keine, was darauf hindeutete, dass hier Eltern im Spiel waren.

Bjarne vermutete, dass die junge Frau eventuell bei den Eltern wohnen würde, aber der Bank-Mann blickte auf die Adresse und verneinte das. „Das ist eher eine Gegend, in der Studenten wohnen, würde ich sagen. Ihre Adresse hat außerdem ein F hinter der Zahl."

„Das bedeutet?"

„Apartment-Komplex."

„Ah..." Bjarne notierte auch das und weitere Dinge, die ihm auffällig erschienen. Minuten später war er auf dem Weg zum Arzt, der die Schwangerschaft festgestellt hatte. Er war bereits zu spät zum vereinbarten Termin, setzte jedoch voll auf die Karte „Ausnahmesituation" und erhielt in der eleganten Praxis alle Infos, die er benötigte. Jorid war im sechsten Monat, hatte keinen Vater angegeben – und: Sie hatte Zwillinge unter dem Herzen getragen.

„Puuh... das ist sicherlich ungewöhnlich," bemerkte Bjarne eher beiläufig gegenüber der Frau, die sich stur als *Praxis-Managerin* bezeichnete und mit zu langen Fingernägeln an einem hohen Tresen stand und alle Infos aus einem Tablet hervorzauberte. Das Obst-Signet auf der Rückseite demonstrierte, dass

Geld hier nicht so relevant war wie an manchem anderen Ort. Sie lächelte Bjarne mit einem ganz kleinen Hauch von Künstlichkeit an und erklärte „Geht so – zurzeit haben wir drei Zwillings-Mütter. Mit einer von denen war sie befreundet, wenn ich mich richtig erinnere."

„Aha... Das ist dann allerdings..." Er hielt inne. „Woher weisst Du das?"

„Was? Dass wir drei..."

„Nein – dass sie mit einer der anderen Mütter befreundet war."

„Ich..." Sie schien ernstlich nachdenken zu müssen. „Die waren manchmal zusammen hier, denke ich. Also ja – wenn ich drüber nachdenke, bin ich mir sicher." Sie tippte wieder auf dem Tablet herum, kontrollierte etwas, nickte dann. „Yep – die waren zusammen da."

„Wie hieß denn die andere Patientin?"

Bjarne wusste, dass das nicht legal war, hatte aber Hoffnung gehabt. Die Managerin schüttelte jedoch den Kopf und erklärte entschieden, dass er für die Auskunft nicht berechtigt war. „Personenbezogene Daten könnte ich Dir geben, wenn diese Frau auch tot wäre, das weisst Du, das ist kein speziell isländisches Gesetz."

Er holte tief und aufwändig Luft. „Das ist mir völlig klar. Die Frage könnte hier eher sein: brauchen wir den Namen eventuell, um weiter ermitteln zu können? Ich erkläre es Dir: Dort, wo Jorid Jónsdóttir gestorben ist, ist noch eine weitere junge Frau tot aufgefunden worden. Vermutlich ähnliches Alter. Allerdings ist ihre Leiche verschwunden."

„Ja, klar..."

„Ja – mir ist klar, dass das leicht absurd klingt – so ist das aber in unserem Job."

„Davon hätte man in den Nachrichten gehört."

„Hm... da hatten wir bislang ein wenig Glück. Erst heute ist es soweit, dass da wirklich Dinge nach draußen gegangen sind, wie mir scheint. Aber du erkennst schon, dass das, was ich sage, einen Hinweis geben könnte?"

„Ja – aber ich kann dir trotzdem keine Auskunft geben," beharrte sie unumstößlich.

„Moment, warte." Er zückte sein Outdoor-Telefon, das immer etwas unzeitgemäß aussah und den Verdacht vermittelte, dass Bjarne im Nebenberuf Bagger-Fahrer sei. „Stella, ja – ganz kurz: Ich bin hier gerade in der Praxis, die die Schwangerschaft von Jorid Jónsdóttir festgestellt hat. Hier gab es scheinbar eine Freundin, mit der sie oft herkam, ..."

„Von *oft* habe ich nichts gesagt," erläuterte die Praxis-Managerin gut hörbar mit erstaunlich angebranntem Ton in der Stimme.

„Du hattest doch Bilder von der Toten. Ja... genau... taugen die, um sie...? Kannst Du mir die bitte rasch schicken? Danke, perfekt. Ja – bis später."

Sein breites Lächeln zerfraß ihn schier. Von solchen Kleinigkeiten wollte Bjarne Sandvik sich nicht aufhalten lassen. Solche Dinge mussten in seinen Augen geklärt werden, sobald sie geklärt werden konnten und nicht irgendwann. Als die Bilder eintrafen, war er nicht mehr ganz so positiv gestimmt, da sie seiner Ansicht nach kaum einen Rückschluss auf eine Person zuließen.

Dennoch hielt er sein Telefon der Praxis-Managerin hin, ohne recht nachzudenken. Die schaute auf das erste Bild, blickte noch rasch auf das Zweite und erbrach sich dann heftig und umfassend in die Nähe des Papier-Mülleimers neben dem großen Kopierer, den sie nicht durchgängig zielsicher erwischte. Sie drehte sich um, entschuldigte sich undeutlich und verschwand.

Bjarne ließ keine drei Sekunden verstreichen, bevor er einen raschen Blick auf das Tablet warf und schließlich Namen, Adresse und Geburtsdatum der Frau notierte, die Jorid Jónsdóttirs Freundin gewesen sein konnte. Dann drehte er sich um, verschränkte die Arme und blickte betont gelangweilt aus dem Fenster der Praxis hinunter auf Reykjavik und fragte sich, ob man das wirklich als Großstadt bezeichnen wollte oder konnte. Er überlegte, dass er der Praxis-Managerin mehr zugetraut hätte – hätte er drüber nachgedacht. Das hatte er jedoch nicht getan, bevor er ihr die Bilder gezeigt hatte. Er warf jetzt selbst noch einmal einen bewussten Blick darauf und merkte nur erneut, wie verroht die Polizisten doch waren. Die Bilder zeigten Szenen aus einen Horror-Film – nur waren sie eben echt! Da hing blutiges Fleisch an Rippenbögen, da klaffte ein Loch in einem Körper. Hier war Gewalt im Spiel gewesen. Unmenschliche, herzlose Gewalt. Und er hatte sie einfach ohne Vorwarnung dieser Frau gezeigt...

Als die Praxis-Managerin wieder in den kleinen Raum mit der hohen Theke kam, befand das Tablet sich im Sleep-Modus und nichts erweckte irgendeinen Verdacht. Sie war mit einer seriös wirkenden grauhaarigen schlanken Frau zusammen wiedergekommen und hatte eine unterwürfig wirkende unförmige ältere Frau mitgebracht, die sich um die Sauerei in der Nähe des Kopierers kümmern sollte.

Die grauhaarige Frau mit der farbenfrohen Brille, offensichtlich die Ärztin hier, schüttelte ihm rasch die Hand, bat um die Bilder, blickte sie eine ganze Zeit lang eindringlich an und flippte vorwärts und rückwärts, bis sie schließlich sagte. „Schwer zu sagen. Aber mir würde es fast reichen, um dir die Daten zu geben, wenn Du uns eine Bestätigung unterschreibst, dass die Daten ausschließlich genutzt werden, um festzustellen, ob es sich um die Frau handelt und die Daten vernichtet werden, falls dies nicht der Fall ist."

Bjarne widersprach in Teilen und erklärte, dass jede Ermittlung zumindest abgelegt werden müsse – schon allein, um sicherzustellen, dass nicht zu einem späteren Zeitpunkt dasselbe noch einmal ermittelt werden musste. Die Ärztin rang mit sich, blickte noch einmal auf die Bilder und sagte schließlich „Gut – ganz ehrlich: Sofern man das auf diesen Fotos überhaupt sagen kann, bin ich mir sicher, dass sie es ist. Aber das kann ich so nicht rausgeben ohne eine entsprechende Verfügung. Das wirst Du verstehen."

„In Grenzen, ja..."

„Vorschlag: Ich tue wirklich mein Bestes und bereite alles vor und sogar digital. Sobald Du eine Genehmigung hast, hast Du zwei Sekunden später die Unterlagen.“ Sie wandte sich an die Praxis-Managerin. „Gib ihm meine Karte, schreib meine private Nummer drauf.“ Dann wandte sie sich wieder an Bjarne und erklärte „Nicht falsch verstehen – aber Datenschutz ist die Pest. Ich bin bis Mitternacht erreichbar, wenn es hilft.“

Er nickte verbindlich, schüttelte der Ärztin mit der angenehmen Stimme sehr herzlich die Hand und begab sich wieder auf die Straße. Er hätte anders reagiert, wenn er die Adresse nicht längst gehabt hätte. Diese Adresse, die er sich abgeschrieben hatte, enthielt jedoch offensichtlich ein Sonderzeichen, das ihm entgangen war und er brauchte drei Versuche, bevor Google ihm ein Angebot machen konnte. Die Adresse lag nun wieder nördlich von Reykjavik – eine gute Stunde Autofahrt. Und das für eine eher vage Spur…

Er überlegte kurz, rief Stella an und sprach sich mit ihr ab. Als sie „A Prayer in C“ hörte, schlug ihr Herz ernsthaft höher. Es schien, dass Bjarne, seit er das Flugzeug verlassen hatte, mehr in diesem Fall ermittelt hatte als sie in zwei Tagen. Sie stimmten darin überein, dass Bjarne die Spur des zweiten Mädchens folgen sollte.

Als sie auflegte, blickte sie in drei Gesichter. Es war Rayk gelungen, zwei Mitstreiter aufzutreiben. Solvey war eine Polizistin um die 50, die aus Schweden stammte, was Stella, die keine eigentliche Muttersprache hatte, sehr freute. Hätte sie sich eine Muttersprache aussuchen müssen, es wäre die Schwedische gewesen.

Daneben war Rixa bei ihnen, die keine Ermittlerin war, aber in der Lage sein würde, verschiedene Verwaltungsarbeiten zu erledigen. Stella wusste, dass das immer ein wenig klein klang – am Ende aber oft eine große Rolle spielte. Menschen, die die Verwaltungs-Klaviatur spielen konnten und nicht auf den Mund gefallen waren, vermochten oft mehr für einen Fall zu leisten als viele Ermittler. Nur stellte selten jemand diese Leute ins Rampenlicht. Außerdem würde Rayk dadurch entlastet werden. Und so würde er ernstlich in die Ermittlungen einsteigen können. Alles in Allem stellte diese Mannschaft also einen echten Fortschritt dar.

Stella erhob sich und holte die Anwesenden ins Boot und berichtete auch gleich die Neuigkeiten, die ihr Lieblingskollege Bjarne von der SkanForce ermittelt hatte und erklärte, was er gerade tat. Um voran zu kommen, begann Stella, die Aufgaben zu verteilen und die erste ging gleich an Rixa. Sie sollte herausfinden, was es mit der staatlichen Organisation auf sich hatte, die das Gehalt von Jolly gezahlt hatte, das sie neben den Einkünften der MTH erhielt. Darüber hinaus sollte sie ihre Eltern ausfindig machen, damit sie informiert werden konnten, was ihrer Tochter zugestoßen war.

Beerdigen würden sie ihre Tochter nicht können – die lag immer noch in der improvisierten Gerichtsmedizin bei MediXXX. Um diesen Strang sollte sich Solvey kümmern, die vorschlug, zum Gerichtsmediziner zu fahren, der jetzt mitten in der Bearbeitung der Leiche sein würde und ohnehin nicht ans Telefon gehen könnte. Sie war mit den Räumlichkeiten vor Ort vertraut und konnte das mit Sicherheit sagen.

Stella war einverstanden, auch wenn das bei der Entfernung bedeuten würde, dass es für Solvey spät werden konnte und die Ergebnisse eventuell erst am Folgetag vorliegen würden.

Stella erhielt eine Nachricht auf ihrem Telefon und prüfte sie.

Entschuldige bitte, dass ich mich vorher so blöd benommen habe. Auf einen Entschuldigungswein heute Abend?

Sie schüttelte den Kopf und war sich nicht sicher, ob oder wie sie reagieren würde. Klar war ihr eigentlich nur, dass sie erst später reagieren würde. Und ein Wein war doch irgendwie ein wenig billig, oder? Sie schüttelte die privaten Gedanken wieder ab und widmete sich dem Fall.

Stella und Rayk beschlossen, das Tageslicht zu nutzen und sich noch einmal sauber am Fundort der zweiten Leiche umzusehen und anschließend die verbleibenden Bewohner des langen Blocks zu verhören.

Endlich kamen sie in eine Art Arbeitsmodus...

#016

Trotz Nutzung des Navigationsgerätes hatte Bjarne es fertiggebracht, sich zu verfahren, wie ihm schien. Er prüfte, welche Route sein Telefon ihm vorschlug und stellte fest, dass er die Adresse im Navi scheinbar doch falsch geschrieben hatte. Er schüttelte den Kopf und stellte immerhin fest, dass der Abstand zum richtigen Ziel nicht allzu groß war. Die isländischen Schriftzeichen hatten seine Tücken für ihn und er beneidete Leute wie Stella, die ihre Kindheit in praktisch jedem skandinavischen Land verbracht hatte, während ihr Vater Filiale um Filiale für eine große Franchise-Kette eröffnet hatte. Auf der einen Seite hatte das Stella in seinen Augen reichlich entwurzelt – aber es hatte ihr diese traumwandlerische Sicherheit verliehen, in irgendein Land hier oben in Skandinavien zu gehen und sich irgendwie nahtlos in die Umgebung zu integrieren. Sie sprach praktisch jede nordgermanische Sprache und verstand die meisten Dialekte.

Für die SkanForce war sie somit sicherlich die perfekte Mitarbeiterin, während er sich hin und wieder lieber mit Englisch weiterhalf und mit traditionellem Bokmål in Norwegen und Dänemark groß geworden war und in allen skandinavischen Sprachen irgendwie agieren konnte – finnisch einmal ausgenommen.

Schließlich bog er um die vorletzte Ecke und war erstaunt, in einer Art Gartensiedlung zu landen. Waren die Dinger hier wirklich bewohnt? Dauerhaft? Er passierte die schmale Straße vorsichtig und langsam und bog am Ende noch einmal rechts in die Straße ab, in der sein Ziel lag. Er musste erstaunt feststellen, dass es sich dabei auch nur um eine etwas größere Version eines Gartenhauses handelte und er stellte seinen Mietwagen mit gemischten Gefühlen auf der Wiese gegenüber ab. Vor dem hölzernen Haus stand ein oranger VW Käfer und er fragte sich, wann er zum letzten Mal so einen gesehen hatte. Das musste gute 10 Jahre her sein, vielleicht länger.

Als er näher kam, ging die Haustür auf und ein dünner Kerl mit Bart, der ihn auf eine schräge Weise an den jungen Charles Manson erinnerte, kam mit einer großen Zange aus dem Haus und starrte den breitschultrigen panskandinavischen Ermittler erstaunt an, ohne etwas zu sagen.

Bjarne Sandvik war ein muskulös-kräftiger Typ und wirkte auf andere Menschen oft etwas angespannt und auf dem Sprung, was ihn für viele bedrohlich machte. Und er hatte den Eindruck, hier gerade so wahrgenommen zu werden. Seine dunklen Haare und sein kurz geschorener Bart, der große Teile seines Gesichts bedeckte, taten ein Übriges.

Er hob die Hand und machte eine einladende freundliche Bewegung, die etwas vom Winken der britischen Queen an sich hatte.

„Hallo – Bjarne mein Name. Ich bin auf der Suche nach Efa. Wohnt die hier?"

Der junge Charlie Manson blieb an exakt dem Punkt stehen, auf dem er angehalten hatte und blickte misstrauisch. „Schwer zu sagen – warum? Was willst Du von ihr?"

Bjarne nickte sich innerlich zu. So hatte er die Isländer in Erinnerung. Misstrauisch Fremden gegenüber. Und Fremde erkannten sie immer sofort. Seiner Meinung nach hatten sie daher auch diese altertümliche Sprache gewählt: Um andere Völker besser zu erkennen.

„Efa... wohnt die jetzt hier? Ich bin von der Polizei."

„Ausweis?"

„Sicher."

Er kam näher und behielt die rot lackierte große Wasserpumpenzange dabei so unauffällig wie möglich im Auge, während er seine Polizei-Legitimation so gleichmäßig wie möglich aus der Innentasche beförderte und dem jungen bärtigen Mann hinhielt.

„Das ist keine von der Lögreglan."

„Nein – das ist SkanForce. Ich bin in Island genauso legitimiert, als würde ich für die Lögreglan arbeiten. Wir helfen aus, wo Polizisten fehlen."

„Hab ich noch nie gehört."

„Geht den meisten so – was ist also mit Efa?"

„War lange nicht mehr hier."

„Sie ist Deine Freundin?"

„Nein."

„Aber sie lebt hier?"

„Oft, ja."

„Was bedeutet das?"

„Sie ist hier die meiste Zeit, wenn sie nicht irgendwo unterwegs ist."

„Und sie ist nicht Deine Freundin."

„Gottseidank nicht – dann hätte ich jetzt zwei Blagen am Hals."

„Okay... Dann reden wir von derselben. Du meinst die Zwillinge?"

„Korrekt."

„Was ist mit Efa?"

„Hast Du ein brauchbares aktuelles Foto von ihr?"

„Ich... Ja... Sag mir, was mit ihr ist."

„Das wissen wir noch nicht. Du hast gesagt, sie sei schon länger nicht hier gewesen?"

„Drei Tage oder so – vielleicht auch fünf? Und sie hat nichts gesagt. Normalerweise meldet sie sich ab. Wir teilen uns das Haus hier schon seit fast drei Jahren."

„Eine Wohngemeinschaft?"

„Wenn du so willst."

Bjarne bemühte sich, den Kopf nur innerlich zu schütteln. Ein Einfaches ‚Ja' oder ‚Nein' hätte er lieber gehört als diese beknackten Antworten. Immerhin nahm der kleine Charles Manson nun sein Telefon aus der Gesäßtasche und begann herum zu scrollen. Bjarne driftete einen kurzen Moment weg und hing an dem Gedanken fest, dass doch ausgerechnet die Manson Familiy die schwangere Sharon Tate erstochen hatte.

Sie hatten ihr ungeborenes Baby getötet. Was für ein schräger Gedanke, strafte er sich…

Er sichtete mehrere Bilder, zeigte sich jedoch mit keinem recht zufrieden. Dann schließlich trat er einen mutigen Schritt nach vorn, drehte sein Telefon und hielt es Bjarne unter die Nase. „Das ist sie kurz vor der Schwangerschaft. Vielleicht 8 oder 9 Monate her."

Bjarne blickte einen ganzen Moment auf das Bild. Die dunkelbraunen langen Haare stimmten und sie trug eine Jeansjacke, die zumindest der, die sie auf dem Bild aus dem Container trug, ähnelte. Das konnte Zufall sein. Er nickte und war sich einen ganzen Moment lang unschlüssig, wie er hier weiter verfahren wollte. Er würde eine Bestätigung benötigen und hatte keine rechte Idee, wie man auf diese Weise eine Identität bestätigen sollte.

„Kennst Du ihre Eltern – wohnen die hier irgendwo?"

„Ihre Eltern ... Der Vater ist tot, die Mutter lebt bei Neskaupstaður."

„Wo ist das in etwa?"

Er lachte. „Auf der exakt anderen Seite Islands." Wie zum Beweis machte er eine extrem ausladende Bewegung mit der Hand in die Richtung, in der er Osten vermutete.

„Okay. Du kennst Efa gut und lange?"

„Das will ich meinen."

Bjarne atmete durch. „Ich will dich nicht verarschen. Wir ermitteln in einem Mord."

„An ... Efa?"

„Vielleicht. Wir wissen es nicht. Wir besitzen ein Bild der ... Verstorbenen. Mehrere. Aber wir haben keinen rechten Anhaltspunkt, ob sie es ist. Bist Du bereit, dir ein Bild anzusehen?"

„Ich. Weiß nicht. Ist es ein schlimmes? Haben sie ihr in den Schädel geschossen oder sie enthauptet oder so?"

„Was?? Nein! Sag mal…" Bjarne schüttelte den Kopf und fragte sich im nächsten Moment, wie weit er eigentlich von dieser Vermutung in der Realität weg war. Er zog sein Handy aus der

Tasche und zog die letzten Bilder heraus. Aber er hatte gelernt: Diesmal zoomte er mit etwas Geschick, um den Bildausschnitt ganz entscheidend zu entschärfen.

#017

Rayk war mutig vorangeschritten und schien Beine zu haben, die dreimal so lang waren wie Stellas. Jetzt, da sie bei Tageslicht am Fundort der zweiten Toten waren, schien ihr der Ort bei weitem nicht mehr so sehr nach Ritualmord auszusehen wie im Halbdunkel des Morgens.

Die vier kleinen Hügel, die sie im künstlichen Licht der Scheinwerfer gesehen hatte, schienen praktisch nicht zu existieren und sie kam sich ein wenig lächerlich vor. Sie war jetzt froh, dass sie das Ritual-Thema nicht an die große Glocke gehängt hatte. Rayk blickte sich weitflächig um und schien seine Augen dabei vor der Sonne abzuschirmen, die hier nie schien.

Stella sah Gras, eine schnurgerade graue Straße und diesen ewigen vulkanischen Schotter. Ihr kam der Ausbruch des Eyjafjallajökull in den Sinn, der vor 10 Jahren einmal für einen kurzen historischen Moment alles lahmgelegt hatte. Da waren die Isländer mal echte weltweite Promis gewesen. Mochte ein blöder Anlass gewesen sein, hatte aber gezeigt, dass ein Land, das halb so viele Einwohner hatte wie Oslo, einfach mal die Welt ausbremsen konnte. Mit einem Vulkan, dessen Name die ganze Welt nicht aussprechen konnte. Cool.

Sie musste grinsen. Das passierte ihr öfter als ich recht war. Manche Witze fanden einfach am helllichten Tag in ihrem Kopf statt und sie musste sich stets bemühen, ihre Umwelt nicht glauben zu lassen, dass sie über sie lachte.

„Wie ist die Leiche hierhergekommen?" rief sie rüber zu Rayk.

Der zuckte die Schultern. „Spuren sehe ich keine."

„Also getragen?"

Er überlegte eine ganze Zeit, blickte hinüber zur Straße, wo ihr Wagen stand und folgte der möglichen Strecke mit dem Blick. „Ist ´n ganz schönes Stück für einen einzelnen Mann. Die Frau war nicht klein. Die hatte Zwillinge im Bauch. Sagen wir: 70 Kilo?"

Stella dachte nach und nahm an sich selbst Maß. Dann nickte sie. „Gut möglich."

„Da musste er zumindest ... ich würde sagen dreimal oder viermal absetzen – je nachdem, was er für eine Konstitution hatte. Und das dauert. Man verschätzt sich da."

Sie war etwas nähergekommen, um nicht brüllen zu müssen. „Und du hast da Erfahrung im Leichen schleppen?" frage sie grinsend.

„Nicht direkt," gab er sachlich zurück „Aber meine Eltern heizen mit Kohle. Die Säcke, die du kaufen kannst, haben 50 Kilo. Wenn Du davon vier aus dem Auto in den Keller schleppst, dann weisst Du zwei Tage lang, was du getan hast."

„Ja... Das glaube ich." Sie blickte sich um. „Ist das hier irgendein besonderer Ort? Hat der für irgendjemanden hier Symbol-Kraft?"

„Wie meinst Du das?"

„Na ja – was weiß ich? Stand hier früher mal eine Schule? Hat sich hier mal jemand totgefahren? Etwas in der Art..."

„Pfff – schau Dich um. Selbst, wenn hier mal etwas passiert wäre... Hier sieht jeder Grashalm aus wie der nächste, würde ich sagen."

„Wenn man hier steht, kann man dann irgend etwas sehen? Gibt es hier etwas, das den Ort besonders macht?"

Rayk schüttelte den Kopf, wirkte aber dennoch nachdenklich. „Also, wenn ich mir jetzt was aus den Fingern saugen soll..."

„Versuch es!"

„...dann fällt mir nur eins ein – müsste ich aber nachsehen."

„Was ist das?"

„Eigentlich war das hier mal Bauland, glaube ich."

„Hier??"

„So absurd wie jeder andere Ort auch, oder?"

„Auch wahr." Stella nickte nachdenklich.

„Okay... wir müssen das nachher prüfen, wenn wir auf der Station sind."

„Kann Rixa das machen?"

„Äh... klar. Ich frage sie. Ich meine, dass das hier ursprünglich der Ort war, an dem MTH entstehen sollte. Aber da kann ich daneben liegen. Ich denke, sonst finden wir hier wirklich nichts, aber auch gar nichts."

„Und warum ist es das hier nicht geworden?"

Rayk bemühte sich um eine neutrale Miene, scheiterte aber. „Wegen der Geister."

„Hm?"

„Es gab eine Art ... Gutachten würde man vielleicht sagen. Und das hier ist ein Geisterort. Wenn ich mich richtig erinnere, hat Dein Kjell damals gesa..."

„*Mein* Kjell?? Was soll das denn heißen?" fauchte sie unsachlich.

„Naja – ich dachte, Kjell und Du..."

„Nix da. Nicht mein Kjell. Ein Kjell, was diesen Fall angeht, okay?"

Rayk hielt mit den Händen bewusst Distanz zu Stella und entschuldigte sich dann aufwändig. Sie war sich nicht sicher, ob er sich gerade verplappert hatte oder ob der Kerl mit den etwas zu langen Haaren ihre Reaktion testen wollte.

„Du sagst mir also, es gibt hier Menschen, die Plätze bezüglich ihrer Geister begutachten?"

„Natürlich." Rayk blickte sie an, als wäre ihr Bildungsgrad eher gering.

„Weisst Du auch, wer das war?"

„In dem Falle war das wohl Tika, nehme ich an."

„Kann man das herausbekommen?"

„Wir können sie nachher fragen."

„Hm?"

„Sie wohnt im langen Block."

„Na sicher..."

#018

Okay. Zwei tote Mütter. Beide hatten sie Zwillinge. Eine Leiche in der Gerichtsmedizin – eine an einem unbekannten Ort. Beiden hatten man in einem brutalen Akt den Bauch abgetrennt. Beide Vorkommnisse fühlten sich nicht gut an. Gar nicht gut, wenn es nach Bjarne ging. Er hatte sich entschieden, nicht mehr nach Kirkvogur zu fahren an diesem Abend, sondern hatte vielmehr die grauhaarige Gynäkologin mit der farbenfrohen Brille noch einmal angerufen und ihr auf die Box gesprochen.

Bis sie ihn zurückrief, hatte er erst einmal etwas gegessen. Als sie sich meldete, kaute er noch und gab sich Mühe, anständig zu sprechen, wie ihm seine Eltern beigebracht hatten. Er hatte so viele Fragen an die Ärztin, dass sie ihm schließlich anbot, vorbei zu kommen.

„In der Praxis? Wann?"

„Nein – komm zu mir. Ich bin praktisch schon auf dem Heimweg."

„Ich... okay, gerne."

Bjarne legte auf und schaute einen Moment auf sein Telefon. Das hatte er selten erlebt. Er konzentrierte sich auf die nächsten Schritte. Erst einmal notierte er die Adresse, die sie ihm gegeben hatte, buchte sich dann ein Hotelzimmer ganz in der Nähe, von dem er am kommenden morgen früh aufbrechen würde. Dann machte er sich auf den Weg, steuerte einen Vínbúðin an und kaufte eine Flasche Lacerta Cuvee IX für knapp 7000 Kronen und hoffte, damit zu zeigen, dass er wusste, was sich gehörte. Immerhin ein 2015er. Das klang gut, ohne übertrieben zu sein.

Auf dem Weg rief er Stella an und wusste, dass jetzt irgendwo in Island „A Prayer in C" ertönen würde.

„Mein Wikinger!"

„Stelly... Ich habe beschlossen, in Reykjavik zu bleiben und morgen früh zu Euch zu kommen."

„Drecksack, ich hasse dich," versicherte sie ihm warmherzig. „Hätte ich an deiner Stelle auch getan, ist fast so eine Art Stadt."

„Ich treffe mich jetzt gleich noch einmal mit der Ärztin..."

„So so... ist die hübsch?"

„Die ist... keine Ahnung – eine distinguierte Dame," übertrieb er ein wenig. Er nahm an, dass sie in etwa in seinem Alter sein würde. „Und ich nehme an, Du hast dir schon einen Lover in der Region zugelegt?"

„Bjarne, verdammt – sei nicht so ein Spießer! Man muss doch auch in unserem Job mal vögeln dürfen! Sonst wird man weich in der Birne. Und ich bin jetzt seit fast drei Monaten hier, von denen nur zwei geplant sind und mir stehen noch einmal 3 Wochen bevor...!"

„Ich sag ja nichts. In jedem Falle werde ich mit der Frau noch eine Menge zu bereden haben. Ich will mehr über Zwillinge verstehen. Mann! Wir haben zwei tote Zwillingsmütter. Ist das ein bizarres Muster? Gibt es da wichtige medizinische Komponenten, die wir kennen sollten?"

„Geister – frag sie nach Geistern."

„Hä?"

„Wir haben in 10 Minuten ein Meeting mit Tika – die ist eine Geisterleserin... Glaub es oder nicht: Die große Medizintechnik-Firma, die hier vor ein paar Jahren gebaut haben und den ganzen Ort verändert haben, die wollten an einer anderen Stelle bauen und haben es nicht getan, weil Tika ihnen erklärt hat, dass sie dort die Geister stören würden. Das wird sie mir gleich mal erklären. Und übrigens: So eine Erkenntnis kostet dich hier draußen eine halbe Million Kronen – also sei vorsichtig, was Du die Ärztin so fragst."

„Habt ihr sonst noch etwas herausgefunden?"

„Wenn Du so willst... Es gab noch eine Sichtung eines Deutschen Kombis mit einem Anhänger. An den glaube ich jetzt langsam. Der Mann, der das ausgesagt hat, glaubt an einen Audi. Entweder A4 oder A6. Eher A6."

„Wie viele mag es da geben? 100 Stück in Island?"

„Wikinger – ich höre dein Grinsen. Ein wenig ermitteln werden wir da schon müssen. Ich habe Rixa damit beauftragt. Die ist super. Die hat auch schon herausgefunden, was das für eine Institution ist, die Jolly das unerklärliche zweite Gehalt zahlt. Sie wird sie morgen befragen können, was es damit im Detail auf sich hat. Aber es sieht so aus, als hätte Jolly an einem medizinischen Test teilgenommen. Daher nehmen wir mal an, dass es irgendetwas mit der Schwangerschaft zu tun hat."

„Okay... Das klingt irgendwie wichtig für mich."

Sie tauschten noch ein paar weniger wichtige Fakten aus, hatten jedoch anschließend ein besseres Gefühl und schließlich erreichte Bjarne sein Hotel, checkte ein, sprang kurz unter die Dusche und begab sich zu Fuß samt Lacerta Cuvee IX zum Haus der Ärztin.

Die wohnte in einem Haus, das den Namen nach isländischen Verhältnissen kaum noch verdiente. Es war ein Designerhaus, das aussah als wäre es soeben einem Modellhauskatalog entstiegen und hätte es sich auf der zu kleinen Straße gemütlich gemacht. Ungewöhnlich für Skandinavien, beherbergte die untere Etage eine Garage für zwei Fahrzeuge und für einen kurzen Moment überlegte Bjarne, ob er hier danebengelegen hatte und ob vielleicht der Gatte gerade eben nach Hause gekommen war.

Es stellte sich allerdings heraus, dass dem nicht so war und Bjarne sehr richtig mit seinem Gefühl gelegen hatte. Es hatte einmal einen Gatten gegeben – wo der heute war, wusste keiner so recht. Er hatte der Ärztin, Starnja, eine Tochter hinterlassen. 19 Jahre alt und Studentin in Reykjavik. Medizin. Er hatte es geahnt. Sie ähnelte ihrer Mutter, war eine jüngere Kopie der Frau, die nicht nur ungefähr in Bjarnes Alter war, sondern sich als 21 Tage jünger als er herausstellte und tatsächlich sogar noch dasselbe Sternzeichen hatte.

Irgendwann zog die Tochter sich zurück und die Frau mit den kurzen grauen Haaren, die sie wirklich sehr elegant wirken ließen, öffnete eine zweite Flasche Wein. Sie hatte einen sehr umfangreichen Salat und geröstetes Brot serviert und die beiden zogen sich an einen kleineren Tisch und zu einer Couch zurück, um noch einmal über die Details zu sprechen. Sie lächelte schelmisch und sagte ihm auf den Kopf zu „Du hast den Namen von Efa aus unserem System geklaut, oder?"

„Geklaut klingt so hässlich bei einem Polizisten, oder?"

„Ist aber so gemeint. Ich habe es gewusst, als ich dich gesehen hab."

„Aber es hat geholfen. Wir können davon ausgehen, dass sie tot ist."

Ihr Blick blieb an ihm haften, dann griff sie nach ihrem iPhone und kurze Zeit später erreichte eine Mail Bjarnes Telefon. Er kontrollierte den Eingang nicht, aber sie lächelte. „Jetzt hast Du ihre Akte. Woher hast Du die Informationen?"

„Ihr Mitbewohner in ihrer WG hat sie erkannt. Soweit die Bilder das zulassen."

Ihr Kopf schien sich von selbst zu schütteln. „Traurig. Ich kenne sie bestimmt schon seit 6 oder 8 Jahren."

„Sie hatte keinen Vater angegeben, nehme ich an?"

„Nein – ich habe mir die Akte vorher extra noch einmal angesehen. Sie hatte da keine Erklärung parat. Ich kann mich erinnern, dass sie sich ein wenig komisch angestellt hat. Ich hatte sie bis dahin nicht als Freundin von Jorid abgespeichert, wenn ich ehrlich bin. Meine Tochter kennt Jorid übrigens, falls Du noch mit ihr sprechen willst?"

„Nicht jetzt."

„Gut so," lächelte sie und ein listiger Ausdruck glitt um ihren Mund, während sie noch etwas Wein nachschenkte. „Die beiden hatten durchaus mal eine ganz intensive Beziehung, wenn du so willst."

„Meinst Du das in einem…" Er suchte nach einem unverfänglichen Wort, fand aber keins.

„Sexuellen Sinne? Lesbisch? Nein, nicht direkt." Starnja schüttelte den Kopf ruhig und differenzierte „Eher sexuell desorientiert, wenn Du mich fragst. Die haben experimentiert. Und da willst Du vielleicht auch mal wissen, wie sich eine andere Frau so zwischen den Beinen anfühlt und wie sich andere Brüste anfassen. Das ist viel normaler, als wir meinen, wenn wir nur heterosexuelle Erfahrungen haben."

Bjarne merkte, dass er für einen kurzen Moment gedanklich weggedriftet war und sich konzentrieren musste. Zu diesem Thema wusste er mehr als ihm recht war, aber das gehörte nicht hierher.

Nicht jetzt.

„Und dann?"

„Dann haben beide angefangen, sich für Jungs zu interessieren. Hat vielleicht ein Jahr oder so gedauert. Ich habe mir da keine Sorgen gemacht."

„Okay. War das da nicht ungewöhnlich, dass Jolly als ihre Freundin in deine Praxis kam?"

„Kein Bisschen. Eher im Gegenteil. Sie hat immer großes Vertrauen zu mir gehabt. Für Efa kann ich das nicht sagen. Zu der hatte ich praktisch keine Beziehung. Sie war unauffällig, durchschnittlich, kam aus einfachen Verhältnissen, während Jollys Eltern eher als reich gelten dürften."

Er blickte sich um „Du lebst auch nicht gerade von der Stütze, oder?"

„Ja – aber die sind reich, funktional reich. Das spielt in einer anderen Klasse als mein Haus hier. Und das Haus kann ich mir auch nicht alleine von der Arbeit leisten, glaub mir."

„Hast Du gewusst, dass Jolly in Kirkvogur gearbeitet hat?"

„Ich habe eine entfernte Erinnerung. Hat sie nicht für diesen Generika-Laden Testreihen gemacht oder so?"

„Nein – für MTH."

„Ach so... Für die... Hm – bist Du da sicher?"

„Ganz ehrlich: Ich habe den Fall erst heute früh übernommen..."

„Oh – okay, das hatte ich nicht gedacht."

„Ich gebe mein bestes. Aber sag mal, diese Zwillingsgeschichte..." Starnja machte es sich auf dem Sofa bequem, stützte ihren Kopf in der Hand ab und blickte ihn aufmerksam an. „Ist das wahrscheinlich, dass ihr zeitgleich mehrere Zwillings-Schwangerschaften in eurer Praxis habt?"

„Hm... statistisch ist das in der Tat unwahrscheinlich. Mir war das gar nicht aufgefallen. Wir hatten mal ein paar Witze darüber gemacht, aber sonst nichts. Aber da hing ja auch noch kein Kriminalfall dran. Macht mich das verdächtig?" Sie lächelte und es wirkte ein wenig herausfordernd auf ihn. Spielerisch.

„Nein... Denke nicht. Okay... Diese dritte Frau mit den Zwillingen – was ist mit der?"

„Ha – die ist ein krasser Spezialfall. Die hat bereits Zwillinge, die sind drei Jahre alt – und jetzt hat sie wieder Zwillinge. Die passt auch sonst nicht zu den beiden anderen, falls du das meinst. Die ist fast 40 und es gibt einen Vater zu den Kindern, der ganz offiziell bekannt ist. Sie wohnt übrigens hier oben am Ende der Straße. Ich denke, wenn du sie lieb bittest, kannst Du morgen früh mit ihr sprechen."

Er nickte. „Das überlege ich mir. Wenn Du dir das Bild ansiehst, das ich dir gezeigt habe – was kannst Du da ableiten über den Mörder?"

„Die Frage verstehe ich nicht..."

„Ich frage mich: Hatte der medizinische Kenntnisse – wusste der, was er tun muss?"

„Hm... Ob ich das wirklich vom Bild her erkennen kann? Zeig es mir bitte noch einmal."

Bjarne rief die Bilder auf, rutschte auf der Couch näher an die Ärztin heran und hielt das zweite Bild vor sie hin. Sie hielt seine Hand, um sie zu stabilisieren, swypte von links nach rechts und wieder zurück. Dann ließ sie seine Hand los und dachte angestrengt nach. „Ich denke, dass er schon einigermaßen gewusst haben muss, was er macht – dennoch verstehe ich es nicht. Er hat ja faktisch den gesamten Bauch entfernt, also alles, was da ist. Auch Organe, die mit der Schwangerschaft so nicht direkt befasst sind. Das ist auf der einen Seite vielleicht clever, wenn man etwas verschleiern will, aber es macht das Ganze ja auch nicht gerade leichter.

Was ich gar nicht verstehe, ist die Art des Schnitts."

„Warum?"

„Na ja – du bist Polizist, denk mal nach. Wenn es dein Ansinnen wäre, einen Fötus zu entfernen, was würdest Du machen, wie würdest Du schneiden?"

„Vermutlich einfach einen langen Schnitt in der Mitte des Bauches?"

„Ja – das ist so eine typische Männerlösung," lachte sie laut los. „Das ist aber gar nicht so leicht, wie es klingt. Außerdem hast Du dann da eine Menge Zeug, weisst Du. Muskeln, Darm, alles Mögliche, was du garantiert da nicht dabeihaben willst. Unterschätz mal nicht, wie ekelig das ist und was für eine Überwindung das erfordert, wenn Du dich damit nicht andauernd beschäftigst. Und Haut sauber zu schneiden, ist gar nicht mal so leicht. Wenn Du nur den Fötus haben willst, musst du einen Schnitt machen, wie du ihn normalerweise nur im OP machst. Einen Kaiserschnitt setzt Du an einer ganz anderen Stelle an. Hier, direkt oberhalb der Schamhaare." Sie demonstrierte die Stelle an ihrem bemerkenswert flachen Bauch und zeigte etwas dabei, das Bjarne sofort auffiel.

„Man schneidet waagerecht?"

„Genau. Senkrecht von oben wäre vollkommener Blödsinn. Schon wegen der Blutung und der Hautschichten. Das muss eine unglaubliche Sauerei gewesen sein. Vor allem, falls die Frau noch gelebt haben sollte. Das würde ein Arzt also sicherlich vermeiden."

„Wobei man bei einem Kaiserschnitt ja auch professionelles Interesse hat, dass die Patientin überlebt..."

„Ja, klar. Aber diese beiden Schnitte würde ich verstehen. Du schneidest, du holst etwas heraus. Aber hier wurde ja einmal rund herum um den gesamten Bauch geschnitten, so als wollte jemand sagen – und ich bin keine Psychologin – aber das sieht aus, als hätte jemand sozusagen versucht, *die gesamte Schwangerschaft wegzuschneiden*. Verstehst Du, was ich meine?"

Bjarne lehnte sich zurück und dachte konzentriert darüber

nach. „Ja – ich verstehe, was du meinst. Diese Art Schnitt leugnet praktisch die gesamte Schwangerschaft. Aber warum meinst Du dann, dass derjenige doch medizinische Kenntnisse hatte?"

„Wenn ich das auf dem Bild richtig erkennen kann, dann würde ich zumindest sagen, dass er einen ungemein sauberen Schnitt geführt hat. So, als hätte er schon einmal Haut geschnitten. Und diese Erfahrung hat ja keiner, außer einem Mediziner."

„Hm... Ein Metzger vielleicht..."

Sie schlug ihm vor die Brust, musste dann aber selbst lachen. „Wir müssen so denken..." verteidigte er sich, „Und wie gesagt... Ich hatte noch nicht viel Zeit, über den Fall nachzudenken. Meine Kollegin hat mich in aller Herrgottsfrühe aus dem Bett geworfen."

„Willst Du mir damit sagen, dass Du jetzt müde bist?" Sie blickte ihm ins Gesicht und stellte ihr Weinglas ab. „Bjarne. Wir sind beide erwachsen und wissen, was wir wollen. Ich für meinen Teil will Dich, wenn das okay für dich ist. Und ich werde da nicht sinnlos herumbetteln oder mich verbiegen wie eine Teenagerin. Ich habe dir meine Absichten gerade mitgeteilt." Ihr Blick haftete auf seinen Augen, streifte kurz seinen grau melierten Bart und glitt wieder hinauf zu seinen Augen.

„Ich fühle mich sehr wohl hier mit Dir," erklärte er – und das war sehr ernst gemeint. Er mochte ihre dunkle Stimme, ihre ruhige angenehme Art. Und bei Bjarne sollte das etwas bedeuten. Er hatte sich seit einiger Zeit aus dieser Szene zurückgezogen. Bewusst.

„Das werte ich mal als ein *Ja*," erklärte sie mit ihrer dunklen Stimme, erhob sich langsam und nahm Bjarnes Hand, der sie wie ferngesteuert ergriff. Dann zog sie ihn sehr bestimmt aber mit viel Gefühl hinter sich her. Hatte er nicht eben noch Stella wegen ihres Sexuallebens verspottet? Er hatte so etwas noch nie getan. Er hatte sich einfach nur gut benehmen und als Gentleman geben wollen. Aber diese Nacht sollte mehr für ihn bereithalten, als er erwartet hatte.

#019

„Okay…“ murmelte sie und hatte Mühe, sich zu beherrschen, „Ich fasse das jetzt noch einmal kurz zusammen – nur, damit wir alle drei von derselben Sache reden, okay?“

„Klar.“ Die Frau lehnte sich zurück und Stella schaute sie mit einer gewissen Abneigung an. Sie hatte sie nicht gleich erkannt, sondern erst, als sie bereits einen Moment in ihrer Wohnung gesessen hatten. Sie war die Frau, die den Müll in den abgesperrten Leichenfundort werfen wollte vor zwei Tagen, die Stella im Nachhinein nur wie wenige Stunden erschienen. Dass diese Frau etwas mit Geistern am Hut hatte, wollte nicht ganz in Stellas Weltbild passen. Aber in dem kamen bislang auch keine Geister vor. Es mochte also auch daran liegen.

„Du kannst mit Geistern sprechen, seit Du deinen ersten Sohn zur Welt gebracht hast und hast dann mit dem Arbeiten aufgehört und dich diesem Thema gewidmet. Davon kannst Du leben. Als Du vom Bauvorhaben der MTH gehört hast, hast Du dich aktiv dort eingebracht und insgesamt vier Orte begutachtet?“

„Du brauchst *begutachtet* nicht mit so einem Unterton auszusprechen,“ mahnte sie Stella mit einem erstaunlich ruhigen Ton.

„Habe ich das? War nicht so gemeint, ehrlich. Ich kenne mich mit Geistern nicht so aus. Was hast Du dafür bekommen – Zwei Millionen, sehe ich das richtig?“

„Ein bisschen mehr, aber da müsste ich nachsehen.“

„Was verdient so ein Isländer im Durchschnitt pro Jahr? So 6 oder 7 Millionen?“

„Acht bis Neun nach neuesten Zahlen,“ steuerte Rayk pflichtbewusst bei.

„Das bedeutet – von solchen Dingen kann man eine Zeit leben – nicht übel, wirklich.“

„Man tut eben, was man kann.“

„Wo waren die anderen Gebiete?“

„Eines war das, wo sie später gebaut haben. Ein weiteres lag deutlich weiter die Straße rauf Richtung Osten. Und eins war oben auf dem Berg über deinem gelben Haus."

Stella gewöhnte sich an die Idee, dass scheinbar jeder hier wusste, was sie wann wo tat und vermutetet, dass sie auch wussten, mit wem.

„Und das Gelände, auf dem sie jetzt gebaut haben, war deiner Ansicht nach das beste?"

„Nein – es war das zweitbeste. Das Beste war oben auf dem Berg. Da können die gestörten Geister entschwinden."

„Wieso haben sie das nicht genommen?"

Sie schüttelte den Kopf. „Da war etwas mit Abwasserproblemen oder so, kann mich nicht mehr erinnern."

„Okay. Kommen wir noch einmal auf das Gelände zurück, auf dem wir die Leiche gefunden haben."

„Ja."

„Was gab es da Besonderes? Könntest Du da einen Zusammenhang herstellen?"

„Moment." Sie erhob sich, öffnete einen hässlichen grauen Schrank, in dem das blanke Chaos zu herrschen schien und jede Menge Papier in wilden Stapeln untergebracht war. Dennoch gelang es ihr nach kurzer Überlegung, mit einem gezielten Griff in den Schrank exakt den Stapel Papier heraus zu ziehen, den sie gesucht hatte. Es war ein etwa 40 Seiten starkes Dokument, geheftet in einem roten Schnellhefter, wie ihn Schüler verwendeten. Es trug die Aufschrift „Gutachten" und wirkte sehr amtlich. Die Frau hatte zumindest gewisse Marketingfähigkeiten, die Stella beeindruckten. Sie legte das Papier hin und entnahm dem Chaos ein weiteres Gutachten in einem blauen Schnellhefter. Den blätterte sie kurz durch und erklärte „Abwasser. Das wäre teuer geworden."

„Auf dem Berg oben?"

„Genau."

Sie ließ das blaue Gutachten wieder verschwinden und Stella war für einen kurzen Moment beeindruckt, mit welcher sachlich wissenschaftlichen Genauigkeit diese Frau einer solch kruden Tätigkeit nachging.

Sie blätterte vor ihren Augen durch das andere Gutachten und blieb immer mal wieder an einem Absatz hängen. Stella konnte Diagramme erkennen und Tabellen. Das alles wirkte tatsächlich wie eine wissenschaftliche Arbeit und hatte zumindest in der Formatierung Hand und Fuß.

„Es war..." setzte die Frau an, die Stella auf rund 60 Jahre schätzte, „ein Geisterort. Ein Schlimmer sogar. Ich sehe jetzt hier gerade, dass es tatsächlich mal eine Grabstätte dort gegeben hat. Daran konnte ich mich gar nicht mehr erinnern. Und wir haben damals ein paar Knochen gefunden."

„Okay..." Stella wollte eine Frage zu diesem Thema stellen, als es klingelte und Tika sich erhob. Sie wankte in ihrer übergewichtigen Gangart zur Tür, öffnete und eine männliche Stimme wurde hörbar.

„Mein Sohn," erklärte Tika im Flur. „Wir schauen uns gerade die alten Gutachten an. Hättest Du noch gewusst, dass da draußen eine Grabstätte war?"

„Nein – ehrlichgesagt nicht. Aber oben auf dem Berg haben wir damals Knochen gefunden, oder?"

„Ja – da wussten wir aber nicht, ob es Tierknochen waren. Und die Geschichtsaufzeichnungen sagte dazu nichts."

„Warum macht ihr das?"

„Wegen der Leiche, die sie gefunden haben. Die zweite Leiche – das weisst Du doch?"

„Ja... Na sicher. Ich hatte gerade an die Leiche hier gedacht... meint ihr etwa, die Morde haben was mit den Geistern zu tun?" Sekunden später stand Vilfrid in dem engen Wohnzimmer und sah die beiden Polizisten mehr als nur verwirrt an.

„Vilfrid!" Stella blickte erstaunt zu Rayk und fragte sich, warum er ihr diese Verbindung noch nicht offengelegt hatte. „Zu Dir wollten wir auch noch. Ich habe gehört, dass bei Dir eingebrochen wurde und dein *teurer* Computer gestohlen wurde."

„Das ist wahr... Ich bin gerade auf dem Weg zu Ragnar."

„Was hat der damit zu tun?"

„Bei dem bin ich versichert."

„Ach... manches fügt sich ja irgendwie immer in Kleinstädten."

Er nickte, sagte in raschem Isländisch etwas zu seiner Mutter und zeigte auf eine Tüte, die im Flur stand. Vermutlich kaufte er für sie ein. Die Mutter küsste ihn auf die Wange und Vilfrid beeilte sich, die Wohnung zu verlassen.

Er wollte der Polizistin nicht zu nahekommen – sie war keine nette Person, da war er sich sicher. Hinter ihrer Stirn lauerten böse Gedanken, sie war negativ für ihn. Und er hatte immer ein bisschen Angst vor ihr. Gleichzeitig lenkte ihre Figur ihn ab, allem voran ihr strammer runder Hintern. Er schüttelte den Gedanken ab, wanderte die Straße herunter, wechselte die Straßenseite und kam nach einigen Minuten bei Ragnar an, der auf ihn gewartet hatte. Mit Erstaunen stellte er fest, dass Kjell in dem Hinterzimmer von Ragnars Büro zu sehen war, konzentriert über ein paar Papiere gebeugt. Beide sahen sie auf ihre Uhren „Vilfrid – du bist schon da?"

„Ich... braucht ihr noch Zeit? Ich wollte nur die Diebstahlmeldung unterschreiben."

„Ah... Kein Problem. Ragnar ging in den hinteren Teil seines Versicherungsbüros und begann auf seinem Computer herum zu klicken. Kjell erhob sich, stellte sich an den Türstock und fragte Vilfrid, wie es ihm jetzt in seinem Haus gehe nach dem Einbruch.

„Komisch," antwortete der knapp. „Meine Mutter meinte, ob vielleicht der Täter bei mir eingebrochen ist, weil er die Bilder der Leiche stehlen wollte."

„Puuuhhh... Das wäre ja wirklich gruselig. Was macht Deine Mutter – hab sie lange nicht gesehen?"

„Sitzt gerade mit den Polizisten zusammen."

„Wieso das denn?" Kjell straffte sich merklich, verschränkte die Arme vor der Brust.

„Ich glaube, sie sehen einen Zusammenhang mit den Geistern.

Die zweite Tote wurde doch dort gefunden, wo ihr ursprünglich bauen wolltet. Und das war ein Geisterort. Sie haben ihn früher blutige Blume genannt oder so."

„Puuh... Das wäre ja ein Ding," erklärte nun Ragnar mit zwei Blättern in der Hand und legte die Formulare, die er gerade ausgedruckt hatte auf den kleinen Tisch, damit Vilfrid sie unterschreiben konnte.

„Ja... Aber sie sitzen bei meiner Mutter und schauen sich die Gutachten an. Das ist also ernst," erklärte er mit fester Stimme, setzte sich und begann, die Versicherungsformulare mit gekräuselter Stirn zu lesen. Dann blickte er zu Ragnar. „Bargeld ist nicht versichert?"

„Nein – leider nicht. Und das hat nichts mit der Versicherung zu tun – das ist ein landesweites Gesetz, das Betrug verhindern soll."

„Verstehe," murmelte er und Kjell sah ihn konzentriert an. „Wieviel haben sie dir gestohlen?"

„Fast 200.000."

„Oha... Wieso hast Du so viel Geld zuhause?"

„Ach... Du weisst doch, wie das ist. Geschäfte..."

Kjell nickte – aber hätte Vilfrid ihn angesehen, hätte er den Zweifel und die Sorge auf seinem Gesicht erkannt. In der Zeit jedoch setzte er seine Unterschriften unter die beiden Dokumente. Plötzlich rang Kjell sich durch und fragte „Willst Du jetzt wieder heim?"

„Ja, klar..."

„Komm – ich fahr Dich." Er wandte sich an Ragnar. „Ich habe da hinten drei Passagen angekreuzt, über die wir noch einmal sprechen müssen – die passen so nicht zu unseren Prozessen. Schau Dir die doch bitte rasch an. Ich bringe Vilfrid kurz nach Hause und dann können wir drüber reden.

Ragnar nickte und sah den beiden hinterher, wie sie in Kjells großen Volvo SUV stiegen, der schräg vor der Kirche geparkt war. Ragnar schüttelte den Kopf. Kjell hatte sich immer über Vilfrid lustig gemacht, konnte ihn nach Ragnars Einschätzung eigentlich nicht leiden. Aber wie es schien, schweißten die Ereignisse der letzten Tage die Bewohner von Kirkvogur doch wieder zusammen.

#020

Obwohl sie sich alle Mühe gegeben hatte, ihn wegzuwischen, war das erste, was Bjarne auf dem Whiteboard in Stellas Büro erkannte, der Hashtag *#keineschlampe*, den sie vor ein paar Tagen aufs Bord gemalt hatte.

Er grinste und sagte dann nur „Karg hier, hm?"

„Irgendwie schon." Sie mache einen Schritt an das große Fenster. „Und du musst ja wissen, dass das hier sozusagen schon als das Sahnestück der neueren Architekturgeschichte von Kirkvogur gilt. Schau mal. Da drüben – das ist MTH, Medical Tæknimaður Hlutafélag, die im Prinzip den Segen über die Region bringen sollten. Da gab es Planungen, dass hier einmal 2500 Leute leben sollten."

„Wie viele sind es jetzt? 500?"

„Etwas über 600 – aber da zählen sie mich vermutlich schon mit, weil ich jetzt ja schon seit Monaten hier bin."

„Ja… Wo sind die anderen Kollegen eigentlich?"

„Kommen in 10 Minuten, denke ich. Rixa habe ich eben schon gesehen, die wollte noch telefonieren. Rayk ist schon hier – Solvey habe ich noch nicht gesehen."

„Was sind das für Leute?"

„Rayk ist ein normaler Polizist. Gemein gesprochen: Der macht, was man ihm sagt – das meine ich nicht böse. Der hat einfach keine kriminalistische Ausbildung. Warum auch – hier passiert ja nie irgendwas…"

„Und die anderen?"

„Rixa ist so eine Art Fachangestellte für Verwaltungsfragen. Die sitzt eigentlich im Rathaus von irgendeinem anderen Ort, kümmert sich aber auch um die Kirchenverwaltung und Sozialzahlungen. Die hat Rayk besorgt, die ist uns ausgeliehen worden. Die ist brillant, kennt scheinbar jeden in Island, der in der Verwaltung tätig ist, war mein Eindruck. Und Solvey ist eine echte Ermittlerin. Hat außerdem in Schweden gelebt, schonisch, würde ich vom Dialekt her sagen. Denke, die können wir voll zählen. Die ist auch keine Kriminalpolizistin, hat aber jahrelang eine Kriminalstelle besetzt und kennt sich aus meiner Sicht mit allem aus. Aber wir haben uns nur 30 Minuten gesehen und ansonsten zweimal telefoniert. Du weisst ja, wie das ist – wir müssen uns auf die Leute irgendwie verlassen können, die man uns anbietet. Außerdem hast du unten am Eingang den älteren Herren gesehen, nehme ich an?"

„Älter... der muss um die 80 sein, oder?"

„Wahrscheinlich. Ist aber ein ehemaliger Polizist und hat Rayk jetzt von dem ganzen Kram da unten am Eingang entlastet. Der kann einigermaßen passabel mit Computern umgehen und hat gestern sogar zwei Einbruchsanzeigen aufgenommen."

„Was ist da passiert? Hat das was mit dem Fall zu tun?"

„Ich denke nein... Aber da sollten wir uns jetzt auch nicht drauf konzentrieren, wenn Du mich fragst. Bist Du gestern weitergekommen?"

„Ja, bin ich. In vielerlei Hinsicht. Das hat sich bis heute Morgen gezogen. Hab heute auf der Fahrt noch mit einer weiteren Frau telefoniert, die auch Zwillinge erwartet."

„Die scheinen ja im Trend zu liegen," grinste Stella und schaute auf die Uhr. „Hast Du schon eingecheckt?"

„Nein – ich hab noch alles im Auto. Ich hab Sachen für 10 Tage eingepackt. Ich hoffe, das reicht?"

„Wer weiß das schon...? Hier dauert alles länger als woanders. Und die Leute scheinen das irgendwie zu ertragen. Wenn einer spät kommt, dann kommt er eben spät. Ich weiß eigentlich nur, dass ich langsam hier wegwill. Ich habe seit über zwei Wochen diesen grauen Himmel da draußen. Es ist so langweilig hier, dass ich neulich versehentlich am Samstag ins Büro gefahren bin... Die Tage sind alle gleich."

„Na... Dann ist doch ein schöner Mord mal eine Abwechslung!" Er grinste. „Ganz ehrlich: Ich hatte jetzt drei Einsätze in den letzten Monaten. Norwegen, Schweden, Finnland. Kein einziges ernstzunehmendes Verbrechen, ich schwör's dir."

„Ich dachte, du hattest da so eine Wirtschaftsgeschichte in

Turku – das klang doch ganz spannend?“

„Die bearbeite ich auch immer noch. Aber da ist jetzt gerade eine Phase, in der sich ein paar Leute durch Akten fressen. Könnte sein, mich ruft zwischendurch jemand an, wenn er auf Unregelmäßigkeiten stoßen sollte. Ist aber schon Prozess-Vorbereitung. Es gibt drei Verhaftungen.“

„Hast Du gar nicht erzählt.“

„Stelly – wann haben wir in den letzten Wochen mal richtig sprechen können?“

Sie blickte an ihm vorbei. „Darf ich vorstellen? Das ist Rayk. Rayk, das ist mein SkanForce-Kollege Bjarne Sandvik.“

Eine Viertelstunde später waren alle Hände geschüttelt, eine Verbindung zu Staatsanwältin Birna Donarsdóttir, die aus einer guten Fahrstunde Entfernung online teilnahm, war aufgebaut und die Kamera so ausgerichtet, dass auch die Staatsanwaltschaft wusste, was alles auf das Bord gekritzelt worden war. Und das fühlte sich jetzt zum ersten Mal so an, dass Stella sich dafür nicht mehr schämen musste. Und während der Sitzung würde es mehr werden, soviel stand fest.

„Lass uns bei den Leichen anfangen – in Order of Appearance, schlage ich vor.“ Begann sie. Die anderen nickten und rückten in Teilen ihre Papiere zurecht.

„Leiche Nummer eins fehlt uns leider immer noch.“

„Was unternehmt ihr in der Sache?“ fragte Birna Donarsdóttir aus dem Lautsprecher.

„Das ist nicht ganz leicht, wenn ich ehrlich bin. Wir hatten gestern geprüft, ob wir eventuell einen Trupp von Leuten zusammenstellen und die Gegend hier absuchen. Das ist aber schwierig. Wir haben ja bislang noch niemanden konkret im Visier, keinen Verdächtigen oder so. Und damit kommt praktisch jeder im Ort hier in Frage.“

„Okay. Vorschlag meinerseits: Wenn sich das nach dem Wochenende nicht geändert hat, dann besorge ich euch einen Trupp von Polizisten aus Reykjavik.“

„Ja, das sollten wir so machen. Lass mich dennoch eins erläutern. Wir werden heute Abend eine Pressekonferenz abhalten müssen, sofern man das hier so nennen kann. Vorher wollen wir uns noch ein paar spezielle Orte ansehen."

„Was sind das für Orte?"

„Das äh... Sind solche, die mit Geistern zusammenhängen."

„Okay – wenn das hilft – und das ist wichtig für die PK?"

Bjarne starrte mit leichtem Entsetzen auf den Lautsprecher – aber die Erklärung bezüglich der Geister schien hier wirklich niemanden zu stören.

„Ja – wir wollen," Stella schluckte, „Ein paar der wichtigen Geisterorte heute ansehen. Das werden wir unauffällig tun, sofern möglich. Wir wollen aber heute Abend bei der Pressekonferenz sagen können, dass wir das erledigt haben."

„Okay. PK ist wann?"

„16hundert."

„Gebt mir danach bitte ein Update."

„Yep. Gut – zum Stand bei Leiche Nummer 1: Wir haben die Leiche noch nicht, wir wissen jetzt aber wie sie heißt – mit über 90%iger Sicherheit zumindest."

Solvey räusperte sich. „Nein – da sind wir eben einen Schritt weitergekommen, deswegen war ich zu spät."

„Aha."

„Ich habe die Mutter angerufen. Wir haben uns die Bilder gemeinsam angesehen und sie hat sie aus meiner Sicht fehlerfrei erkannt. Es gibt ein kleines Muttermal oben am Hals. Das kann man tatsächlich auf den Bildern erkennen, wenn man weiß, wonach man sucht. Aber auch nur dann, das schwöre ich euch."

„Okay, ein Haken mehr auf der Liste. Jetzt bräuchten wir nur noch the Dead Body, wie man so sagt. Daneben hat natürlich der Gerichtsmediziner das untersucht, was wir haben – im Wesentlichen also das Blut und die Bilder. Wir wissen jetzt, dass Efa mit klassischen K.O.- Tropfen betäubt worden ist. Wir müssen prüfen, wer solche hier verkauft, wer welche gekauft haben könnte. Daneben wissen wir natürlich, dass sie schwanger war mit Zwillingen. Im 6. Monat."

„Könnte jemand..." fragte die Staatsanwältin zögerlich, „... also mal so als hässlichen Gedanken... Die Babys tatsächlich zur Welt gebracht haben? Also lebend?"

Solvey lehnte sich vor zum Mikro. „Das haben wir gestern besprochen. Der Mediziner meint, das sei praktisch unmöglich. Dazu braucht man entsprechende Gerätschaften und man braucht wirklich optimale Bedingungen, was so Dinge wie Beatmung und richtige Temperatur angeht."

„Dem müsste ich widersprechen," schaltete Bjarne sich ein. „Die Gynäkologin, mit der ich gesprochen habe, sieht das in Teilen anders. Sie sagt, dass es mittlerweile russische Clans gibt, die so etwas wie tragbare Babystationen besitzen. Die erlauben es ihnen, Schwangere zu überfallen und die Föten sozusagen zu entführen. Die werden dann transportiert und die letzten Monate über künstlich am Leben erhalten bis zu einer fiktiven Geburt."

„Wieso das?"

„Dann kann man der späteren Mutter noch einen Bauch anschminken und ähnliches, um sie glaubhafter zur offiziellen Mutter zu machen. Sicherlich eine kranke Nebenerscheinung. Aber sie sagt, dass beim heutigen Stand der Technik die Möglichkeit durchaus besteht. Ist aber hier in der Gegend noch nie verzeichnet worden."

„Na immerhin..." murmelte Solvey kopfschüttelnd und mit nachhaltig entsetztem Gesichtsausdruck. „Da müssen wir ja froh sein. Manche Leute sind wirklich krank."

„Das trifft hier wohl auf jeden Fall zu. Also müssen wir aber festhalten: Wir wissen es in dem Falle wohl nicht so genau. Müssen wir nach den Babys fahnden?"

„Nein – unwahrscheinlich. Wenn die irgendwo sind, dann in einem Labor oder einer Intensivstation oder ähnliches."

„Na gut, sehe ich ein - Was wissen wir noch? Wir wissen, dass die beiden Frauen sich gekannt haben und rund um Reykjavik zuhause waren. Efa hat dort studiert, kommt eigentlich aus dem Osten. Jolly ist dort groß geworden."

„Und nicht nur das," steuerte Rixa unerwartet bei. „Sie haben beide dieselbe Leibrente bezogen, die wir noch knacken müssen." Dann richtete sie sich an die Staatsanwältin. „Hierfür brauchen wir von Dir einen Beschluss, um das freizugeben. Ich habe dir eben vor dem Meeting die Mail geschickt mit allem, was Du dazu ausfüllen musst."

„Worum geht es da genau?"

„Beide Mädchen haben staatliche Gelder bezogen. Die sind allerdings kodiert und unterliegen dem Datenschutz. Du musst den richterlich aufheben lassen, damit wir erfahren, wofür sie die Gelder bekommen haben. Bei beiden sieht es zeitlich so aus, dass die Zahlungen mit der Schwangerschaft zusammenhängen."

„Okay – ich kümmere mich drum, wenn wir hier fertig sind. Gleich als erstes." Man hörte, wie sie sich eine Notiz dazu machte.

„Gut, dann hätten wir das. Wir haben jetzt die zweite Leiche schon ein paarmal gestreift. Vielleicht machen wir mit der weiter. Davor vielleicht noch einen Satz zu Efa. Wir müssen davon ausgehen, dass sie eventuell von zwei Männern mit einem deutschen Kombi aus dem Container geholt wurde. Das ist aber nur induktives Wissen. Es gibt da bislang nichts, was sauber drauf hindeutet. Rixa wird heute nach den Verkehrskameras schauen, um herauszufinden, ob wir darüber etwas herausbekommen. Der Teil gibt uns jedenfalls noch Rätsel auf.

Und damit sind wir bei Jolly, Leiche Nummer 2. Der Fundort gibt so gut wie nichts her. Wir hatten zunächst den Eindruck, als könnte es sich um etwas rituelles handeln. Bei Licht betrachtet – im wahrsten Sinne des Wortes – hat sich das jedoch zerschlagen. Solvey – was sagt der Medizinmann aus Vaskurjutorg?"

„Der Medizinmann ist ein komischer Typ, wenn ihr mich fragt."

„Das kann ich bestätigen," erklärte Birna, die Staatsanwältin, unnötiger Weise und ergänzte mit einer gewissen Emotionalität „Hat er Dir auch von seinen Fischerei-Rechten erzählt?"

„Hat er," bestätigte Solvey und verzog den Mund. Sie führte dazu nichts weiter aus, sondern kam sehr sachlich zum eigentlichen Thema zurück. „Ich war gestern praktisch den ganzen Tag bei ihm. Und mein Eindruck war, dass er da einerseits ganz froh drüber war – aber ich hatte auch den Eindruck, dass er mir nicht immer alles sagen wollte. Das war eine ganz komische Atmosphäre."

„Mach Dir da keine Gedanken, Solvey," erklärte die Staatsanwältin, „So ist der. Das hat etwas mit Herrschaftswissen zu tun – der will sich wichtig fühlen, glaube ich. Patriarch alter Schule. Hat in Wales seinen Job gelernt und da auch ein paar Jahre gelebt."

„Okay... Ich fand es jedenfalls schräg. Egal. Er hat das Mädchen also zerschnibbelt gestern, was das Zeug hielt. Und er ist sich auch bei ihr sicher, dass sie mit klassischen K.O.-Tropfen betäubt wurde. Das hat allerdings einen hässlichen Nebeneffekt. Er sagte, das sei ein ganz furchtbar grauenhafter Tod gewesen. Die K.O.-Tropfen machen dich matt und abwesend. Es kann aber sehr gut sein, dass du mitbekommst, was mit Dir passiert. Er sagt außerdem, dass von den Tropfen niemand so schnell stirbt. Im Gegenteil. Er hat sogar die Frage aufgeworfen, ob die Frau noch gelebt haben könnte, nachdem ihr das Kind entfernt wurde. Oder sagen wir mal: Der Bauch."

„Das ist ja grauenhaft," kommentierte Bjarne und sein Gesicht zeigte eine gewisse schmerzhafte Verzerrung. Er hatte tatsächlich Mühe, sich so etwas vorzustellen. Wer konnte so etwas tun – nach was für einem Täter suchten sie? Er schüttelte den Kopf. „Da frage ich mich jetzt: War das ein grausamer Mensch oder einer, der keine Ahnung von Betäubungsmitteln gehabt hat?"

„Oder ein dummer Mensch," ergänzte Solvey. „Was wäre gewesen, wenn die Frau wieder aufgewacht wäre?"

„Um Gottes Willen..."

Die anschließende Stille hatte etwas Hässliches. Man hörte die Staatsanwältin tippen, die beisteuerte „Zumindest kann ich hier in meinen Daten keinen vergleichbaren Fall finden. K.O.-Tropfen sind generell in Island nie so recht prominent geworden. Wir hatten vor ein paar Jahren mal Probleme mit falschen K.O.-Tropfen. Das war es aber auch schon."

„Das ist ja tröstlich," murrte Stella, die eigentlich geplant hatte, einen Apfel zu essen, solange sie nichts zu erzählen hatte. Davon hatte sie jetzt Abstand genommen. „Na gut," versuchte sie zu moderieren. Sie konnte lange Meetings nicht leiden. „Weitere Erkenntnisse? Was sagt der Mann zu dem Schnitt?"

„Den findet er verdächtig. Er sagt, dass die Art, wie der Schnitt geführt wurde, darauf deutet, dass jemand geschnitten hat, der schon einmal Haut geschnitten hat."

„Das hat meine Gynäkologin auch gesagt," erklärte Bjarne.

„Du hast jetzt eine Gynäkologin?" grinste Stella und wusste noch im selben Moment, dass sie es schon wieder getan hatte. Sie konnte sich bei solchen Chancen nie am Riemen reißen. Vielleicht einer der schlechteren Gründe, warum sie nirgends fest in einem Kommissariat arbeitete.

„Ich – Ja..." Auch Bjarne musste kurz grinsen. „Aber ich finde das durchaus interessant. Wenn ihr mich fragt, klingt das für mich nach einem Mediziner, der nicht die rechten Mittel zur Verfügung hat. Jemand, der weiß, wie man Haut schneidet, aber kein Skalpell zur Verfügung hat und daher das Küchenmesser nimmt."

„So in der Art war auch die Schlussfolgerung von Jovin – er hat nur irgendwie länger für die Erklärung gebraucht, denke ich," beendete Solvey den Punkt. „Daneben gab es nicht viel. Gesunde junge Frau im Grunde. Hätte wahrscheinlich noch 70 Jahre gehabt."

Für einen kurzen Moment stellte sich eine Kälte ein, die greifbar war. Dieses Bild war grausam. Die Frau hätte noch 70 Jahre gehabt...

„Okay, fing die Staatsanwältin wieder an. Ich denke, wir haben genug zu tun. Wie wollt ihr das handhaben – ich nehme an, ihr arbeitet auch am Wochenende weiter? Soll ich mich da drauf einstellen?“

„Ja, das würde ich sagen,“ antwortete Stella spontan und mied es bewusst, in die Gesichter ihrer isländischen Mitarbeiter zu blicken. Für Bjarne und sie stellte sich die Frage ohnehin nicht, obwohl Stella durchaus noch ein paar touristische Pläne für ihre letzten Wochen hier hatte. Sie wollte unbedingt noch nach Bolungarvík und fragte sich beinahe, ob sie diesmal Bjarne fragen sollte, ob er mitkommen wollte. Aber diese Art Arbeit, die sie hier zu erledigen hatten, ging für sie klar vor.

Die Frau hätte noch 70 Jahre gehabt. Das war das Bild, das an diesem Morgen bei ihr hängen blieb.

#021

„Sehen wir uns heute Abend noch?"

„Könnte klappen, bin aber noch nicht ganz sicher. Ich bin gerade auf dem Weg nach Vaskurjutorg und das kann da schon mal spät werden – aber wem erzähle ich das?"

„Wieso hast Du denn dann vorher nichts gesagt? Ich hätte doch hier auf dich warten können..." Es war klar, dass sie enttäuscht war – und sie hatte recht, da musste er gar nicht besonders tief in sich gehen.

„Mal im Ernst: Wie wollen wir das weiter handhaben? Du weißt, dass wir langsam, aber sicher mal mit der Sprache rauskommen sollten, oder?"

„Ja... Aber Du hast selbst gesagt, wir sollten bis zur 12. oder 13. Woche warten – wegen der ganzen Risiken," hielt er dagegen.

„Ja – aber die ist kommende Woche rum. Und dann möchte ich es doch wohl mindestens mal meinen Eltern sagen. Außerdem bin ich verpflichtet, das bei der Arbeit anzumelden. Das weißt Du. Und vielleicht sollten wir es dann auch mal Deinen Eltern sagen, oder?"

„Natürlich! Was meinst Du, wie die sich freuen werden! Aber du weisst auch, was da auf der anderen Seite für ein Film bei denen abläuft. Die sagen sich *Was ist mit der Verlobung? Oh Gott – die Kinder sind nicht einmal verheiratet!*"

„Dabei waren sie das selbst auch nicht," lachte sie und er war sich nicht ganz sicher, wo er diese Bemerkung hinstecken sollte. In seiner Jugend war das durchaus nicht leicht gewesen, ein uneheliches Kind zu sein und sie wusste das.

„Vielleicht sind sie gerade deshalb so versessen drauf..." vermutete er über die schlechte Verbindung hinweg, während er geistig gerade auf einer ganz anderen Party tanzte. Wenn er dieses Problem nicht lösen konnte, dann würde er bald ganz andere Probleme am Hals haben. War er wirklich ein Vater? Er sah sich da noch nicht, obwohl schon ein guter Teil seiner Freunde Kinder hatte. Aber das war nicht der Deal, den er im Kopf hatte. Die Gespräche mit der deutschen Firma zogen sich jetzt zwar seit fast zwei Monaten, aber er war sich sehr sicher, dass es da jetzt auf die Zielgerade ging. Und das war der Plan, der ihn hier wegbringen würde. Skandinavien für eine deutsche Firma erschließen – wie klang das? Das klang wie die Geschichte, die er seinen Eltern erzählen wollte.

Die Art Karriere, die klar machen würde, dass er mehr konnte als verdammte Kleinstadt in diesem winzigen Land. Er hatte einmal ein Fantasy-Buch gelesen, in dem jemand die Idee hatte, die gesamte Galaxie alphabetisch zu beleidigen. Er fragte sich, wie lange das wohl in Island dauern würde. So schwer konnte das eigentlich nicht sein…

#022

Bjarne hatte darauf bestanden, sich den Fundort der zweiten Leiche noch rasch anzusehen, wohl wissend, dass Stella diesen bereits gesehen hatte. Er wollte es dennoch und konnte sich gegen die entschieden jüngere Kollegin gerade so durchsetzen.

Sie war ein neuer Typ Polizistin, das war ihm klar. Selbst in einem vergleichsweise modernen Land wie Schweden hatte es gedauert, bis Frauen wie sie in ausreichend machtvolle Positionen gekommen waren. Aber hin und wieder sah man diese Frauen da jetzt und das war gut so. Sie war ein Dickkopf. Bjarne war jetzt 47 und blickte auf viele Dinge etwas anders. Er brauchte nicht mehr die ganzen Balken auf den Schultern, er brauchte interessante Herausforderungen. Und das war einer der Gründe für ihn gewesen, sich bei der SkanForce zu bewerben. Und das war einer der Gründe, mit so interessanten Frauen zusammenzuarbeiten. Stella scheute sich nicht, auch mal herumzubrüllen, eine Nacht durch zu ermitteln und ungewöhnliche Wege zu gehen. Ihr Widerstand war der Preis dafür. Er zahlte ihn zumeist gern.

„Hier gibt es wirklich nichts zu sehen, das ist ja beinahe schon erschreckend," murmelte er mehr zu sich selbst. Und doch hatte Stella das natürlich gehört und warf ihm ihren besten Besserwisserblick zu.

„Hab es ja gesagt."

„Du weisst, dass ich das mal fühlen muss."

„Du bist eben bisserl oldschoolisher, Greybeard..."

Er grinste und stellte sich in die Mitte des Platzes, gerade mal einen großen Schritt von dem Punkt entfernt, wo Jolly aufgefunden worden war. „Es ist wirklich ein Wunder, dass hier jemand entlangläuft. In der Nacht. Im Dunkeln. Hast Du mit der Frau gesprochen, ist die glaubwürdig?"

„Die ist bekloppt, wenn du mich fragst, aber ja – glaubwürdig fand ich sie trotzdem. Deine Frage ist: War die eventuell an der Tat beteiligt?"

„Das war meine Frage. Aber vielleicht muss man einfach Isländer sein, um an solch einer Stelle mit Stirnlampe joggen zu wollen." Er kniete sich herunter und strich über das Gras. „Mir wären hier schon viel zu viele Dellen im Boden – da kann man sich ja die Knochen jederzeit brec..." Er starrte konzentriert auf den Boden und machte nun nur noch sehr sachte abgezirkelte Bewegungen. Dann ging er herunter auf die Knie und rief „Hast Du eine Tüte bei Dir?"

„Eine Tüte? Bjarne, jetzt? Du willst doch nicht den ganzen Tag stoned durch die Geg..." Sie hatte es wieder getan und bemerkte es erst, als sie sich umdrehte. Tatsächlich kniete Bjarne konzentriert auf dem Boden und schien das Gras anzustarren. Er hatte einen Kugelschreiber aus der dicken Jacke hervorgezaubert und nun wurde es ganz mechanisch und Stella griff in die Innentasche, wo sie die dunklen Papiertüten für die Beweissicherung aufbewahrte. Sie reichte Bjarne eine, ging selbst in die Knie und schaute auf das, was er gefunden hatte. Einen Ring. Der Größe nach wohl der Ring eines Mannes.

„Fuck!"

„Allerdings! Muss ich darauf hinweisen, dass du hier nicht herkommen wolltest?"

„Die Wahrscheinlichkeit ist doch wohl verdammte eins zu 62 Millionen, dass Du den findest."

„Stelly, Schatz – das nennt man Polizeiarbeit. Ich habe mich dort platziert, wo der Mörder..."

„Blödmann. Du hattest Schmerzen im Kniegelenk und wolltest Deine alten Knochen..."

Er hob neben allem Geplänkel den Ring mit seinem Kugelschreiber in die kleine Papiertüte. Die Wahrscheinlichkeit, bei dem isländischen Wetter der letzten Stunden etwas wirklich Verwertbares auf einer so kleinen Fläche zu finden, war gering. Immerhin handelte es sich um einen Ring, dessen Grundfläche tatsächlich eher flach war, was die Sache zumindest *etwas* begünstigen würde. Dennoch – es war ein kleiner moralischer Sieg. Irgendjemandem würde dieser Ring fehlen und irgendjemand anders würde das wissen.

„Fast besser als eine Reifenspur, von der man dann feststellt, dass es sich um ein seltenes ausländisches Fabrikat handelt oder so," grinste er und spielte damit auf den ersten Fall an, in dem die beiden gemeinsam ermittelt hatten. Da hatten sie sich alle Mühe gegeben, sich gegenseitig zu übertreffen, waren sich furchtbar auf die Nerven gegangen und erst später durch ein unerwartetes Ereignis zusammengeschweißt worden, an das sie heute nur noch selten zurückdenken wollten. Es hätte leicht ihr letztes gemeinsames Ereignis sein können und darüber sprachen sie nicht.

„Verdammtes kleines Scheißding," murmelte er und sicherte die Tüte in seine Jackentasche mit den Druckknöpfen. „Wer untersucht uns das Ding jetzt?"

„Das muss ich vermutlich bei Ilva herausbekommen – die haben doch hier nicht so viele Morde. Rayk weiß es sicher nicht. Mir ist das langsam schon ein wenig peinlich."

Sie griff ihr Telefon, wählte und Bjarne schnappte sich das Gerät „Komm, lass mich – dann musst nicht du immer diejenige.... Ja! Bjarne Sandvik hier. Ich möchte Ilva sprechen."

Es entstand eine eigenartige Pause und Stella war dankbar, dass ihr so viel erwachsenerer Partner an solche Dinge dachte, wie ihr ein solches Gespräch abzunehmen. Nicht, weil es ihr wirklich unangenehm gewesen wäre – sie mochte Ilva und musste sie dringend fragen, wie es ihr ging, weil das schließlich alle wissen wollten. Aber auf der anderen Seite fühlte es sich in so einem Vertretungsjob immer ein wenig so an, als wäre man der Lehrling. Das strengte sie manchmal an.

Aus dem Augenwinkel merkte sie plötzlich, dass Bjarne etwas starr im Gesicht wurde und nur bruchstückhaft sprach. Was war da passiert?

Dann legte er auf und hielt ihr Telefon eigenartig umklammert.

„Ilva ist heute Nacht gestorben."

#023

Rixa rieb sich die Augen und fühlte sich auf eine ganz schräge Weise alt an diesem Tag. Es war ungemein frustrierend, Fotos von Geschwindigkeitsüberschreitungen und kurze Videoschnipsel anzusehen. Es gab da nix wichtiges zu erkennen, wie ihr schien. Insgesamt war die Wahrscheinlichkeit, dass jemand auf der Flucht geblitzt wurde oder jemand anders zu dicht auffuhr, vermutlich zu gering. Auch die wenigen Kameras entlang der Hauptstraßen, die im Regelfall von Supermärkten und Tankstellen betrieben wurden, hatten keinen Deutschen Kombi mit einem offenen Anhänger verzeichnet. Ausgerechnet die Tankstelle gegenüber vom Langen Block, die die Hauptstraße perfekt erfasst hätte, hatte ein technisches Problem gehabt. An dem Tag hatte sie rein gar nichts an der Straße aufgezeichnet, nur ein paar Standbilder. Das wichtigste Band zeigte sonst nur graues Rauschen, so wie früher Videobänder, die man mit einem Magneten behandelt hatte.

Die Kamera, die sie an der Waschstraße betrieben, hatte drei offene Anhänger erfasst, die vorbei rauschten, aber Rixa war sich sicher, dass es sich da um Volvos handelte, zumindest bei zweien von denen. Den dritten hatte sie ausgedruckt und würde später einen der Kerle fragen, die sich vermutlich besser mit Autos auskannten. Sie hatte seit 13 Jahren einen Toyota Yaris – den erkannte sie fehlerfrei. Bei allen anderen Autos hätte sie nicht mal einen Finger ins Feuer gelegt.

Zur Ablenkung kümmerte sie sich um die Frage, woher K.O.-Tropfen gekommen sein könnten und kam zu deprimierenden Erkenntnissen in den entsprechenden Archiven. Scheinbar konnte man die phasenweise bequem über das Internet bestellen, wo sie unter abenteuerlichen Namen verkauft worden waren, die man einfach kennen musste. Ihr wurde sehr schnell klar, dass diese Suchrichtung zwar sicherlich gut gemeint war, aber dass sie damit nur eingeschränkt weiterkommen würden. Und tatsächlich hatte die Staatsanwältin recht gehabt: K.O.-Tropfen waren in Island nicht so sehr in Erscheinung getreten wie in manchen anderen Ländern – und wenn, dann im Regelfall in Reykjavik.

Sie checkte kurz ihre Inbox und stellte erfreut fest, dass die junge Staatsanwältin sich an ihre Zusage gehalten hatte. Ihr lagen jetzt alle Dokumente vor, um die Kodierung der staatlichen Zahlung geknackt zu bekommen.

Also rief sie sofort die entsprechende Stelle an und erkundigte sich, wohin sie diese Unterlagen schicken musste. Tatsächlich bedurfte es an dieser Stelle eines Faxes, was sie erschreckt zur Kenntnis nahm, da sie schon ewig keins mehr verschickt hatte.

„Ihr könnt das nicht digital?"

„Doch... technisch gesehen schon. Aber unser Server hat irgendein Problem und der Techniker kommt nicht vor morgen. Das ist die Schattenseite der Digitalisierung – du bist von fetten verschwitzten Typen abhängig..."

Sie bekundete ihr Mitleid in angemessenem Umfang und machte sich auf die Suche nach einem Faxgerät.

#024

„Jetzt gräm dich nicht so," murrte Bjarne und er hatte recht. Sie wusste, dass er Recht hatte, aber das wollte sie im Moment nicht hören.

„Dass Ilva gestorben ist, ändert alles," erklärte sie stur.

„Vor allem für Ilva, oder?"

„Boah – Bjarne!"

„Ich sage ja nur – zügle Dich ein wenig. Du darfst Dir nicht anmerken lassen, was das für dich bedeutet. Wenn wir später zurückkommen werden, was meinst Du, wie die Stimmung dann dort sein wird? Der ganze Ort kennt die Frau. Für die Einheimischen können wir uns die Pressekonferenz heute komplett sparen. Da ist eine gestorben – eine von ihnen. Nicht irgend so ein dahergelaufenes junges Ding mit Zwillingen im Bauch. *Das* ändert vermutlich alles. Du kennst doch Kleinstädte, oder?"

„Ja ja..." Sie fuhr sich bemüht herunter und bog in die Straße an der Kirche ein. Im Vorbeifahren zeigte sie auf das kleine gelbe Haus und sagte „Da wohn ich."

„Ist das etwas Ilvas Haus?"

„Nein... Gottseidank nicht. Hast Du die Kirche da unten gesehen?"

„Kann man ja nur schwer dran vorbeischauen."

„Das Haus gehört irgendwie zu denen. Gehört zu einer unbesetzten Stelle. Und da hier scheinbar unbesetzte wichtige Stellen an der Tagesordnung sind, habe ich das jetzt schon seit zig Wochen, seit Monaten, um genau zu sein. Und seitdem habe ich keine Sonne mehr..."

„Stella!"

„Ja, in Gottes Namen..." Sie folgte der Straße, die scharf links ab ging. Nach der Kurve konnte man auf den einzig liebevollen Ort sehen, den sie hier in all den Monaten gefunden hatte. Glücklicherweise lag der nicht nur ganz nahe an ihrem Haus – er hatte auch sonst ein paar Qualitäten, die sie nicht ganz unerheblich fand. Fuhr man nämlich die Straße stur geradeaus weiter, was verboten war, dann kam man auf einen kleinen Hügel, der einen über Kirkvogur blicken ließ. Ungehindert. Und jemand hatte eine sehr grob gezimmerte Bank an dieser Stelle aufgestellt, die sie hin und wieder aufsuchte. Gerne auch im Dunkeln. Sie hatte eine ganz kleine Sex-Fantasie für diesen Ort, die sie noch nicht ausgelebt hatte – aber die nagte in ihrem Hirn herum. Daneben war es aber einfach der schönste Ort hier, weil man nicht nur über den Ort bis hin zu Wasser blicken konnte, leicht über den Kirchturm hinweg. Kirkvogur bedeutete am Ende Kirchenbucht, nichts anderes. Und hier oben konnte man das in der Einfachheit und Perfektion erkennen. Hier war einmal ein Ort entstanden rund um die Bucht herum, in dessen Zentrum eine Kirche lag.

Der Platz hier oben war aber auch deshalb ein schöner Ort, weil niemand von unten hier heraufblickte, was eigenartig war. Aber Stella hatte es mehrfach ausprobiert. *Nie* hatte jemand hier hochgeschaut. Sie hätte nackt auf der Bank sitzen können, wäre es nicht immer so verflucht kalt hier gewesen.

Sie bogen jedoch wieder nach rechts und fuhren noch ein ganzes Stück an einer Weide entlang, die zu dieser Jahreszeit keinen Zaun hatte. Dann hielt sie an. „Hier ist es."

In jedem anderen Land der Welt wäre sie an den Straßenrand gefahren, um potenziell vorbeifahrenden Autos den nötigen Platz einzuräumen. So jedoch ließ sie den Wagen exakt in der Mitte des Weges stehen, stoppte den Motor des orangen Autos und stieg aus.

Bjarne tat es ihr nach. Im Gegensatz zu ihr ließ er sogar die Tür des Wagens offenstehen. Da es ausnahmsweise nicht regnete, war das zwar vertretbar, aber eine ungewöhnliche Geste, die er korrigierte und Stella dann folgte.

Er hatte einen Plan bei sich, der die genauen Umrisse des damaligen Bauvorhabens zeigte. Er verglich Karte und Wiese mehrfach und wurde nicht ganz schlau aus dem Setting. „Wenn ich das recht sehe, hätten die einen Teil des Hügels da oben wegsprengen müssen."

„Ist hier nicht ungewöhnlich... Das ist praktisch nur ein fester Grashügel, da ist nicht unbedingt ein Fels drunter oder so."

„Okay... Aber es wäre schon ein ziemlicher Eingriff in die Landschaft gewesen, oder?"

„Fahr mal nach Rauðhólar – da findest du Baldurshagi. Eine komplette Stadt, die zum Scheitern verurteil war. Ist hier nicht so selten. Von der MTH stehen auch die Hälfte der Gebäudeteile leer." Sie deutete nach unten in das Industriegebiet, in dem sie an diesem Morgen gemeinsam gestartet waren. „Aber die Isländer haben nichts Besseres zu tun als in Vaskurjutorg mit der MediXXX ein neues Gebäude mit Staatsgeldern zu bauen, in dem praktisch die komplette alte Belegschaft der MTH arbeitet. Da ist nach der Finanzkrise auch viel schiefgelaufen, wenn Du mich fragst..."

„Hm... wollen wir schauen, ob wir Schmuckstücke hier im Rasen finden? Oder zumindest ein paar Geister erschrecken können?"

„Ich frage mich hier oben wirklich, was eigentlich das genaue Problem gewesen sein soll. Tika hat etwas von Abwasserproblemen gesagt. Warum ist das besser dort unten? Weil man die gefährlichen Sachen dann einfach direkt ins Meer leiten kann?"

„Quatsch – sowas genehmigt Dir heute keiner mehr. Vielleicht war es einfach nur teurer hier oben, das alles zu bauen? Wir sollten sie noch einmal fragen, wenn du es wichtig findest."

„Wenn ich ganz ehrlich bin: Die möchte ich eigentlich nix mehr fragen, wenn es nicht wirklich unbedingt sein muss."

„Okay..." Bjarne lehnte sich gegen den Wagen und nahm die Gegend in sich auf. „Du setzt Dich jetzt schon länger mit dem Fall auseinander. Wenn Du jetzt mal sagen solltest, wie das ganze passiert sein könnte – was wäre deine beste These?"

„Ganz offen: Ich habe noch keine."

„Komm! Das glaube ich dir nicht. Du wirst doch irgendeine Idee haben, was passiert sein könnte, oder?"

„Du, ich habe mich die letzten Tage praktisch nur um Logistik kümmern müssen. Ich hatte doch keine Ahnung, wie das hier alles läuft. Und ich war in der Ermittlung praktisch allein und hatte…"

„Hey – Stelly – mit wem redest Du? Entschuldigst Du dich gerade etwa?"

„Ich… Keine Ahnung. Ich habe das Gefühl, dass ich vor lauter Sammeln noch nicht zum Denken gekommen bin. Und ich hätte eine andere These bei *einer* Leiche gehabt."

„Und die wäre wie gegangen?"

„Aber nicht lachen."

„Das überlege ich mir noch…" grinste er – und das hätte sie keinem anderen Polizisten Skandinaviens durchgehen lassen.

„Also… ich hatte mir folgendes überlegt… Fragestellung: Warum würde jemand den kompletten Bauch einer Schwangeren entfernen wollen? Meine Antwort wäre: DNA."

„Hm?"

„Na ja… Ich habe in Bio wahrscheinlich genauso gut aufgepasst, wie die meisten – und bei mir waren das auch noch ungefähr 20 unterschiedliche Schulen mit unterschiedlichen Sprachen. Sieh mir also ein paar Dinge in dieser Theorie nach. Aber ich habe mir überlegt, dass die Zwillinge eine ungewollte Schwangerschaft sein müssten. Ich habe mir weiter überlegt, dass der biologische Vater seine Spuren verwischen wollte und sich mit seinen laienhaften Biologie-Kenntnissen überlegt hat, dass er nicht einfach die Mutter umbringen kann – er muss das Baby also komplett entfernen."

„Warum schneidet er dann gleich alles weg?"

„Weil seine Bio-Kenntnisse übel sind. Zumindest so übel wie meine. Er überlegt sich, dass vielleicht auch irgendwo im Fruchtwasser oder in der Plazenta seine DNA zu finden ist. Wenn sie im Baby zu finden ist, warum nicht auch in den versorgenden Organen?"

„Weil die biologisch der Mutter gehören und sich durch die Schwangerschaft nicht genetisch verändern?"

„Ja… ich habe es mittlerweile gegoogelt. Aber ich wäre mir nicht sicher gewesen. Und dann, wenn Du vielleicht noch in

Panik bist…“ Sie blickte zu Boden. „Die Theorie taugt aber dann nicht viel, wenn derjenige weiß, wie man Haut mit einem Messer schneidet, ohne dabei riesige Zacken zu ritzen.“

„Wer sagt eigentlich, dass das wirklich so schwer ist?“

„Ich.“

Bjarne kräuselte erstaunt die Stirn. „Hm? Wann musstest Du denn mal jemanden aufschneiden?“

„Heute Morgen. Kein Witz. Ich bin früh aufgestanden, bin die Straße runtergelaufen bis ans Ende der Hauptstraße. Da ist noch ein echter Metzger, der immer sehr früh in seinem kleinen Laden ist. Und den habe ich gefragt, ob ich mal ein Schwein schneiden kann. Und du machst Dir keine Vorstellungen, wie kompliziert das ist! Das zuckt das Messer ständig herum, das ist nicht leicht. So eine Haut ist dafür gemacht, dich zig Jahre gegen Wind und Wetter zu schützen. Die hat an unterschiedlichen Stellen ganz unterschiedliche Widerstände, das ist wirklich übel. Und das Messer war scharf.“

„Ja… aber so eine Schweine-Haut ist doch ein wenig…“

Sie hob belehrend die Hand. „Der Metzger hat mir extra den Bauch eines jungen Ferkels gegeben. Er sagt, das käme menschlicher Haut sehr nahe. Und glaub mir – ich habe den Schnitt nicht sauber hinbekommen – und ich hatte drei Versuche.“

„Dann kochst Du heute Abend für uns?“ grinste Bjarne, der tatsächlich noch nie ein Schwein geschnitten hatte, Stella Nykvist aber wieder einmal bewunderte: Sie war losgezogen und zu einem Metzger gegangen. Sie hatte es einfach gemacht. Kluge Frau.

„Wir gehen heute Abend essen, würde ich sagen – ich weiß auch schon, wo…“

„Die Restaurant-Auswahl hier ist ja sicherlich riesig. Man liest ja immer wieder viel von den ganzen Michelin-Empfehlungen hier in Kirkvogur…“

„Die wichtigste Frage ist: Kann man das Essen bezahlen? Wir bekommen ja eine Island-Zulage zu den Spesen, weil es hier wirklich nicht billig ist. Selbst ein Backfisch ohne Beilagen kostet hier so viel wie woanders ein richtiges Essen."

„Okay… das hätte ich nicht gedacht…"

„Für heute Abend sollten wir uns was Richtiges vornehmen: Die Kirche!"

„Das ist ein Restaurant?"

„Nein – das ist die Kirche." Sie deutete mit dem Finger auf das Gebäude, das von hier oben aus leicht als der Mittelpunkt des Ortes zu erkennen war.

„Und da kann man essen?"

„Ja – und zwar exakt einmal im Monat. Der Deal ist: Alle helfen beim Kochen. Dafür gibt es meist ein ziemlich traditionelles Menü, was lecker ist und lachhaft billig. Aber das ist ja auch nicht der Point dabei."

„Was ist denn *der Point*?"

„Jede Menge Leute kennenlernen und ein paar Gespräche führen, die sonst niemand mit einem Polizisten führen würde. Und dabei dann noch billig essen," grinste sie.

„Was steht auf dem Menüplan?"

„Keine Ahnung – schau dich doch hier mal um. Irgendwas mit Fisch vermutlich."

#025

Die Pressekonferenz hatte Bjarne sich spontan anders vorgestellt – aber in Island war ja vieles irgendwie anders, als man es erwartete. Zunächst einmal waren nur vier Journalisten vor Ort, weitere 10 waren jedoch per Skype zugeschaltet und nahmen an der Pressekonferenz online Teil.

Das Verhältnis zwischen den wenigen und denen vor Ort war so krank, dass er sich fragte, warum man überhaupt noch den physischen Teil der Pressekonferenz anbot und nicht gleich die ganze Veranstaltung online erledigte. Er schob es auf Traditionen.

Das schwierigste war für die meisten Beteiligten sicherlich das Bild von Ilva. Ein Foto, das jemand in einen Rahmen gesteckt hatte mit einer schwarzen Binde an der Seite.

Einige Menschen weinten am Eingang für einen kurzen Moment. Eine ältere Frau, die keine klassische Journalistin war, sondern einen Blog betrieb, weinte so sehr, dass sie wieder hinaus ging und sich ins Auto setzte. Dort, so konnte Bjarne erkennen, nahm sie einen großen Schluck von einer durchsichtigen Flüssigkeit aus einer durchsichtigen Flasche ohne Etikett und kam dann kurz vor Beginn der PK wieder herein.

Die Staatsanwältin, Birna Donarsdóttir, hatte sich mittlerweile auch zugeschaltet und Bjarne fragte sich, wo die eigentlich residierte – vermutlich in Reykjavik, wo scheinbar alles Wichtige in Island stattfand.

Die Pressekonferenz gestaltete sich sehr trocken und lahm im ersten Teil. Stella gab die offizielle Stella – eine Rolle, die ihr nicht lag. Sie gab sich Mühe, sehr staatstragend zu wirken, was ihr nie recht gelang. Aber vielleicht war Bjarne da auch kein objektiver Beobachter, weil er die Stella kannte, die aus allem einen dummen Witz machen musste, auch in den unpassendsten Momenten. Um der Sache die Spitze aufzusetzen, hatte sie einen hellen Rollkragenpulli und einen dunkelblauen Blazer angezogen. Zugegeben – das ließ sie in Summe älter wirken.

Die Journalisten stellten im ersten Part keine Fragen und Stella ließ nur das raus, was man wirklich wissen musste und sagte gezielt nichts zum Modus Operandi. Das hatten sie vorher so vereinbart. Und Stella hatte sich nicht wohlgefühlt, da sie eigentlich die Verabredung gehabt hatte, sich zuvor noch mit Ilva abzustimmen, was nun nicht mehr möglich war. Nein – was nie mehr möglich sein würde.

Die Nachfragen beschränkten sich im ersten Teil auf die übliche Logistik – Gibt es ein Presse-Package? Gibt es Bilder, die man verwenden kann? Stehen die irgendwo online in Druckqualität zur Verfügung?

Erst dann kamen detailliertere Fragen zum Fall, die Stella allesamt abwaschbar beantwortete und erneut nichts heraus lies, was nicht wirklich gesagt werden musste. So blieben die K.O.-Tropfen etwa ein Geheimnis, die Zwillinge der beiden Frauen blieben es auch, obwohl Stella im Laufe des Tages vermutet hatte, dass es diesbezüglich längst ein Leck gab und sie das herausgeben würde, falls jemand fragen sollte.

Schließlich kam, was kommen musste und der Vertreter des größten Blattes aus Reykjavik fragte das große Wort.

„Handelt es sich Eurer Meinung nach um einen Serientäter?"

„Es gibt keine vergleichbaren Fälle in ganz Island, die annehmen lassen, dass hier ein Tatmuster vorliegt," erklärte unabgestimmt die Staatsanwältin, was tatsächlich nicht dumm war. Bei der Polizei hatte keiner der Journalisten Beißhemmungen – da wurde nachgefragt. Eine Staatsanwältin hatte da qua Amt eine größere Autorität, obwohl Bjarne, von der Konferenz heute Morgen ausgehend, die Stimme als jung einstufte. Vermutlich war sie ebenso alt wie Stella, irgendetwas in den frühen 30ern. Er würde bei Gelegenheit anfangen müssen, seine Haare zu färben… Der Gedanke löste bei ihm eine Erinnerung an die Frau mit den kurzen grauen Haaren aus, die er auf magische Weise über den Tag fast vergessen hatte. Jetzt kam sie umso heftiger wieder und schwirrte ihm im Kopf herum. Sie war tatsächlich die erste grauhaarige Frau gewesen, die er nackt gesehen hatte, an die er seinen Körper gerieben hatte. Das war neu für ihn. Hatte es etwas geändert?

Nein. In seinem Kopf war eine Frau hängen geblieben, die ausreichend selbstsicher und selbstbewusst war, um ihre grauen Haare grau zu tragen. Das war cool und er hatte jenseits einer sehr emotionalen Nacht mitgenommen, dass das jetzt die Art Frauen sein sollte, nach denen er schaute. Frauen, die der Welt nichts mehr durch aufgespritzte Lippen und gekaufte Brüste zu beweisen hatten. Frauen, die mit sich selbst im Reinen waren und dennoch so cool, so erwachsen, dass sie ihm einfach sagen konnten, wenn sie mit ihm ins Bett wollten. Auch das eine Erfahrung, die er bis dahin noch nicht gehabt hatte. In der Zeit, als er in dieser Szene noch aktiv gewesen war, hatten die Männer die Frauen erobern müssen – zum Teil bis in alberne Regionen, die ihm ohnehin nie gelegen hatten. Die gestrige Erfahrung hatte ihn wirklich beflügelt. Leider fehlte ihm die Erfahrung damit, was er jetzt zu tun hatte. Konnte man so eine Frau anrufen und sagen: *Du bist großartig, ich will dich wiedersehen*?

#026

Sie legte ihren Arm um Bjarne auf der einen Seite und um Rayk auf der anderen und drückte sie an sich. „Das ist richtig nett hier, oder?"

Bjarne kicherte ein wenig zu hell für die Kraft, die sein Körper normalerweise ausstrahlte. „Stelly, so habe ich dich selten gesehen. Glaub mir: Du gehörst hierher – die Leute lieben dich hier." Er hatte kurz nachsetzen wollen „Du bist die neue Ilva," hatte das aber im letzten Moment abgebogen, weil es ihm am Todestag dieser Frau, die er nicht einmal kannte, vollkommen unpassend erschien.

Aber tatsächlich war das genau sein Eindruck. Er hatte Stella so noch nie gesehen. Sie hatte schon kurz nach der Pressekonferenz gequengelt, war in ihr kleines gelbes Haus gerauscht, um sich in bequeme Klamotten zu werfen und anschließend als eine der ersten bei der Kirche aufgetaucht in einer Jeans und einem klassischen Woll-farbenen Winterpulli mit Zöpfen. Sie hatte nur die Straße herunterlaufen müssen und trug nicht mal eine Jacke, als sie ankam. Und dann hatte sie begonnen, in der Kirche herumzutoben, genauer gesagt in der Küche des Gemeindesaals. Sie hatte die Ankommenden in Gruppen sortiert, hatte die Leute zum Kartoffelschälen eingeteilt, die sie für die richtigen hielt, hatte den Jüngeren Befehle bezüglich des Tischdeckens erteilt und jeden eingespannt, der nur faul herumgestanden und an seinem Bier genuckelt hatte.

Sie hatte sich um den Fisch gekümmert, hatte den Metzger eingeladen, hatte hier und da Leute in den Arm genommen, die Bjarne noch nie gesehen hatte. Einer von ihnen war Kjell gewesen, der sie leicht lüstern angesehen hatte, obwohl er nach Bjarnes Einschätzung in Begleitung war. Ein weiterer war Vilfrid gewesen, mit dem Bjarne sich einen Moment beruflich unterhalten hatte. Einer von ihnen war Ragnar gewesen, von dem Bjarne sich sicher war, dass er Stella Nykvist hinterher sah. In jedem Falle sah er ihrem Po hinterher, was Bjarne allerdings verstehen konnte – und Stella wusste, wie man den Hintern so leicht wiegte, dass die meisten Männer den Blick nicht von ihr lassen konnten. Er vermutete darin einen der Gründe, warum sie nicht fest in einem Kommissariat angestellt war, sondern in einem Job, in dem man immer wusste, dass die Einsätze zeitlich begrenzt waren.

Bjarne Sandvik hatte sie kaum wiedererkannt – und er musste sagen: Er mochte diese Stella, die offensichtlich in den vergangenen Wochen hier jeden kennengelernt hatte. Oder zumindest den Ausschnitt der Bevölkerung, die zu diesem Event kam, das sie mochte.

Irgendwann war er nach der kurzen Nacht so müde gewesen, dass er sich heimlich davongestohlen hatte und in dem Hotel, in das Stella ihn eingebucht hatte, ins Bett gesunken war. Nach einer guten Stunde war er noch einmal aufgewacht, hatte Wasser trinken müssen, um die würzige Soße, die sie in der Kirche zum Fisch gereicht hatten, herunter zu spülen. Er hatte sich sein Handy genommen, hatte eine ganze Zeit drauf gestarrt und hatte sich dann überwunden und eine sehr lange Nachricht nach Reykjavik geschickt. Was das anging, war er oldschool. Er war nicht der Typ für drei Smileys und einen Halbsatz.

#027

„Okay," startete Stella den Tag mit fast derselben Besetzung wie am Morgen zuvor. Lediglich die Staatsanwältin fehlte. „Was haben wir Neues?"

Rixa raffte sich auf, schob ihren schlanken Körper schüchtern nach vorn und blickte auf die Zettel, die sie auf einem Klemmbrett sortiert hatte. Eine Technik, die keiner der Anwesenden so schon einmal gesehen hatte.

„Also diese Renten... das ist etwas komisch, wenn ich ehrlich sein soll. Beide Frauen bekommen die und sie bekommen die, weil sie an einem Programm zur Erforschung von Medikamenten teilnehmen."

„Als Schwangere? Ist das nicht ungewöhnlich?"

„Na ja... An irgendwem werden vermutlich auch Medikamente getestet werden müssen, die man während der Schwangerschaft braucht, oder?"

„Ja... Aber wer macht denn so etwas? Niemand riskiert doch, dass sein Kind..." Stella bremste sich und bedeutete Rixa, weiter zu sprechen.

„Okay. Also sie testen Medikamente für eine verhältnismäßig hohe Summe. Sie könnten als Studentinnen beide ganz gut davon leben, würde ich sagen."

„Okay – was sind das für Medikamente?"

„Das weiß ich noch nicht. Und ehrlich gesagt glaube ich, dass ich da die Falsche bin. Ich bin eine Verwaltungsfachkraft."

„Okay – aber was weisst Du über die Sache?"

„Ihr solltet ansetzen bei MediXXX. Mit denen haben die Mädchen den Deal."

Für einen kurzen Moment lehnten Rayk und Stella sich zurück und Solvey starrte einen Augenblick aus dem Fenster, überlegte scheinbar, was sie davon hätte fragen sollen, als sie einen halben Tag mit dem Gerichtsmediziner verbracht hatte, der praktisch im Gebäude von MediXXX arbeitete und auch von denen bezahlt wurde.

„Hm... da wird uns aber jemand was erklären müssen, würde ich sagen..." murrte Stella in ihrer etwas rechthaberischen Tonlage, die sie in solchen Fällen immer wieder verwendete. „Das bedeutet auf jeden Fall, dass wir dort hoch nach Vaskurjutorg fahren, oder?"

„Ja..." mischte sich Bjarne ein, „Das ist allerdings irgendwie schwierig jetzt, oder? Ich meine: Die sitzen doch gerade an den gerichtsmedizinischen Untersuchungen dieses Falles, oder? Wie sollen wir denn da mit denen über so eine Sache sprechen? Und vor allem: Wie sollen wir die jetzt in diesem Kontext überhaupt noch einsetzen? Müssten wir da nicht andere Gerichtsmediziner hinzuziehen? Das ist doch total riskant!"

Er schüttelte den Kopf. „Um Himmels Willen. Je länger ich drüber nachdenke: Alles, was wir aus medizinischer Sicht über den Fall wissen, wissen wir doch von Dr. Jovin Andrisson – und der arbeitet für MediXXX. Und für die haben die Frauen Medikamente getestet? Wie sollen wir die jetzt zu diesem Fall verhören?"

„Na ja..." mahnte Solvey. „Jetzt lass uns das mal nicht gleich übertreiben. Das eine muss ja mit dem anderen pauschal erst einmal nichts zu tun haben. Vielleicht haben die Mädchen dort auch mit ihren Bio-Kenntnissen etwas gearbeitet oder so. Wir müssen da jetzt noch nicht in Panik geraten, oder?"

„Mh... Mag sein. Aber mein Bauch sagt mir, dass da was im Busch ist."

„Wieso..." warf nun Rayk ein, der bislang ruhig dagesessen hatte, und alle anderen sahen ihn an. „Wieso... sollte eine Firma, die Generika herstellt, eigentlich Medikamente testen? Ist das nicht die Idee bei Generika, dass die bereits lange getestet und abgeschrieben sind? Also – was soll man da testen? Noch dazu mit zwei werdenden Zwillingsmüttern, die dir im Zweifel jede Testreihe versauen, weil bei denen wahrscheinlich alles im Körper anders ist als bei anderen Menschen. Verstehe ich nicht." Er schüttelte nachdenklich den Kopf und Stella merkte, dass sie noch keine Meinung zu diesem Thema hatte. Sie wusste nicht, was sie tun sollte und handelte deshalb wie ein Terrier. Sie griff an.

„Wir fahren da nachher hoch, soviel steht fest. Was haben wir noch?“ beendete sie die Diskussion um diesen Part.

„Den Ring, den Bjarne gestern gefunden hat,“ regte Solvey an.

„Guter Punkt. Bei dem haben wir gestern so rein gar nichts unternommen. Ich hatte Ilva fragen wollen, wo solche Beweise hinkommen und an wen man sich da wenden muss – aber da war es leider schon zu spät.“

„Das kann ich übernehmen,“ bot Solvey an und Bjarne reichte ihr den Ring und nickte ihr dankbar zu.

„Haben wir etwas von den Verkehrskameras?“ erkundigte sich Rayk und warf seine dunkle Mähne mit einer Bewegung zurück, die Stella stutzig machte. Versuchte der gerade, Rixa zu gefallen? Hatte der nicht zwei Kinder? Dann strafte sie sich geistig. Das ging sie einerseits nichts an und andererseits war es vermutlich übertrieben.

Die Antwort kam nicht. Stattdessen hatte Solvey vorsichtig die Papiertüte geöffnet, starrte hinein und sagte „Verdammt – den Ring habe ich schon einmal gesehen.“

„Was? Wo das denn?“

„Ganz ehrlich: Ich erinnere mich gerade nicht. Aber ich würde wetten, dass diese Erinnerung wiederkommt.“

„Wieso bist Du dir so sicher, dass Du den Ring schon einmal gesehen hast?“ fragte Rixa erstaunt und der Blick der jungen Frau mit ihren sachlich kurz geschnittenen schwarzen Haaren machte klar, dass sie das für unglaubwürdig hielt.

„Ich ...“ überlegte Solvey „Ich erinnere mich. Ich habe den Ring an einem Finger gesehen, nicht bei einem Juwelier oder so. Und ich dachte noch: Schau mal, der Typ kann den Ring tragen, der hat schlanke Finger. Mein Mann hat nicht solche schlanken Finger. Der könnte so einen flachen Ring nie tragen, das würde lächerlich aussehen. Und dann noch Weißgold – ich meine, das ist doch selten?“

„Hm... Das klingt für mich, als hättest Du ausreichend Zeit

gehabt, dir den Ring anzusehen," vermutete Bjarne. „Ich würde also sagen, wahrscheinlich hast Du dem Mann eine ganze Zeit lang gegenübergestanden oder gegenübergesessen. Jemand, mit dem Du essen warst. Jemand, der dir etwas verkauft hat. Reisebüro-Situation, etwas in der Art, wo man einige Zeit jemandem gegenübersitzt und Zeit hat, auf seine Finger zu schauen. Konto-Eröffnung, Autokauf, etwas in der Art."

„Hab ich alles schon ewig nicht mehr gemacht. Okay – wenn wir es jetzt herbeihexen wollen, dann wird das nicht funktionieren. Ich kümmere mich drum, aber ich werde vorher ein Foto machen und es vielleicht auch meinem Mann zeigen. Mit ein wenig Glück habe ich mit ihm darüber gesprochen oder er hat vielleicht sogar neben mir gesessen und kann sich erinnern."

„Okay – klingt richtig. Was haben wir sonst noch?"

„Wir haben ein paar Anrufe," erklärte Rayk. Die Sache mit dem offenen Anhänger hat eine gewisse Resonanz."

„Erwartungsgemäß..." murmelte Solvey leicht gelangweilt.

„Ja – und ich würde sagen, das meiste ist Schrott, wie immer. Zwei fallen mir auf. Jemand hat einen Anhänger mit einem Audi A6 davor auf die Deponie fahren sehen. Das passiert vermutlich 25-mal am Tag – aber in dem Falle passt es zeitlich ganz gut. Da sollten wir hin."

„Vielleicht fahrt ihr dann auch mal bei der Müllverbrennungsanlage vorbei und schaut euch das vor Ort an."

„Was sollen wir da ermitteln?" wollte Solvey wissen.

„Die Prozesse verstehen. Wie läuft das normalerweise ab? Was erfahren wir über den Fahrer, der den Unfall mit dem Müllwagen verursacht hat? Ist der verdächtig? Wer wusste an dem Morgen alles, dass der Müll nicht geleert werden würde, wer...?" Stella hielt inne und zeigte aus dem Fenster. „Ist das Vilfrid da drüben bei MTH? Was macht der da?"

Rayk erhob sich und blickte konzentriert aus dem Fenster. „Nein – das ist er nicht. Das ist Olafur, sein Nachbar. Die sehen sich allerdings einigermaßen ähnlich."

„Der Nachbar, der auch bestohlen worden ist?"

„Genau der. Da haben wir noch nicht geklärt, wie wir mit der Ermittlung umgehen wollen."

„Was für eine Ermittlung ist das?" wollte Bjarne Sandvik wissen.

„Die beiden sind ausgeraubt worden. Die Diebe haben teure Computer und Bargeld gestohlen," erläuterte Rayk, der sich an diesem Thema etwas verbissen zu haben schien, aber Stella Nykvist wehrte ab.

„Ach komm. Das ist doch jetzt hier wirklich nicht der wichtigste Teil des Falles."

„Ich könnte mich darum kümmern," erklärte Rixa. „Mit Versicherungssachen kenne ich mich gut aus. Vermutlich sind die doch ohnehin bei Ragnar versichert. Den kenne ich ganz gut."

„Okay... in Gottes Namen, dann mach das. Wenn wir sonst nichts haben, dann würde ich vorschlagen, dass Bjarne und ich jetzt nach Vaskurjutorg zur MediXXX fahren und dort unangekündigt aufschlagen, oder?"

„Ja..." murmelte Solvey und schaute wieder in die Tüte mit dem Ring. „Macht das... Wir haben alle etwas zu tun, denke ich."

#028

„Wir wurden gestern irgendwie unterbrochen," erklärte Bjarne im Auto. Diesmal war er es, der fuhr und sie hatten seinen Mietwagen genommen, damit Solvey den orangen Subaru der Polizei nutzen konnte, um den Ring zur Untersuchung zu bringen.

„Bei was wurden wir unterbrochen?"

„Gestern, als Du mir Deine These erklären wolltest. Du hattest die These gehabt, dass der Mörder die ganze Schwangerschaft verschwinden lassen wollet. Das war allerdings noch zu der Zeit, als es nur eine Leiche dieser Art gab. Und dann? Was hast Du dir dann überlegt?"

Stella zog die Schuhe aus und stellte ihre Füße auf das Armaturenbrett auf der Beifahrerseite, während sie überlegte. „Ich bin da noch nicht so sehr weit gekommen. Nachdem meine bis dahin beste These weg war, habe ich mir überlegt, dass bei zwei Vorfällen dieser Art etwas viel Größeres im Spiel sein muss – aber seit ich erfahren musste, dass es sich um zwei Fälle mit Zwillingen handelt, bin ich raus, wenn ich ehrlich sein soll."

„Hm... das ist tatsächlich noch nicht viel."

Sie fuhren eine Zeitlang schweigend, bis Stella ihren älteren Kollegen fragte „Und Du?"

„Ich hatte auch noch keine rechte Zeit für eine Hypothese – aber ich finde, wir sollten bis heute Abend eine haben. Mein Ansatz ist bei den Zwillingen. Sie sind das verbindende Element. Eine Zwillingsschwangerschaft hat eine Wahrscheinlichkeit von 1,2% weltweit und 0,9% in Island, weil hier weit weniger Zwillinge zur Welt kommen. Island hat statistisch vermutlich so um die 4.000 Geburten im Jahr, wenn ich es mal überschlage. Das bedeutet mit anderen Worten: so runde 30 bis 40 Zwillinge kommen hier in diesem ganzen Land zur Welt. Drei sind in der Praxis in Reykjavik zurzeit bekannt. Das ist zwar eine große Praxis in der größten Stadt. Aber beide Toten sind zugleich schwanger und beide ohne Vater. Die beiden Frauen sind ein

Highscore in Wahrscheinlichkeitsrechnung, ist dir das klar?“

„Jetzt ja...“

„So – und nun fallen die beide dieser Art Verbrechen zum Opfer... Die Wahrscheinlichkeit dafür ist ja noch einmal unfassbar geringer, wenn du verstehst, was ich meine. Schließlich hat Island praktisch keine Morde. Wenn die dann auf zwei Zwillingsmütter entfallen... Puuuh.“

„Du meinst, wir sollten auch in der Praxis ermitteln?“

„Nein, das... Nein – das denke ich nun wirklich nicht.“ Er überlegte ein wenig. Diesen Gedanken hatte er bislang tatsächlich noch nicht gehabt. Aber er erschien ihm nicht wichtig – und das nicht nur wegen seiner persönlichen Bindung zu dieser Praxis. Sein Handy empfing zwei Nachrichten hintereinander und Stella sagte „Soll ich?“

„Nein!“ Er beherrschte sich ein wenig. „Lass uns doch bitte kurz hier weiter machen. Ich bin mir also sicher, dass wir da ansetzen sollen – bei dem Zwillings-Thema. Beide haben keinen Vater angegeben, beide kannten sich, beide nahmen an einem medizinischen Test teil – verstehst Du, warum ich im Gegensatz zu Solvey heute Morgen in eine gewisse Panik verfallen bin, was den Gerichtsmediziner angeht? Wenn der da irgendwie mit drinhängen sollte mit MediXXX, dann sind wir hiermit schon mal offiziell vor Gericht raus, würde ich sagen. Damit gewinnen wir nix.“

„Dann ist das deine Theorie? Zwillinge – und dann?“ hakte Stella nach.

„Ich denke, dass der Tod der beiden Frauen mit medizinischen Experimenten zusammenhängt, ja, wenn Du das meinst.“

Nun war Stella an der Reihe mit langgezogenem Schweigen und Bjarne ließ ihr die Zeit, während er sich fragte, ob zumindest eine der Nachrichten, die soeben eingegangen waren, eventuell eine Antwort auf seine sehr lange Nachricht von gestern Nacht waren. Etwas in seinem Hinterkopf sagte ihm, dass er für solche Fragen nicht mehr die nötige Kraft hatte. Dann wiederum dachte er daran, dass es bis zur großen „5“ noch gute

1000 Tage waren, die er nicht verschenken wollte. Die Frau hatte etwas in seinem Kopf ausgelöst, das er lange nicht mehr gekannt hatte.

Er hatte es vergessen und war vollkommen erstaunt, wie ihn dieses vergessene Gefühl wieder hatte erwischen können. Utøya hatte ihn abstumpfen lassen – aber diese Entschuldigung hielt nicht für ein ganzes Leben vor.

„Irgendwie kann ich dem durchaus zustimmen…" überlegte Stella Nykvist laut. „Zumindest für den Moment. Aber was bedeutet das dann tatsächlich für die Untersuchungsergebnisse, die wir bislang haben?"

„Na ja… Im Grunde hatte der Gerichtsmediziner ja zumindest nicht übermäßig viele Möglichkeiten, etwas wirklich Blödsinniges zu tun, oder? Wo hätte er uns bislang auf die falsche Fährte führen sollen? Die meisten seiner Feststellungen hat meine Gynäkologin völlig unabhängig bestätigt, wenn wir mal von dem einen Punkt absehen, ob der Fötus oder die… Wie ist der plural von Fötus?"

„Die Babys."

„Okay… Mit Ausnahm der Frage, ob die Babys noch leben könnten. Das war nach meiner Wahrnehmung heute Morgen wirklich der einzige Unterschied."

„Okay… Dann müssen wir uns überlegen, ob wir diesem Thema nachgehen wollen oder ob wir das nur für eine Ungenauigkeit halten oder ob es da vielleicht einfach unterschiedliche wissenschaftliche Ansichten gibt. Aber das scheint mir zumindest bei längerem darüber nachdenken noch nicht viel Angriffsfläche für den Arzt zu geben."

„Ja… Aber dem Mörder oder den Mördern bringt uns das im Moment noch keinen Zentimeter näher. Eine Lücke sehe ich da schon in Deiner ersten These."

„Ja? Was genau?"

„Warum finden wir die Toten in Kirkvogur?"

„In Kikrv… Tja, das weiß ich auch nicht."

Sie fuhren einen Moment schweigend und Stella starrte gelangweilt aus dem Fenster, während sie neue Theorien entwickelte, die das erklären könnten. Die langweilige Landschaft bot die besten Voraussetzungen zum Denken, stellte sie fest – zu sehen gab es hier zumindest nichts außer Straße und Gras auf der einen Seite und erhöhtes Gras auf der anderen. Und so konnte man hier ein Jahr fahren, ohne etwas anderes sehen zu müssen, das einen von neuen Theorien abgelenkt hätte. Sie passierten einen kleinen Hafen, an dem sich eines der typischen isländischen Dörfer angesiedelt hatte. Ein paar karge hölzerne Häuser, ein Steg und eine Kirche. Das stellte in etwa die Minimalkonfiguration für isländischen Ansiedlungen jeder Größe dar. Wenn man einigermaßen schnell fuhr, waren diese Art Orte vorbei, bevor man sie richtig bemerkte. Aber auch diese Betrachtung schien Stella nicht zu einer anständigen Theorie zu bringen. Im Gegenteil.

„Bin ich heute Morgen zu schnell auf dieses Thema gesprungen?“ erkundigte sie sich bei ihrem Kollegen, der ihr die ehrliche Antwort gab, für den sie ihn schätzte.

„Allerdings. Die Diskussion, die wir beide gerade führen, hätten wir heute Morgen führen können.“

„Ja…“ murmelte sie selbstkritisch.

„Da war noch so ein Moment – und wenn wir uns nicht kennen würden, wäre ich Dir da auch rein gegrätscht.“

„Die beiden Einbruchdiebstähle?“

Er grinste. „Genau die. Hast Du einen Grund, das Thema einfach so platt zu machen?“

„Ja… leider…“ Sie wandte den Kopf zu Bjarne um und die Straße ging so sehr geradeaus, dass auch Bjarne sich die Zeit nahm, Stella länger ins Gesicht zu blicken. „Ich war das. Ich bin bei Vilfrid eingebrochen.“

„…und hast seinen Rechner geklaut? Und Bargeld?“

„Natürlich nicht. Ich bin bei ihm eingebrochen und habe die Bilder von der Leiche und ein paar Mails gelöscht. Und der Spitzen-Rechner, den er angeblich gehabt haben will, dieser teure PC… Den habe ich da nirgends gesehen. Er hat so eine alte

Möhre, nix dolles. Kein Passwort-Schutz, kein Garnichts! Und Bargeld in großen Mengen? Der Kerl arbeitet in Teilzeit an der Tankstelle. Guck Dir den doch mal an!"

„Ist das sein einziger Job?"

„Das... Keine Ahnung – hatte ich einfach mal angenommen. Der sieht für mich auch so aus."

„Hm... Ich habe mir die eigenartigen Gutachten von seiner Mutter angesehen. Da ist Vilfrid stets als Mitverfasser genannt. Kann sein, dass er nur – beispielsweise *mit seinem teuren Hightech Rechner* – die Berichte ausdruckt oder so. Aber das liest sich für mein Auge eher so, als hätte der durchaus eine gewisse wissenschaftliche Qualifikation."

„Hm... Ich frage Rayk eben." Sie tippte etwas auf ihrem Handy herum und blickte dann wieder aus dem Fenster. „Wie lange noch?"

„10 Minuten, denke ich. Warum bist Du bei ihm eingebrochen? Das war doch reichlich bescheuert, meine liebe Leitende Ermittlerin. Ich meine – ich weiß gar nicht recht, wo ich da anfangen soll..."

„Ich hatte den im Verdacht, die Bilder der Toten zu verbreiten... Der hat die irgendwie pervers fotografiert, finde ich."

„Ich verstehe von vornherein gar nicht, warum der die fotografiert hat und dann vorbeigekommen ist. Das ist doch eine vollkommen schwachsinnige Reaktion. Und pervers fotografiert... Ja – das finde ich in der Tat auch befremdlich. Ich würde die Bilderserie so deuten, dass er ihr die Hose weiter heruntergezogen haben muss vor den letzten beiden Bildern. Da stimmt wirklich was nicht im Kopf. Ich meine: Wir reden von einer Toten in einem ekeligen Zustand. Das ist fast so etwas wie postmortale sexuelle Gewalt. Abartig."

„Ich habe Angst, dass solche Bilder später in irgendwelchen Foren auftauchen. Deshalb bin ich da rein. Keine Frau hat das verdient."

„Niemand hat so etwas verdient. Da einzubrechen, war aber sicherlich nicht der Weisheit letzter Schluss würde ich mal sagen.

Hast Du das ganze Haus gesehen?"

„Nur einen einzigen Raum. Ich bin von hinten rein und da ist der Computer gewesen. Und ganz ehrlich: Der war nicht teuer, glaub mir."

„Das spielt keine Rolle, weil wir diese Information sicherlich nie irgendwo verwenden können, oder? Und die Frage ist ja auch: Was bedeutet das? Meinst Du, dass er nach Deinem Einbruch auf die Idee gekommen ist und sich dann die Geschichte ausgedacht hat? Ich finde das schräg. Und bei seinem Nachbarn haben sie doch auch eingebrochen, oder?"

„Ja... Wahrscheinlich haben die da gemeinsame Sache gemacht."

„Stella – ich bin mir nicht sicher, ob wir das einfach so abtun können. Ich halte das durchaus für eine Spur."

„Ach, Bjarne... Wie sollen wir da jetzt ermitteln Deiner Ansicht nach?"

„In jedem Falle ohne Dich, würde ich vorschlagen."

„Ich – wir sind da. Dort drüben, das hässliche große Ding, das ist MediXXX."

Sie hatten sich artig am Empfang angemeldet, ihnen war mitgeteilt worden, dass niemand von der Geschäftsleitung oder der Forschung Zeit für sie hätte und Bjarne hatte artig genickt und sich wieder in die bequeme lederne Sitzecke fallen lassen. In dieser Nummer war er ausgezeichnet trainiert. Niemand, der nicht direkt eines Mordes beschuldigt wurde, schien Zeit für ein paar Fragen der Polizei zu haben.

Die junge Dame mit der entschieden zu groß geratenen Nerd-Brille blickte ihn zunächst erstaunt an, schien dann kurz wütend zu werden und im nächsten Moment zu überlegen, ob sie sich eventuell nicht klar genug ausgedrückt hätte.

„Es ist niemand zu sprechen im Moment."

„Ja... Dann eben später. Es ist ja bald Mittag."

„Nein. Die Menschen hier arbeiten in Laboren nach einem Zeit..."

„Ja ja... Komm – Spar Dir das. Du hast es in der Hand. Du kannst Dich von Deinen Chefs abbügeln lassen, gerne, mach das. Du kannst Ihnen auch sagen ‚Der Kerl geht hier nicht weg' und dann wird jemand kommen."

„Oder ich hole die Polizei."

Er musste grinsen und Stella konnte sich nicht ganz so gut beherrschen und kicherte. „Und die Polizei soll uns als Polizisten dann wegjagen? Mal im Ernst: Ruf Deine Leute jetzt noch einmal an und lass dich nicht abwimmeln. Wir ermitteln in einem Mordfall. Es ist einfach nur eine Unverschämtheit, dass Deine Vorgesetzten sich so benehmen, nichts weiter. Du wirst gehört haben, dass zwei Frauen ganz bestialisch ermordet wurde. Frauen in Deinem Alter übrigens. Vielleicht kennst Du sie sogar. Und da will sich keiner 10 Minuten für ein paar Fragen nehmen? Das ist nicht nur eine Unverschämtheit – das ist gegen jede Bürgerpflicht, wenn Du mich fragst."

Sie wandte sich zu Bjarne. „Weisst Du was? Eigentlich finde ich das so zum Kotzen, ich glaube, ich rufe jetzt gleich diese Staatsanwältin an, die machte doch einen ganz guten Eindruck."

„Ich versuch's..." stöhnte die junge Frau und Bjarne schaute ihr konzentriert hinterher und anschließend auf die Finger. Sie wählte die Durchwahl 156 oder die 489, wenn er das richtig sehen konnte und wurde dort offensichtlich erneut abgewiesen. Also machte Bjarne sich den Spaß und wählte diese Nummer von seinem Telefon noch einmal an und geriet tatsächlich an die Leiterin der Versuchsabteilung. Er machte klar, dass er in einem Mordfall ermittelte und dass sie, wenn sie Zeit hatte, ans Telefon zu gehen, auch Zeit haben würde, im Rahmen einer Mordermittlung mit ihm zu sprechen. Und bevorzugt sofort und persönlich, da er in der Empfangshalle saß.

Während die junge Frau am Empfang es bei zwei weiteren Nummer versuchte, kam eine großgewachsene blonde Frau, die ebenfalls eine Nerd-Brille mit einem starken schwarzen Rahmen trug, durch einen Gang und wurde begleitet von einem jungen Mann, der sich gerade noch ein Sakko übergeworfen hatte.

Bjarne grinste. Gefühlt waren beide zusammen ungefähr so alt wie er allein...

Er stand mit Kraft auf, gab der Frau am Empfang ein Zeichen und rauschte mit großen Schritten und breiter Brust auf die beiden Neuankömmlinge zu. Er brauchte nur vier Sätze, um beide gleichermaßen einzuschüchtern. Laute Sätze, mit denen er sie angriff, bevor sie auch nur einen dummen Satz sagen konnten. Er machte klar, dass dringende Laborarbeiten keine Entschuldigung waren, wenn es um Menschenleben ging. Und dann verlangte er, dass sie sich in einem angemessenen Meeting-Raum unterhalten sollten und sie, bevor sie sprachen, die Unterlagen der beiden Frauen beschaffen sollten. Und das alles in den kommenden 15 Minuten.

Und tatsächlich hatte er diesmal ein gutes Händchen gehabt. Die junge Frau vom Empfang brachte sie in einen großen Meetingraum im Erdgeschoss. Auf Nachfrage erklärte sie, dass der Mann im Sakko einer der Anwälte der Firma sei. Das hatte Bjarne sich gedacht. Man sah ihr an, dass sie sich fragte, wie Bjarne es gedeichselt hatte, dass die beiden kamen und er war sich nicht sicher, ob die junge Frau ernsthafte Angst hatte oder einfach nur unerfahren war.

Stella nickte ihr verbindlich zu und bedankte sich ausdrücklich für ihre Mithilfe. Allen Beteiligten war klar, dass die Frau vom Empfang ganz sicher nichts für das Benehmen ihrer Kollegen konnte.

Während der Wartezeit rief Stella vorsorglich die Staatsanwältin an, erklärte rasch die neuen Fakten und die gegebene aktuelle Situation.

„Dieses verdammte Pack!“ war die erste spontane Reaktion, Auflegen die zweite, ein Anruf bei der Geschäftsleitung die dritte.

Als sich wenige Minuten später die Tür zum Meeting-Raum öffnete, wurde zunächst Kaffee und Gebäck gereicht, anschließend betraten zwei schlanke grauhaarige Männer den Raum, stellten sich beinahe unterwürfig vor und zwei Augenblicke später folgten die beiden schon bekannten Personen - bewaffnet mit zwei Notebooks und drei Aktenordnern.

Das war nach objektiven Maßstäben jetzt sicherlich überdimensioniert – aber vielleicht war das der angemessene Preis, den ein solches Unternehmen für einen gewissen Grad an Arroganz zahlen musste.

Die Geschäftsleitung erklärte geschlossen, ein gutes Verhältnis zur Staatsanwaltschaft zu besitzen und dieses auch behalten zu wollen und schob den Fehler einzig auf die junge Frau am Empfang. So, wie man das wohl gewohnheitsmäßig in der ganzen Welt tat. Stella konnte sich nur eingeschränkt beherrschen und beendete diesen Teil klar feindlich mit „Dann solltet ihr der Frau am Empfang vielleicht im Anschluss erklären, was ihr genau von ihr erwartet. Und jetzt haben wir auch schon genug Zeit verplempert. Wir haben Euch zwei Namen genannt. Beide Namen sind relevant im Zusammenhang mit den Morden, von denen ihr sicher gehört habt."

„Ja, natürlich, wer hat das nicht," erklärte der jüngere der beiden Geschäftsführer, deren Namen Stella sich nicht recht gemerkt hatte. Sie meinte, dass einer Hakon hieß, hätte aber nicht sicher sagen können, welcher der beiden. Falls der Name überhaupt richtig war.

„Was könnt ihr uns über die beiden Frauen sagen?"

„Nichts Spannendes, denke ich," erklärte die blonde Leiterin der Versuchsabteilung relativ spontan und mit einem etwas gequälten Gesichtsausdruck.

„Wir kennen uns doch," erklärte Bjarne mit einem Mal, ohne recht über den doppeldeutigen Klang dieses Satzes nachgedacht zu haben.

„Bitte?"

„Ja – wir haben uns doch gestern irgendwo gesehen. Wo war das noch? Das war bei der Kirche in Kirkvogur, oder? Du bist Stina, wir haben kurz miteinander geredet!"

„Ich ... dort war ich gestern Abend. Ja – warum?"

Bjarne schüttelte ruhig und entspannt den Kopf. „War nur so für mich. Musste ich klar haben im Kopf. Danke. Was hattest Du gerade gesagt? Nichts Spannendes zu erzählen? Was haben die beiden Frauen für euer Geld getan?"

„Getan… das klingt jetzt größer. Das war eigentlich eher eine Geste unsererseits. Die haben an einer Testserie teilgenommen, bei denen sie viermal am Tag ihre Körpertemperatur messen und weitere Male bei bestimmten Ereignissen. Also beispielsweise Nahrungsaufnahme."

„Und das ist einen Monatslohn wert?"

„Ja – wie gesagt," erklärte Stina, „Ist eher eine Geste der MediXXX. Wir haben während des Studiums viel mit denen gearbeitet, die haben immer einen guten Job gemacht. Und als sie dann beide schwanger waren, hielten wir es für richtig, ihnen einen Platz in einem solchen Programm anzubieten."

„Das ist ein staatliches Programm, richtig?"

„Das… Ja – ich denke, das ist eines der staatlichen Programme an der Stelle." Sie blickte in ihre Unterlagen und wirkte so, als wäre sie im Grunde nicht auskunftsfähig, was den beiden Polizisten später eigenartig erschien.

„Hm… Was hat die beiden da besonders für das Programm qualifiziert?"

Der jüngere Geschäftsführer lehnte sich nun nach vorne – wurde jedoch von dem jugendlich wirkenden Juristen dabei überholt. „Das… lasst uns das doch jetzt nicht zerpflücken. Ihr wisst doch, wie so etwas läuft. Wir wollten die nicht im Regen stehen lassen. Juristisch ist das alles korrekt gelaufen. Es gibt einen Kriterienkatalog dafür und selbstverständlich haben beiden Frauen die Kriterien erfüllt, wenn es das ist, was ihr wissen wollt."

„Spielte die Schwangerschaft bei den Kriterien eine Rolle?"

„Sicher. Da ändert sich einiges im Flüssigkeitshaushalt und ähnlichen gesundheitlichen Determinanten," antwortete Stina nun wieder.

„Und Zwillinge?"

„Was ist mit Zwillingen?"

„Ändern die das?"

„Hm... unwesentlich würde ich sagen. Darauf kommt es aber auch nicht an. Die wichtigen Komponenten sind bei beiden Schwangerschaftstypen identisch."

„Und wurden bislang nirgends erforscht...? Ich meine – ich habe ja keine Ahnung von so etwas," erklärte Bjarne mit einem entwaffnenden Lächeln, „Aber das klingt jetzt nicht so, als würden wir hier von einem großen Dienst für die Menschheit und ihrer Zukunft reden, oder?"

„Das ist in der Tat so. Aber solche Daten müssen in regelmäßigen Abständen überprüft werden. Regional, geographisch, zeitlich. Die Ernährung ändert sich, die Menschen werden größer, die Menschheit als solche bewegt sich weniger, Klimawandel... das spielt alles eine Rolle, wenn man sich auf die Referenzwerte auch nach Jahren noch verlassen möchte."

„Und was hat das mit Generika zu tun?"

„Genau für die brauchst Du diese Referenzwerte. Nur dann kannst Du sicher sagen, ob ein Medikament Nebenwirkungen in gewissem Ausmaß hat oder ob es sich da um normale Schwankungen handelt, die in der Bevölkerung auch sonst vorkommen können." Sie überlegte einen Moment und setzte dann nach „Wichtig, wirklich. Auch für Generika."

„Wie groß ist dann so eine Versuchsreihe?"

„Wie meinst Du das?"

„Na – wie viele Personen nehmen an so etwas teil? Ich meine: Wir reden hier doch von Island, oder?"

„Schon so einige."

„500? 1000? 2000?"

„Das kommt sehr stark darauf an," sie blickte abwechselnd zu den Geschäftsführern. Keiner von beiden gab ihr ein Signal, dass sie hätte verwerten können oder half ihr mit einer Antwort aus.

„Worauf wollt ihr hinaus?" fragte nun wieder der jüngere von beiden.

„Na – wir wollen verstehen, was hier stattgefunden hat und

welche Rolle Efa und Jolly darin gespielt haben, weil wir wissen müssen, was das für die Morde für eine Bedeutung hat."

„Keine."

„Was?"

„Keine Bedeutung für die Morde."

Das entstehende Schweigen war peinlich, doch bevor der Mann seine leicht flapsige Äußerung revidieren konnte oder auch nur relativieren, zog ein Sturm von Stella über ihn her. „Ich glaube, wir haben hier ein ernsthaftes Problem! Die Entscheidung über die Bedeutung für – UNTERBRICH MICH NICHT! – Bedeutung für die Morde beurteilen wir, nicht ihr! Ich hoffe, darin können wir Einigkeit erzielen?? Können wir?"

„Ja... Ich meinte, dass ich mir nicht vorstellen kann, dass ein paar Mal Temperatur Messen da irgendeine Relevanz haben kann. Mehr wollte ich gar nicht sagen." Der Schlanke Mann verschränkte die Arme und mied Stellas Blick gezielt.

„So..." setzte Bjarne noch einmal an. „Dann frage ich zu diesem Thema jetzt noch einmal ganz sachlich. Wie viele Personen nehmen da teil?"

„Ein paar hundert," antwortete nun der Geschäftsführer, ohne seinen Blick vom Tisch abzuwenden. Bjarne nahm sich die Freiheit, sich sehr langsam einen Kaffee einzugießen und sehr aufwendig zuzubereiten, während er weitersprach.

„Okay... Ein paar Hundert als Vergleichsgruppe. Die wird man statistisch sicherlich brauchen, wenn es das ausreichende Signifikanzniveau erreichen soll. Das verstehe ich. Und wie viele solcher Sample betreibt ihr?"

„Hier? Nur das eine," kam es nun wieder von der Forschungsleiterin Stina. Bjarne nickte bedächtig und blickte sie so lange an, bis sie auf den Computer vor sich blickte. Er war sich sicher, eine vollkommen unangemessene Nervosität im Raum zu spüren – und er hatte gute Erfahrungen damit gemacht, das Offensichtliche nicht zu verschweigen, sondern für sich zu nutzen.

„Eine wichtige Frage habe ich noch – und da wende ich mich

mal an Dich." Er zeigte mit weit ausgestreckter Hand auf den der beiden Geschäftsführer, der bislang nichts gesagt hatte. Der ruckte kurz in seinem Stuhl und korrigierte seine Sitzhaltung ein wenig, während er konzentriert zuhörte. „Was macht Euch alle hier so nervös, wenn wir nur über ein paar unbedeutende Temperaturmessungen am Morgen sprechen?"

Der Mann schien nachzudenken, schien peinlich lange nachzudenken, bis ihm schließlich sein Kollege zur Hilfe eilen wollte. Bjarne schnitt ihm das Wort ab. „Du," wandte er sich nochmals an den anderen Kollegen, der nichts gesagt hatte. „Was macht Dich so nervös?"

„Nichts."

„Kerl! Du sitzt hier, kannst mir nicht in die Augen schauen und du schwitzt, obwohl das Fenster dort hinten offen ist und draußen vielleicht 6 Grad sind. Ich frage dich jetzt noch einmal freundschaftlich unter Männern: Was macht Dich persönlich so nervös?"

„Ich bin nicht nervös. Ich fühle mich nicht gut. Das hat mit der Sache nicht das Geringste zu tun. Ich kenne die beiden Frauen nicht oder allenfalls flüchtig und ich habe das höchste Vertrauen, dass meine Mitarbeiter hier ordnungsgemäß verfahren sind."

„Das höchste Vertrauen in deine Mitarbeiter... Das finde ich super. Ganz ehrlich. Das ist es, was uns erfolgreich macht," erklärte Bjarne und es klang ungemein blödsinnig für Stellas Ohren. Ganz so, als wären ihm gerade die richtigen Worte ausgegangen. Der folgende Teil des Gespräches gestaltete sich ruhiger und sachlicher. Stella erkundigte sich nach dem Verhältnis zur MTH, das als freundschaftlich beschrieben wurde. Es gab Synergien, wie man die beiden Polizisten wissen ließ. Der Jurist sagte im weiteren Gesprächsverlauf nichts, atmete nur bei einzelnen Fragen hörbar lauter, was Stella stark amüsierte. Als sie den Meeting Raum verließen, schüttelte sie dem jungen dunkelhaarigen Mann die Hand und sagte „So, jetzt kannst Du dich wieder entspannen." Sie grinste breit. Aber auch das erzeugte keine Reaktion des Juristen.

Sie waren schon halb durch die Glastür, als Bjarne sich völlig unerwartet umdrehte und zu Stina sagte „Wir melden uns noch einmal mit gezielten Fragen bei dir."

Die große Blonde hielt in der Bewegung inne, nickte schließlich konzentriert und drehte sich um.

„Was sollte das jetzt?" zischte Stella, als sie durch die Eingangstür des großen Gebäudes in die kalte, aber dennoch angenehm frische Luft nach Draußen traten.

„Sie hat gelogen – und ich wollte, dass sie weiß, dass ich das gemerkt hab."

„Wobei hat sie gelogen?"

„Bei der Frage nach der Vergleichsgruppe. 500 Isländer? Jeder 600. Isländer steht morgens auf und misst seine Körpertemperatur? Als Vergleichsgruppe? Ich bin kein Mediziner, aber das ist Blödsinn. Zumal du für solche Tests nicht jeden nehmen kannst. Ich habe sie mit meiner Frage dahingetrieben und sie hat die Zahl erfunden. Schau: Wenn Du mal Kinder abziehst und alte Leute, dann fällt da schnell die Hälfte weg. Dann musst du noch Übergewichtige, chronisch Kranke und Menschen mit Vorerkrankungen abziehen. Wenn Du all das machst, dann müsste etwa jeder 200. oder 300. Isländer an solch einer Vergleichsgruppe teilnehmen. Aber nochmal: Ich bin ja kein Mediziner. Aber diese Stina lügt. Ich kann Dir nicht sagen, ob das mit dem Fall zu tun hat – aber sie lügt. Sie ist die Freundin von diesem Kjell, oder?"

„Was? SIE…? Nein, ganz sicher nicht."

„Hatte ich gestern so verstanden." Er dachte kurz nach. „Vielleicht täusche ich mich, aber ich meine, das wäre seine Freundin."

„Das kann ich mir nicht vorstellen. Kjell hat bestimmt eine Freundin in Kirkvogur… Der ist sehr lokal verankert, denke ich. Und die Frau wohnt nicht in Kirkvogur. Außerdem kann ich praktisch auf Kjells Haus schauen von meiner Küche aus."

„Hm… Okay – was hat uns das Ganze jetzt gebracht? Wir

wissen exakt nichts aus diesem Gespräch, außer, dass wir hemmungslos belogen worden sind."

„Im Grund müssten wir jetzt eigentlich mit der Staatsanwaltschaft da rein marschieren und müssten alle Akten über die beiden Mädchen beschlagnahmen," erklärte Stella und stützte sich gegen den Suzuki Jeep ab.

„Tja... Wenn wir nur eine Handhabe hätten. Dazu müssten wir ja einen belastbaren Beweis haben, der sie hier mit den Morden in Verbindung bringt. Und wir wissen noch nicht einmal, wie die MediXXX mit Kirkvogur in Verbindung steht."

„Na ja... Die beiden Firmen arbeiten schon zusammen."

„Die MediXXX und die MTH?" Er überlegte kurz, nickte dann nachdenklich. „Das stimmt. Forscht die MTH eigentlich auch?"

„Ich bin mir nicht sicher, ob ich das richtig verstanden habe. Ich glaube, die machen nichts mehr anderes als forschen. Die Produktion von Medikamenten liegt eher hier. Zumindest hat mir der Mann von der MTH gestern gesagt, dass die MTH ihre ganze Produktion in der Krise damals verkaufen musste."

„Das könnte eine Verbindung sein. Und Stina könnte auch eine sein."

„Könnte – ja, falls das *tatsächlich* Kjells Freundin ist."

Sie blickte auf ihr Telefon, scrollte, scrollte weiter und erklärte „Fuckverdammterdrecknocheins!"

„Hm?"

„Dieser verdammte Vilfrid! Der fette Kerl ist Biochemiker?"

„Sagt wer?"

„Rayk. Er sagt, dass ihm das im Detail auch nicht klar war, aber der Typ hat scheinbar tatsächlich zwei wissenschaftliche Abschlüsse. Einen aus dem Ausland."

Bjarnes Hand strich hartnäckig durch sein Gesicht und rieb über die Barthaare. „Asche und Sack... Ich frage dich jetzt mal ganz ehrlich: Hättest Du bei Mr. Harvard auch einfach so eingebrochen...?"

„Ach! Jetzt komm doch nicht so... Ich habe mich verschätzt. Der sieht wirklich nicht so aus! Und warum arbeitet Dr. Brain dann an einer verdammten Tankstelle?“

„Das sollten wir herausbekommen. Wir sollten hinfahren und mit ihm über den Einbruch sprechen, würde ich vorschlagen…“

„Ja – aber das sollen Solvey oder Rayk machen. Ich lass mich da sicherlich nicht blicken,“ erklärte Stella kategorisch.

„Warum kannst Du den nicht leiden?“

„Weil es ihm verdammt nochmal wichtiger ist, die Muschi einer Toten zu fotografieren, als die Polizei zu rufen!“

Stella war rot im Gesicht und schäumte. Das konnte man sogar auf die Entfernung erkennen, auf die Stina sie vom Fenster aus beobachtete. Stritten die beiden sich gerade? Sie konnte es nicht genau erkennen, aber die rotblonde Frau schien aufgebracht zu sein und deutete wie wild auf ihr Telefon, bevor sie die Tür des Wagens schlossen und wieder auf das Gebäude zugingen. Warum hatte sich dieser Mann so eigenartig von ihr verabschiedet? Und warum vor allen anderen? Das warf doch ein gänzlich schräges Licht auf sie. Verdammt.

Ihr Bauch grummelte. Das Meeting war ihr tatsächlich auf den Magen geschlagen – das kannte sie eigentlich nur als Redewendung. Eine Redewendung, die sie noch nie betroffen hatte. Sie rannte mehr oder weniger auf die Toilette, schaffte es nur bis zur Herrentoilette und übergab sich dort. Sie kniete einen ganzen Moment vor der Kloschüssel, bis sie sich wieder erholte und schließlich aufraffte. Lag das an der Schwangerschaft oder war ihr dieses Treffen mit der Polizei tatsächlich derartig auf den Magen geschlagen?

#029

Stella hatte Gebäck für die Nachmittagsbesprechung besorgt. Bjarne wusste: Das war ihre Art eines Friedensangebotes, das sie nie aussprechen würde. Sie hatte am Morgen danebengelegen, hatte zu rasch auf die ihr passenden Pferde gesetzt und die anderen dabei etwas ignoriert. Sie wusste es, sie reflektierte das durchaus selbstkritisch – aber sie war nicht so gestrickt, dass sie das laut ausgesprochen hätte.

Ihr italienisch klingender Vorname schien sie oft besser zu beschreiben, als das ein sachlicher skandinavische Name gekonnte hätte. Bjarne musste grinsen, als Stella sich für die Idee des Gebäcks loben ließ und mütterlich an alle verteilte.

Sie hatten sich diesmal nicht in Stellas Büro zusammengefunden, sondern in dem kleinen Raum neben dem, was man hier die Kantine nannte, die aus einigen grauen Tischen und einer Mikrowelle bestand. Was Isländer an der Farbe Grau so attraktiv fanden, wollte weder Bjarne noch Stella so recht einleuchten.

Zwischenzeitlich waren die anderen aus dem zusammengewürfelten Team nicht untätig gewesen. Rixa hatte mit der Versicherung gesprochen, die ihr in erschreckendem Umfang bereitwillig Auskunft über die beiden Einbruchdiebstähle erteilt hatten. Selbst die Quittungen der verschwundenen Geräte lagen ihr vor und Stella wollte gar nicht genau wissen, wie sie das erreicht hatte. Was das anging, hatte Rixa scheinbar die richtigen Riecher dafür, welche Knöpfe man bei den Leuten drücken musste. Und die Frau war nicht einmal Polizistin.

Tatsächlich handelte es sich um zwei teure Geräte, die verschwunden waren. „Gamer-Rechner," erläuterte Rixa und Stella hatte eher den Verdacht, dass es sich um Porno-Rechner handelte nach allem, was sie auf dem Rechner von Vilfrid gesehen hatte. Aber sie gestand sich ein, dass sie da in keinem Falle objektiv war, was diesen Kerl anging.

Rixa hatte Solvey interessehalber zu den Gesprächen mit den beiden beraubten Nachbarn begleitet.

„Dieser Vilfrid ist ein komischer Typ," erklärte Solvey und Stella ahnte, dass ihre Vorurteile nun bestätigt werden sollten. Sie irrte sich. „Der ist ja sehr zurückhaltend in seiner Weise. Ich meine: Hättet ihr gedacht, dass der einen Abschluss in Biochemie und einen in Verfahrenstechnik hat? Das ist eigentlich ein Talent, der könnte überall etwas werden, wenn der etwas charmanter wäre, denke ich."

„Hm... Und was hat er erzählt?" murrte Stella unter einem teigig gekauten Fattigmann hervor, der ihr ganz entschieden zu fett war, aber dennoch irgendwie lecker.

„Sowohl bei ihm als auch bei seinem Nachbarn ist eingebrochen worden, als sie kurz gemeinsam etwas essen waren. Sie waren eigentlich nur die Straße runter – und das hat schon gereicht."

„Wie lange war das etwa?"

„Sie schätzen, rund 35 Minuten. Sie wollten schnell noch etwas essen und dann weiterarbeiten. Die beiden - sein Nachbar ist auch Biologe – arbeiten gerade an einem neuen Buch." Solvey konnte erkennen, wie zwischen Bjarne und Stella Blick gewechselt wurden, die sie nicht verstand. Also gab sie sich Mühe, das nicht auf sich zu beziehen und sprach weiter. „Die haben schon ein Buch gemeinsam geschrieben. Sie schreiben es auf Englisch, weil das die größere Reichweite gibt. Die haben auch einen Blog – deswegen haben die auch die starken Rechner, weil die da irgendetwas mit Videos machen."

„Das war in der Tat im Detail etwas schwer verständlich," erklärte Rixa, „Wenn man sich mit der Materie nicht auskennt."

„Der andere, dieser Nachbar, was macht der denn sonst den ganzen Tag?"

„Die beiden gehen keiner richtigen geregelten Tätigkeit nach, würde ich sagen. Nicht so, wie wir das kennen. Beide jobben hin und wieder an der Tankstelle und auch mal bei MTH, wenn es was zu tun gibt oder bei MediXXX. Die haben beide mal bei MTH gearbeitet, bevor das den Bach runterging. Vilfrid hilft außerdem seiner Mutter bei den Gutachten"

„Warum sind die dann nicht mit den anderen mit zu MediXXX gegangen, wenn das solche Genies sind?“

„Das hatte scheinbar persönliche Gründe. Zumindest bei Vilfrid. Der andere hat ganz klar gesagt, dass er mit den Leuten, die MediXXX gegründet haben, nichts zu tun haben wollte und dass er das Feld, in dem die tätig sind, langweilig findet.“

„Dann lungert er also lieber an der Tankstelle herum.“

„Einfach ein anderer Lebensentwurf, denke ich. Dafür kann er seine Zeit frei einteilen und Bücher und Blogs schreiben über Sachen, die ihn wirklich interessieren.“

„Ich urteile da nicht,“ erklärte Bjarne, „Ich frage mich lediglich, wie plausibel ich das finde, ehrlichgesagt. Ich meine: Da wird es doch sicherlich auch smartere Arrangements geben. Das macht mich schon stutzig.“

„Ja – das stimmt, aber ich fand beide glaubwürdig.“

„Was machen wir jetzt damit? Meint ihr, dass man da noch irgendetwas ermitteln muss? Haben die beiden einen Verdacht, wer sie bestohlen haben könnte?“

„Sie tippen auf Leute, die hinter den Bildern her waren. Die Bilder von der Leiche.“

„Aber die hatte doch nur der eine der beiden?“

„Ja – die Kerle sehen sich aber erschreckend ähnlich. Beide zu dick, beide diese üble schmierige Frisur... Vielleicht hat da jemand Mist gebaut und versehentlich den Falschen beraubt?“

„Aber, wer hier lebt, kennt die beiden doch wahrscheinlich, oder?“

„Klar – was uns wieder auf die Diskussion von heute Morgen bringt, oder? Inwieweit ist dieses Verbrechen hier in Kirkvogur beheimatet?“

Es entstand eine Pause und alle nickten. „Lass uns nach dem Update kurz unsere jeweiligen Thesen austauschen, um zu sehen, woran wir arbeiten sollten, okay?“ Sie wartete kurz ab, bis alle nickten. „Gut... Was haben wir noch?“

Rayk raffte sich auf. „Ich war bei diesem Entsorgungs-Betrieb,“ erklärte er etwas steif und Bjarne grinste breit.

„Ist das das, was in meiner Jugend noch Müllhalde hieß?"

„Nein," widersprach Rayk mit einem unübersehbaren Erstaunen. „Das ist wirklich eine andere Klasse. Die trennen Müll und führen ihn der nächsten Stufe der Verwendung zu. Upcycling, Recycling, Verbrennung, Zerlegung, Aufbereitung... Das ist schon ganz entschieden mehr. Wirklich ein Hightech-Betrieb."

„Und wieso sitzt der ausgerechnet dort oben in... Wie heißt das Kaff?"

Rayk nannte den Ortsnamen aber basierend auf der Aussprache hätte Bjarne Sandvik nicht einmal gewusst, wie man diesen Namen angemessen aufschrieb, obwohl er des Isländischen einigermaßen mächtig war.

„Im Grunde geht das nur, weil die sowohl von MTH leben als auch von MediXXX. Der Vorarbeiter dort hat uns im Prinzip gesagt, dass die zu rund 80% von diesen beiden Betrieben leben. Ich habe keine Vorstellung, warum die so ungemein viel Müll machen, aber wenn man hier etwas konstruieren möchte, dann kann man durchaus sagen, dass die von den beiden Betrieben so abhängig sind... Also ich sag es mal so: wenn von denen einer eine Leiche zu entsorgen hätte und dort mal freundlich fragen würde..." Der Satz blieb im Raum stehen und fühlte sich hässlich an.

„Das klang bei meinem ersten Gespräch nicht direkt durch. Ein Glück, dass wir uns das noch einmal näher angesehen haben," erklärte Stella und nickte mit erkennbarer Dankbarkeit im Blick.

„Hm... Ich bin mir nicht sicher, ob uns das wirklich weiterbringt – aber lasst uns das nachher bei den Theorien besprechen. Solvey – du hattest noch etwas?"

„Der Ring..."

„Ah – genau! Das wichtigste Fundstück des Falles bislang!" grinste Stella, stellte aber fest, dass außer ihr niemand in der Stimmung für Späße war. Nicht einmal Bjarne.

„Ich bin leider noch nicht darauf gekommen, woher ich den Ring kennen könnte – und mein Mann ist erst morgen wieder hier. Ich hoffe, der kommt drauf. An dem Ring selbst kann man im Labor nur einen ganz faden Abdruck entdecken, der aber nicht mehr verwertbar ist – eigentlich so, wie wir vermutet hatten."

„Was sagt das über den Ring aus?" erkundigte Rixa sich, die sich sonst zurückhielt und die Polizisten reden ließ.

„Hm... Das heißt in erster Linie, dass der Ring da noch nicht sehr lange liegen kann – was gut ist. Ein paar Stunden, eine paar wenige Tage, wenn überhaupt. Aber es sagt uns nichts darüber, wem der Ring gehört."

„Juweliere wird es hier doch nicht zu viele geben, oder?" hakte Stella ein.

„Hm..." murmelte Rixa sehr nachdenklich, „mir fallen in vertretbarer Entfernung eigentlich gar keine ein. Juweliere gibt es in Reykjavik, in Kópavogur oder in Hafnarfjörður – aber doch nicht hier."

„Aber..." murmelte Rayk, räusperte sich und sprach dann mit dem nötigen Mut „Es gab das Gildehaus oben in Vaskurjutorg, also im Grunde ganz in der Nähe von MediXXX, wenn man so will. Da gab es früher auch Schmuck."

„Was war das?"

„So ein Touristending, als hier noch jede Menge Touristen hinkamen. Da gab es doch auch so ein Hotel, wo heute die Schule im unteren Stockwerk ist."

„Ach ja... stimmt – da war so ein kleiner Goldladen drin."

„Bis wann gab es das?" wollte Stella Nykvist wissen.

„Pff... Ich denke, das dürfte so drei oder vier Jahre her sein. Den Besitzer kann ich herausfinden, dann könnten wir noch einmal nach... Oder wir schicken ihm das Foto?"

„Klingt gut – machen," beschloss Stella, „Haben wir sonst noch etwas?" Da sich niemand regte, fasst Stella das höchst eigenartige Gespräch bei MediXXX zusammen und erklärte „Im Anschluss waren wir noch bei dem Medizinmann, der noch ein paar Laborsachen laufen hat, aber meint, er habe nichts weiter herausfinden können. Morgen sollte er die letzten Tests abgeschlossen haben. Dauert alles ein bisschen in der Art, wie die hier Gerichtsmedizin betreiben."

Alle nickten etwas verlegen und niemand war glücklich mit diesem Umstand. Es war bereits dunkel geworden, wie eigentlich immer und Bjarne klatschte in die Hände „Okay! Dann würde ich jetzt gerne mal eure Theorien hören, was passiert ist. Freiwillige vor?"

„Das gilt ja wohl nicht für mich," erklärte Rixa spontan mit einer abwehrenden Handbewegung.

„Hm? Wieso nicht?"

„Ich bin Ver-Wal-Tungs-Kraft. Ich bin keine Polizistin, vergiss das bitte nicht," erklärte sie in einem erstaunlich abweisenden Ton, der nicht recht zu ihrer sonstigen Art passen wollte. An der Stelle schien sie einen wichtigen Punkt machen zu wollen.

„Na ja... Muss Dich das von einer These abhalten?"

„Allerdings! Das ist Euer Job!"

„Wenn Du meinst..." Bjarne konnte nur halb nachvollziehen, warum das ein Problem sein sollte. Die Fakten, die ihnen vorlagen, waren für alle gleich. Vielleicht hatten die Polizisten mehr Erfahrung im Lesen dieser Fakten, aber am Ende des Tages ging es da eher um logisches Denken und die Frage „Wie würde sich ein Täter verhalten?" Dennoch wollte er keinen sinnlosen Druck ausüben. Sie hatten ohnehin schon eine Art Zwei-Klassen-Gesellschaft gebaut. Er würde Stella dazu raten, die Teams am folgenden Tag anders zusammenzusetzen.

Er blickte sich um und natürlich hatte Stella eine Theorie.

„Gut – ich weiß es: Es war Professor Bloom mit dem Kerzenleuchter im Wintergarten." Sie grinste breit und diesmal hatte sie wieder die Oberhand und es gelang ihr, dass die anderen auch lachen mussten, bevor sie in ihre wirkliche These einstieg.

„Wenn ich ganz ehrlich bin, ist meine Theorie noch nicht ganz rund und nicht ganz gar. Ich kann aber schon sagen, wo die Knochen sind – vielleicht bekommen wir noch das Fleisch dran. Das Rückgrat sind für mich die Zwillinge. Die sind selten, die haben irgendeinen praktischen Wert. Ich glaube, dass der Wert irgendwo in der Forschung liegt. Ich denke, dass die Leute von MediXXX uns belügen. Für das, was die Mädchen gemacht haben, haben sie niemals 180.000 Kronen jeden Monat bekommen. Das ist Blödsinn, da bin ich sicher. Ich glaube, dass die an einem Medikamenten-Experiment teilgenommen haben und ich glaube, dass dabei etwas schief gegangen ist. Und daher wollte jemand absolut grundlegend ausschließen, dass das herauskommt. Großes Manko dieser These: Warum haben sie die Frauen so furchtbar ungeschickt entsorgt? Aber da steige ich noch hinter. Bedeutet für mich: Meine stärkste Stoßrichtung wäre MediXXX."

Sie blickte in die Runde. Alle anderen schienen nachzudenken und die Theorie zu bewerten. Schließlich blickte sich Solvey kurz um und sagte „Dann mache ich mal weiter und wir schmeißen das nachher zusammen?" Sie blickte zu Stella und nickte ihr zu. „Zu ein paar Schlüssen von dir komme ich auch. Auf der anderen Seite bin ich genau an dem Punkt eingestiegen, an dem Du ausgestiegen bist. Das Entsorgen dieser Frauenleichen ist so ungemein unprofessionell, dass ich mir sicher bin, dass hier Stümper am Werk waren – oder aber Leute, die wollten, dass die Leichen gefunden werden. Und die Leichen wurden nicht oben in Vaskurjutorg bei MediXXX gefunden. Die wurden hier in Kirkvogur gefunden. Das können wir nicht ignorieren. Ich habe mich beinahe gefragt, ob die Leichen nicht eine Art Denkzettel sind. Auch meine Theorie hat Lücken. Aber in dem Punkt bin ich mir sicher: Die Leichen wurden so platziert, dass man sie praktisch finden musste – das ist kein Zufall. Ich würde sogar so weit gehen, zu sagen: Leiche 1 war schon fast zu diskret. Leiche 2 war ein klares Zeichen. Wäre die Joggerin nicht gewesen – spätestens zwei Stunden später hätte jeder Stümper die Leiche von der Straße aus prima sehen können. Da wären bei uns 50 Anrufe eingegangen, bevor die Sonne richtig aufgegangen gewesen wäre, oder?"

Sie blickte sich um. „Das bedeutet für mich: Wer die Leute umgebracht hat, der wollte ein Zeichen setzen, wollte jemandem ein Zeichen geben – und das kann eigentlich nur die MTH sein."

„Mehr ein psychologischer Ansatz also?" wollte Rixa wissen.

„So in etwa..."

„Aber was sagt das über den Täter?"

„Jemand, der etwas über die MTH weiß, was nicht jeder weiß."

„Hm," Rixa wirkte ablehnend, sagte aber nichts.

„Was?"

Sie dachte angestrengt nach, schüttelte schließlich den Kopf. „Ich glaube, ich hätte eine andere Theorie." Bjarne schaute erstaunt, sagte jedoch nichts. Er fand Solveys Theorie aus psychologischer Sicht nicht blöd – aber auch er konnte nicht erkennen, wo sie sie hinführen würde.

„Ich habe mir in den vergangenen Tagen überlegt, wer wohl einen Gewinn davon haben könnte, die Frauen zu töten. Und ich hatte zuerst auch auf einen Liebhaber getippt, der das Baby vernichten wollte. Das funktioniert aber nur bei einer Frau, nicht gleich bei Zweien. Also nächste Frage: Wer hätte einen Grund, so etwas zwei Frauen anzutun? Ein Zwillings-Hasser? Gibt es vielleicht in Hollywood-Filmen. Außerdem müsste dann ja jemand wissen, dass die beiden Zwillinge bekommen. Das würde maximal das Licht auf die Gynäkologie-Praxis lenken – aber die hat wiederum nichts mit unserem Ort zu tun, deshalb kommt die in meiner Theorie nicht vor. Aber es hat etwas mit dem Fötus zu tun – aber eben nicht nur mit dem. Und das erscheint mir wichtig. Da wollte jemand, dass alles weg ist, was mit der Geburt zu tun hat. Und damit bin ich dann dort, wo auch Stella war: Medizinische Versuche, Medikamente, etwas in der Art. Anders kann es praktisch nicht sein aus meiner Sicht. Mit einer Abweichung allerdings: Es muss sich aus meiner Sicht um Versuche der MTH handeln, denn die Komponente, dass hier alles vor Ort passiert, die ist essenziell. Da erscheint mir das zu kompliziert, was Du sagst, Solvey. Ich sehe nicht, wie jemand eine Stunde hierherfährt und dann eine Leiche in einem Müllcontainer platziert. Vielleicht hast Du da mehr Erfahrung – aber ich ... keine Ahnung – ich glaub es nicht." Sie zuckte nachhaltig die Schultern. „Also: Experimente bei der MTH, hier bei uns vor der Haustür. Und damit ist etwas passiert, was jemanden zu den beiden Morden bewogen hat."

Alle blickten zu Rixa und Bjarne fühlte sich beinahe nach einem kleinen Applaus. Sie hatten damit nicht die Lösung des Falles – aber es schien erstaunlich nachvollziehbar hergeleitet zu sein. Er wollte gerade selbst loslegen, als Rayk nickte und ergeben erklärte „Ich hatte praktisch dieselbe Idee wie Rixa, nur schlechter – ich hatte die Beziehung zur MHT nicht hergestellt – wir wissen allerdings auch nicht, ob die wirklich solche Experimente machen. Ganz ehrlich: Mir erscheint der Teil leider ein wenig an den Haaren herbeigeholt. Warum gibt es dann die MediXXX, die dieses staatliche Programm organisiert? Das spricht für mich gegen die These. Ich bleibe da stecken."

„Okay..." Stella schaute zu Bjarne „Und Du?"

„Meine Theorie hat eine signifikante Abweichung. Ich sehe ganz viele Sachen auch so, wie ihr sie eingestuft habt – was ja schon mal super ist. Ich glaube an den lokalen Bezug. Es muss etwas mit Kirkvogur zu tun haben – und somit mit MTH. Ich glaube, dass es da eine Beziehung zwischen den beiden Firmen gibt, die wir noch nicht kennen und daher glaube ich, dass wir begreifen müssen, welche Netze da noch zwischen den beiden Firmen bestehen, die wir nicht sehen, nicht kennen oder noch nicht begriffen haben. Diese Firmen hängen noch viel dichter zusammen, als uns momentan klar ist. Insofern sehe ich da auch keinen echten Widerspruch."

„Und was ist Deine Abweichung?"

„Ich glaube nicht an den Zufall. Ich glaube nicht, dass die Frauen ausgewählt wurden, weil sie mit Zwillingen schwanger waren. Ich glaube, dass die Frauen mit Zwillingen schwanger waren, weil sie zuvor genau dafür ausgewählt wurden. Diesen Frauen hat man die Zwillinge eingepflanzt, um etwas zu testen – alles andere ist einfach mathematisch zu unwahrscheinlich. Die beiden Frauen waren im selben Monat schwanger, kannten sich, gehen an die gleiche Uni, geben beide keinen Vater für die Zwillinge an und sind praktisch am selben Tag befruchtet worden. Das kann doch gar nicht sein, oder?“

#030

Es hatte nicht geklappt!

Er hatte es verbockt, obwohl er sich sicher gewesen war, dass die Sache einfach sein würde, wenn er sich erst einmal überwunden hatte. Wie hatte das nur so grundlegend schiefgehen können?

Er war bereits voraus gegangen, sie hatte noch mit einer Bekannten gesprochen und er hatte ihr gesagt, dass er ganz dringend auf Toilette gehen musste und das schnell zuhause erledigen würde und dann schon mal das Bett anwärmte. Dann hatte er sich seine Jacke und seinen Rucksack geschnappt und war einigermaßen beherrscht um die Ecke verschwunden, obwohl er sich eigentlich in einer ganz und gar hastigen, gehetzten Stimmung befand. Jetzt würde es passieren, jetzt würde er diese Sache beenden, es war alles ausgezeichnet vorbereitet.

Im Rucksack hatte er sein Werkzeug, das er tatsächlich tagsüber benötigt hatte – aber da war eben auch das Messer, das er schon vor Wochen für diesen Zweck bei seiner Tante entwendet hatte. Eine große, starke Klinge. Keine, die sich einfach so weg bog. Mit einem Messer dieser Qualität konntest Du zustechen, das hielt etwas aus.

Um die Ecke herum, einen kurzen Blick nach hinten, dann die kleine Treppe zu dem alten Friseurgeschäft herunter. Ein Griff in die Innentasche der Jacke. Dort war sie. Ein geschickter Griff und er hatte die Sturmhaube auf dem Kopf. Dann stopfte er seine Lederjacke unter die Steintreppe. Darüber hatte er lange nachgedacht. Das war die beste Möglichkeit. Wenn ihn jetzt doch noch jemand sehen sollte, dann sah er jemand anders. Einen Typ mit einem schwarzen Pulli und einer schwarzen Sturmhaube – das veränderte ihn vollkommen. Er schnallte sich den Rucksack auf den Rücken, zog beide Riemen ausreichen fest. Er wusste, er würde rennen müssen, anders würde es nicht gehen, das war ihm klar. Dann hörte er bereits Schritte. Mist!

Das hatte er anders geplant. Er presste die Reste der festen

Jacke unter die Treppe, bis man sie von der Straße aus nicht mehr sehen konnte. Diese Jacke kannte jeder hier in der Gegend. Die würde man immer zu ihm zurückverfolgen können – auch ohne fremde Hilfe. Als sie ihn schließlich passierte, hatte er sich vollständig in die Dunkelheit zurückgezogen, presste sich unsichtbar in den hintersten Teil des kleinen Abgangs, an dem sich früher der Friseur befunden hatte. Sie passierte ihn, blickte stur nach vorn, blickte dann in die Gegenrichtung, um über die Straße zu schauen, bevor sie die Fahrbahn überquerte. Als käme hier je ein Auto vorbei um diese Zeit, das man nicht schon 10 Minuten vorher gehört hätte... Gewohnheit – sie hatte einige Jahre in Stockholm gelebt.

Dann drückte er sich von der Wand ab. Er spürte, wie sein Puls im Hals donnerte. Er spürte den Herzschlag und das knallend pulsierende Blut im ganzen Körper, konnte hören, wie es durch seine Ohren gedrückt wurde und war auf einmal zittrig. Er griff das Messer und bekam es gut zu fassen. Dann huschte er leise los. Er hatte an die richtigen Schuhe gedacht, auf denen er sich annähernd lautlos bewegen konnte, er hatte wirklich nichts dem Zufall überlassen. Aber er hatte sein Adrenalin und seinen Herzschlag unterschätzt. Der Lauf raubte ihm beinahe den Atem, so nervös war er. Sie – vier Schritte vor ihm. Und dann hatte sie sich plötzlich umgedreht. Kurz nur, wie in einem Reflex. Vielleicht hatte sie ihn nicht einmal gehört, sondern irgendein animalisches Warnsystem hatte ihr ein Zeichen gegeben. Hatte ihr gesagt, dass sie sich schützen musste. Der Fluchtinstinkt, den die Evolution über alle Entwicklungsstufen fortgeschrieben hatte.

Sie drehte ihren Kopf wieder halb zurück nach vorn, bis ihr Gehirn verarbeiten konnte, was es gerade gesehen hatte: Einen Kerl mit einer schwarzen Maske, der im Dunkeln auf sie zu rannte. Sie hielt für eine kurze Sekunde an und drehte sich noch einmal um. Da war er bei ihr, da griff er sie mit der Linken, zog sie an den Haaren nach hinten, flattrig von der Aufregung und wollte ihr in den Bauch stechen.

Den musste er mit dem langen Messer unbedingt treffen, anders ging es nicht. Er musste ihren Bauch erwischen! Aber sie hatte sich leicht weggedreht, hatte ihre Kraft eingesetzt, um sich zur Seite zu bewegen, sich dem Stich zu entziehen.

Verdammt! Er holte erneut aus, als ihn ihr Tritt irgendwo unterhalb des Knies traf. Das war ein Reflex gewesen. Sie hatte einfach getreten, wollte ihn loswerden. Er klappte leicht nach rechts vorne weg – und ließ das verdammte Messer fallen. Reflex – er hatte sich abfangen wollen. Aber auch sie hatte das Gleichgewicht verloren und war zur Seite gekippt. Gegen die kleine Treppe von Yrsa, wo sie mit der Schulter aufgeschlagen war. Er nutzte den Moment, griff nach dem Messer und kreiselte wieder zu ihr herum. Und dann setzte er ihr den Stoß in den Bauch, fest, tief.

Er nutzte den Moment und stach noch einmal zu. Nicht so fest wie eben – das hatte ihn beinahe selbst erstaunt. Er wollte nur noch einmal zustechen, um sicher zu gehen. Und er traf sie weiter oben, schaute ihr ins Gesicht, wollte wissen, wie verletzt sie war.

Der Stich hatte gesessen. Sie schaute ihn entsetzt an, blickte ihm in die Augen und suchte Halt. Den fand sie an seinem Hals, zog ihn auf sich und plötzlich spürte er, wie ihm die Maske vom Kopf glitt.

Verdammte Schlange!

Er drehte sich weg, so gut es ging. Er wandte ihr den Rücken zu und überlegte. Verdammt! Hatte sie ihn erkannt? Wie hatte das nur so schiefgehen können?

Mit einer schnellen Bewegung riss er sich kurzentschlossen den Rucksack von der Schulter, riss den seitlichen Reißverschluss auf und mit einem Male hielt er den Gummi-Hammer in der Hand, den er in der Garage dabeigehabt hatte. Es kostete ihn einen Moment der Überwindung. Er konnte in ihre Augen sehen. Sie hatte ihn erkannt, obwohl ihr Blick eigenartig entrückt erschien.

Der Schlag traf sie wie ein Geschoss an der Schläfe. Sie hatte ihn kommen sehen, aber scheinbar nicht die Kraft besessen, sich noch zur Seite zu drehen. Dann spürte er, dass sie still geworden war.

Sie regte sich nicht mehr.

Er hatte sie getötet.

Das war nun wirklich nicht der Plan gewesen.

#031

Als er sich aus dem Bett quälte, war er sicher, verschlafen zu haben. Dann begriff er, dass es sich um den Klang seines Telefons gehandelt hatte, nicht um den seines Weckers.

Dennoch war er in diesem Moment noch zu taumelig und verfehlte das Telefon leicht und warf es herunter, wo es unter das Bett rutschte und anstrengend weiter klingelte.

„Fuck, verrrdammt...!" Grunzte er, fiel mehr oder weniger aus dem Bett, griff mit dem Arm unter das Bett und erwischte das Telefon. Eine unbekannte Nummer – mitten in der Nacht? Nicht gut... Er hob dennoch ab, meldete sich mit knappem *Ja?* Und wartete. Nach einem Augenblick hörte er Rayks Stimme.

„Bjarne?"

„Sicher."

„Wir können Stella nicht erreichen."

„Ja?"

„Wir... also... ein paar Spaziergänger haben eine tote Frau gefunden. Und ihr fehlt der Bauch."

„Oh no..." Bjarne stöhnte „Und was ist mit Stella?"

„Wir können Sie nicht..."

„Ach ja, schon gut – sagtest du gerade... gib mir fünf Minuten. Wo treffen wir uns?"

„Wir stehen vor deiner Tür."

„Wie praktisch."

Er legte auf, blinzelte zum Fenster und begriff als erstes, dass es längst Tag war. Er musste sich orientieren und verstand, dass es Samstag war. Sie hatten beschlossen, heute erst gegen 13 Uhr zu beginnen, weil die meisten einkaufen mussten und ähnliche Dinge, die in den vergangenen Tagen der Ermittlung zu kurz gekommen waren.

Er blickte auf die Uhr und es war bereits 09:40. Um 09:51 verließ Bjarne frisch geduscht mit geputzten Zähen sein Zimmer.

Er hatte 11 Minuten lang nicht an den Fall gedacht, nicht an die Gynäkologin aus Reykjavik, nicht an Stella, sondern sich darauf konzentriert, rasch einsatzbereit zu sein. Als er sein Zimmer verließ, konzentrierte er sich zum ersten Mal auf die neuen Informationen und konnte nicht glauben, was er da vorher am Telefon gehört hatte.

Das Wort, das die nächste Pressekonferenz dominieren würde, hieß „Serienmörder". Fälschlicher Weise hatten viele Journalisten das Wort damals auch immer wieder im Zusammenhang mit Utøya verwendet – dabei war Anders Behring Breivik ein Massenmörder, kein Serienmörder. Einer, der unfassbare 69 Menschen getötet hatte. Und das waren nur die auf Utøya gewesen.

Hier hingegen sprachen mit dem jetzt vorliegenden Wissen wohl einige Punkte dafür, dass ein Mörder in Serie agierte. Und Bjarne war exakt an dieser Theorie nun wirklich nicht interessiert gewesen.

Obwohl er sich sein halbes Legen lang mit Tötungsdelikten befasst hatte, begriff er mit dem Herzen nie, was einen Mensch dazu brachte, einem anderen Menschen das Leben zu nehmen, sich über alles hinwegzusetzen, was menschliches Miteinander ausmachte und sich über einen anderen Menschen in dieser Weise zu erheben. Und auf Utøya war das für ihn endgültig und so grundlegend ausgehebelt worden, dass es ihm in den folgenden Jahren schier um den Verstand gebracht hatte.

Es waren Kinder gewesen. Wie durfte so etwas sein?

Bjarne hatte sich seine dicke Jacke übergeworfen, die in der Schweiz gefertigt worden war. Eine Jacke, der er bedingungslos vertraute, die mehr Wetterschutz bot als manche Wohnung, in der er gelebt hatte. Zumindest schien es ihm manchmal so. Und die sollte ihn heute nicht nur gegen die Kälte schützen. Wenn er in dieser Jacke steckte, hatte er stets die Hoffnung, dass sie auch ein bisschen Wahnsinn von ihm fernhielt.

Er begrüßet Rayk mit einem kurzen Klaps auf die Schulter und drückte Solvey kurz, die ihm einen Eiskaffee in einer Dose in die Hand drückte. Vermutlich das Beste, was man im „To Go"-

Bereich hier in der Gegend bekam. Bjarne blickte sich reflexartig nach einem Wagen um, aber die beiden liefen mit einer großen Selbstverständlichkeit die Straße herunter in Richtung Kirche. Strammen Schrittes zwar, aber eben auch ohne Hektik. Er fiel leicht hinter sie, als er den Kaffee im Gehen öffnete, einen ersten Schluck nahm und begeistert das Aroma der kleinen Dose genoss.

„Gehen wir zu Fuß?“ fragte er drei Schritte hinter den beiden.

„Ist nicht weit. Die Leiche liegt oben auf dem Berg.“

„Was – hier rechts die Straße hoch – der Berg dort oben?“

„Exakt – wieso?“

„Ich habe mir den Platz mit Stella zusammen angesehen.“

„Ach – das war einer der Plätze, über die es ein Gutachten gab, richtig?“

„Allerdings. MTH hätte hier gebaut – aber irgendetwas mit dem Abwasser passte nicht oder war zu teuer oder so.“

„Ja – ich erinnere mich. Man hätte eine lange Trasse hier unter die Straße ziehen müssen, was teuer war oder alternativ eine Trasse komplett außen herum – was auch teuer war. Aber da war noch irgendetwas. Ich notiere mir mal, dass wir Tika sicherlich am Montag befragen müssen und auch jemanden von der MTH,“ erklärte Rayk.

„Wieso erst am Montag? Tika wohnt keine fünf Gehminuten von hier – und ich hatte nicht den Eindruck, dass sie beruflich so stark eingespannt ist, dass sie die Erholung am Wochenende so dringend braucht, wenn ich ehrlich bin.“

„Hm.“

„Selbst bei den Typen von der MTH wäre ich nicht über die Maßen zimperlich, wenn ich ehrlich sein soll…“

„Hm…“ gab Rayk zu bedenken, ohne es weiter auszuführen. Sie passierten Stellas kleines gelbes Haus, aus dessen Schornstein kein Rauch drang.

„Ihr habt Stella angerufen und bei ihr geklingelt?“

„Yep,“ erläuterte Solvey kurz. Ich meine aber auch, dass sie irgendetwas erzählt hat von einem Markt, zu dem sie früh aufbrechen wollte oder so. Sicher bin ich mir nicht."

„Es ist nicht ihre Art, ihr Telefon auszuschalten." Nachdenklich tippte Bjarne mit der einen Hand eine Nachricht an Stella, während er mit der anderen einen weiteren Schluck des vorzüglichen Kaffees zu sich nahm, der ihm gut zu tun schien. Er konnte sich an nichts erinnern, was Stella bezüglich eines Marktes gesagt hatte. Und ganz ehrlich betrachtet hatte er ohnehin Mühe, sich Stella vorzustellen, wie sie früh morgens auf irgendeinen Markt fuhr. Aber er wusste, dass sie ihre Tätigkeit, die sie an all die Orte in Skandinavien brachte, tatsächlich gerne nutzte, um die Wochenenden auch mit touristischen Highlights zu gestalten, was er hoch vernünftig fand. Er selbst tat das praktisch nie.

Hinter einzelnen Gardinen konnte Bjarne Leute hervorschauen sehen. Sie wurden beobachtete. Und die meisten waren ältere Frauen, die diese leichte Unförmigkeit besaßen, die hier scheinbar vorherrschend war.

Gute drei Minuten später trafen sie gemeinsam am Fundort der dritten Frauenleiche ein, der nur leidlich mit Flatterband abgesperrt war, das jemand an drei Metallrohren befestigt hatte, die man in jeweils drei Schritten Abstand um die Leiche herum in den Boden gerammt hatte. Es war bereits ein Fotograf anwesend, der Aufnahmen von der Leiche anfertigte. Die drei gesellten sich zu dem Fotografen, Bjarne fragte noch vor einem Gruß, wie es mit Leuten von der Spurensicherung aussah und Rayk musste ihm erklären, dass dort zurzeit niemand frei wäre. Vor 13 oder 14 Uhr würde niemand kommen.

Für Bjarne war es schwierig mit der Ruhe umzugehen, die die Isländer in solchen Themen an den Tag legten. Er verstand die Ursachen, aber er hatte Schwierigkeiten mit der Gleichgültigkeit.

Als erstes legte er seinen Rucksack ab, kniete sich nieder und begab sich dichter an die Leiche heran, robbte näher, hielt dabei aber den Rasen im Auge, um nicht eventuell einen Ring zu übersehen, der im Gras herumlag oder etwas ähnlich Winziges, das später vielleicht Hinweise geben würde. Er hatte sich der Leiche noch nicht einmal auf zwei Meter genähert. Er blickte auf den Bauch, der aussah, als hätte man ihn weggesprengt. Tatsächlich war das sein erster Gedanke. Der Bauch wirkte eher weggerissen als weggeschnitten. Die Jeans war verschlossen, das Shirt der Frau nur hochgeschoben und mit Blut durchtränkt – außerdem war es zerrissen oder zerschnitten. Die Leiche lag in einer eigenartig entspannt wirkenden Haltung im nassen Gras und schien gen Himmel zu blicken.

Obwohl ihr Haar in Teilen ihr Gesicht verdeckte, brauchte er keinen Gerichtsmediziner, um ihre Identität festzustellen.

„Verdammt… Wieso sagt denn niemand, dass wir die Tote kennen…?“ murrte er gut hörbar und blickt in erstaunte Gesichter.

„Kennen wir…?“ erkundigte sich der Fotograf neugierig.

„Das ist Stina. Sie arbeitet bei MediXXX. Ihr kennt sie – sie war bei dem Fest in der Kirche.“

Rayk blickte herunter und schüttelte den Kopf. „Das glaube ich nicht. Ich habe die noch nie gesehen.“

„Quatsch – natürlich hast Du. Sie ist die Freundin von diesem blonden – wie heißt der noch?“

„Gunnar?“

„Nein – der Kerl, der hier bei der MTH arbeitet. Groß, blond, eine starke Nase…“

„Kjell??“

„Genau!“

„Nein…“ Nun war es Solvey, die den Kopf schüttelte. „Kjell hat keine Freundin. Kjell… Also ich würde sagen…“ Sie blickte sich leicht hilfesuchend um. Da sie niemand unterstützen wollte, sagte sie es geradeheraus. „Ich denke, er schläft zurzeit mit… also mit Stella.“

Rayk nickte bestätigend, sagte aber nichts.

Bjarne dachte einen Moment nach. Stella hatte tatsächlich etwas angefressen reagiert, als er behauptet hatte, Kjell habe eine Freundin. Hatte er das tatsächlich so sehr durcheinander gebracht? Er war sich einigermaßen sicher, dass Stina selbst ihm das erzählt hatte.

„Okay – klären wir später. Vielleicht irre ich mich. Da waren so viele Leute an dem Abend." Innerlich blieb er sich sicher, das nicht falsch verstanden zu haben. Aber die beiden Kollegen wirkten so rechtschaffend erschrocken, dass er zumindest einen Weg finden wollte, das diskret und ohne Paukenschlag zu ermitteln. Schon im Interesse seiner Lieblingskollegin.

Er richtete sich auf, blickte weiterhin konzentriert auf die Leiche herunter. Dann schaute er sich um, sah zu seinen beiden eingeborenen Kollegen und fragte offen „Wenn man nicht möchte, dass die Leiche in Vaskurjutorg bei dem Kerl von MediXXX untersucht wird, an wen wendet man sich dann?"

„Puuh… Da müssten wir Ilva… Ich… Ach - Verdammt." Rayk schüttelte den Kopf, sah mit erkennbarer Trauer zu Boden. Ilva war einfach noch nicht als tot in seinem Gedächtnis abgelegt. Das war normal und konnte oft länger dauern, als man meinte. Bjarne hatte im vergangenen Jahr die Gattin eines Ermordeten befragt, die ihn zu zwei steuerlichen Fragen an ihren toten Gatten verwiesen hatte. Und der hatte in Sichtweite neben ihnen tot auf dem Boden gelegen…

„Okay… und wen sonst? Wäre die Staatsanwältin vielleicht ein guter Tipp?" versuchte Bjarne es weiter.

„Warum willst Du das machen?"

„Die Frau, die hier tot vor unseren Füßen liegt, die *arbeitete* bei MediXXX. Wir haben bereits einzelne Verdachtsmomente gegen die Firma. Wir können doch die Leute dort nicht jetzt auch noch eine Kollegin aufschneiden lassen. Ermittlerisch wäre das grundfalsch und zwischenmenschlich wäre es geschmacklos."

„Da ist vielleicht was dran…" nickte Rayk nachdenklich in seiner stets leicht langsam wirkenden Art und Bjarne war kurz davor zu sagen, dass da nicht nur *vielleicht*, sondern *ganz sicher etwas dran sei*, verkniff es sich aber. Er wusste, dass er dem jungen Kerl das nachsehen musste. Einmal hatte er eine starke Beziehung zu seiner Chefin gehabt, die mitten in diesem großen Fall verstorben war. Da war Trauer, da war Angst vor Neuen, da war Ungewissheit. Und er war wirklich kein erfahrener Beamter in Sachen Mord – was sollte man von Rayk also erwarten? Dann eine Vorgesetzte wie Stella zu haben, diese schnelle, fast zu offene, teils launische junge Frau, die immer etwas aufbrausend war. Das musste ein harter Schnitt für jemanden wie ihn sein.

Bjarne Sandvik nickte besänftigt. „Ich werde jetzt mal die Staatsanwältin anrufen, oder?“ fragte er und es klang, als würde er um Zustimmung bitten, faktisch hatte Bjarne jedoch ganz klar nun die Hoheit über diese Ermittlung übernommen. Er war der ranghöchste Beamte vor Ort, Vertretung hin oder her. Und er hatte nicht den Eindruck, dass ihm jemand deswegen böse war.

Birna war nach dem zweiten Klingeln dran, befand sich offensichtlich im Auto und Bjarne gab ihr ein kompaktes Update der Situation. Sie stellte ihm vier präzise Fragen, dann schwieg sie einen Moment. Bjarne wollte sie fragen, wo sie sich gerade herumtrieb und ob es in der jetzigen Situation nicht vielleicht Sinn gäbe, wenn sie vor Ort wäre, aber da sagte sie bereits. „Ich mache mich jetzt auf den Weg zu euch. Ich brauche… knapp 30 Minuten.“

„Toll…“ sagte er noch, da hatte die Staatsanwältin jedoch schon aufgelegt. Seine Annahme, dass sie eventuell in Reykjavik saß, hatte sich somit jedenfalls schon einmal als falsch herausgestellt. Reykjavik war über drei Stunden von Kirkvogur entfernt.

Nachdem er ohnehin das Telefon in der Hand hatte, klingelte er noch einmal bei Stella durch – erfolglos. Entweder befand sie sich in einem Betongebäude oder ihr Telefon war tatsächlich ausgeschaltet.

Dann rief er noch einmal die Staatsanwältin an. „Birna – eine Frage noch.“

„Hm?“

„Ich möchte die Tote woanders gerichtsmedizinisch untersuchen lassen – das hatte ich eben vergessen. Könntest Du das einrichten?“

„Warum – traust Du Jovin nicht?“

„Das kann ich so nicht exakt auf ihn beziehen. Ich habe zumindest heftigen Widerwillen, jemanden von MediXXX in der Sache drin zu haben – die sind jetzt mindestens Betroffene. Vielleicht sogar Verdächtige. Den Prozess verlieren wir.“

„Da hast Du ganz entschieden Recht. Ich sehe, ob ich das auf der Fahrt organisieren kann. Um solche Sachen hat Ilva sich bislang gekümmert,“ erklärte sie. Bevor Bjarne etwas Sinnloses dazu sagen konnte, hatte sie bereits wieder aufgelegt.

Eine gute Stunde später standen sie alle versammelt am Fundort der Leiche. Bjarne wusste nicht, wie sie es geschafft hatte, aber mit Birna zusammen war ein Gerichtsmediziner aufgetaucht, der einen umgebauten Kombi bei sich hatte, in dem man eine Leiche transportieren konnte.

Der Mann näherte sich der Leiche mit professioneller Distanz und robbte sich dann zunächst auf den Knien heran, wie auch Bjarne es getan hatte. Bjarne selbst begab sich neben ihn. Der Mann war sprachlich Norweger, was es Bjarne erleichterte und sie unterhielten sich auf den Knien, während sie sich der Leiche näherten. Bjarne konnte aus dem Augenwinkel erkennen, dass sich Schaulustige aus dem Dorf in Sichtweite sammelten. Er gab sich Mühe, das zu ignorieren. Es würde sich ohnehin nicht vollkommen vermeiden lassen.

Gemeinsam analysierten sie die Leiche, während die Staatsanwältin wechselweise telefonierte und Fakten von Solvey und Rayk abfragte. Rayk schien sie bislang nur telefonisch zu kennen, während Solvey und sie offensichtlich schon ein paar Momente miteinander erlebt hatten und vertraut wirkten.

Bjarne empfand sie live als eher noch beeindruckender als er sie bereits am Telefon eingestuft hatte. Eine mittelgroße Frau, tendenziell unauffällig, aus der Nähe hübsch. Offensichtlich jedoch war sie nicht der Typ Frau, die sich an einem Samstagvormittag 30 Minuten vor den Spiegel stellte. Ihre dunkelblonden Haare waren mit einem einfachen Haarband zu einem Zopf gebunden, sie trug ein Sweatshirt und eine Jeans, die eher bequem saß als figurbetont wirkte.

Solche Frauen beeindruckten Bjarne.

Der Gerichtsmediziner und er hatten sich der Leiche jetzt bis zu einer intimen Distanz genähert, die einen Blick in den entfernten Unterleib bot. Bjarne war kein Arzt – aber hier schien ihm spontan ein anderen Fall vorzulegen als bei den anderen Leichen, auch wenn er diese nur auf Bildern gesehen hatte. Er zückte sein Telefon und zeigte dem Arzt Bilder der anderen Leichen. Dieser verglich, swypte hin und her und schüttelte schließlich den Kopf und sagte „Ganz anderer Schnitt... und hier... Schau mal dort. Der Ansatz. Ganz anders...“ Schließlich wanderte sein Blick hoch zum Kopf der jungen Frau und er zeigte auf den Teil des Gesichts, der von den Haaren verdeckt war. In den Haaren konnte man eins ganz klar erkennen, was sie aus der Entfernung nicht gesehen hatten: Jemand hatte der jungen Frau eine erhebliche Kopfwunde zugefügt. Der Schädel sah deformiert aus, obwohl er gnädig von den Haaren verdeckt wurde und die beiden Männer, die vor ihr knieten, waren vollkommen sicher, dass es sich um eine tiefe Deformation handeln musste.

„Das ist keine Wunde, die du jemandem mit deiner Faust zufügen kannst, soviel ist mal sicher. Da brauchst Du Hilfsmittel. Und wenn ich so auf die Größe schaue – da würde ich sagen, wir reden von etwas Faustgroßem. Mindestens mal ein stattlicher Stein. Sollte die Frau zu dem Zeitpunkt also noch gelebt haben, dann kannst Du davon ausgehen, dass ihr einen männlichen Täter sucht.“ Dann blickte er Bjarne an und erklärte grinsend. „Habe ich natürlich so nicht gesagt, da muss ich ja erst noch einen ganzen Haufen komplexer Untersuchungen durchführen.“

Bjarne Sandvik bedankte sich grinsend. Dann krabbelten die beiden wieder zurück und erhoben sich mit Hosen, die knieabwärts durchnässt waren. Die Staatsanwältin kam mit großen Schritten auf sie zu und sie gaben ihr ein Update. Sie nickte konzentriert, stellte immer wieder kurze präzise Fragen, wirkte dabei ein wenig wie ein Maschinengewehr, was Bjarne aber durchaus sympathisch war. Die Frau konzentrierte sich auf ihren Job, wollte Fakten sammeln – denn genau dafür wurde sie bezahlt.

„Ich war auch nicht vollkommen faul," erklärte sie. „Ich habe sowohl den Geschäftsführer der MTH in die Polizeistation bestellt als auch die von MediXXX – allesamt werden sie in einer Stunde aufkreuzen. Dann kommt noch ein Gerichtsassistent aus meinem Büro, der Euch bei dem ganzen Schriftkram helfen wird. Ihr werdet ja heute wahrscheinlich nicht alle Leute zur Verfügung haben, nehme ich an. Wo ist Stella?"

„Wissen wir nicht. Ihr Handy ist aus," erklärte Bjarne ohne weitere Umschweife, wohl wissend, dass Ermittler, die ihre Telefone abschalteten, in den Polizeiorganisationen der Welt durchgängig einen schlechten Ruf genossen. „Ich denke, sie wird eine gute Erklärung haben," setzte er hinterher und hoffte stark, dass das auch wirklich so sein würde.

#032

Sie konnte nicht umhin, sich in der Spiegelung der großen Scheibe der Tankstelle zu beobachten. Sie war einigermaßen zufrieden. Das Kleid stand ihr und gab ihr eine Figur, auf der ganz sicher die eine oder andere neidisch sein würde. Sie war froh, dass sie es gekauft hatte, obwohl das eigentlich nicht der Grund für ihren Besuch auf diesem Markt gewesen war.

Sie wusste nicht, ob sie auch darüber glücklich war, dass Kjell mitgekommen war. Im Bett hatte sie Kjell irgendwie toll gefunden. Als Bjarne behauptet hatte, er habe eine Freundin, hatte sie plötzlich einen Stich von Eifersucht gespürt. Nicht gut.

Als er heute Nacht bei ihr aufgekreuzt war, war es schon fast morgen gewesen. Er hatte sie mit ein paar Nachrichten geweckt und dann hatte sie nicht mehr schlafen können und sie hatte ohnehin auf den Markt gewollt, nur vielleicht nicht *soo* früh. Also war sie aufgewacht und als sie aus der Dusche kam, hatte er mit einem unterwürfigen Gesichtsausdruck vor ihrer Tür gestanden. Und er hatte Kaffee in den verschiedensten Ausführungen bei sich gehabt und Gebäck.

Und dazu musste man sagen: Das war hier nicht so wie in London, Paris oder New York: Wer hier um diese Zeit Kaffee bei sich hatte, der hatte ihn selbst im eigenen Haus hergestellt...

Nachdem sie ihn eine Zeit lang angestarrt hatte, unschlüssig, hatte sie sich fertig angezogen und war runter auf die Straße gegangen. Sie wusste, dass sie ihn jetzt nicht in ihrem kleinen Haus wollte. Er konnte sie auf den Markt begleiten – dann würde sie irgendwann entscheiden, wie es weitergehen würde.

Falls es irgendwie weitergehen würde, wer wusste das schon? Vermutlich hatte er eh eine Freundin. Sie hatte keinen Anspruch auf ihn, das war ihr klar. Dennoch. Er hätte es ihr sagen müssen.

Na gut – gefragt hatte sie ihn nicht.

Sie streckte ihren Hintern ein wenig vor – dann sah sie plötzlich die Telefone, die die Tankstelle verkaufte und stutzte. Okay... das könnte funktionieren.

Sie schnappte sich ihr Portemonnaie aus dem Rucksack in seinem Auto. Das mit dem Telefon nervte sie schon den gesamten Morgen über. Ihr Telefon hatte noch funktioniert, als sie losgefahren waren. Dann hatten sie kurz angehalten, um noch zwei Flaschen Wasser zu kaufen und plötzlich hatte es sich nicht mehr ins Netz eingebucht. So etwas hatte sie seit 10 Jahren nicht mehr erlebt und es war schier unerträglich für sie. Es war Samstag und sie wollten erst um ein Uhr wieder arbeiten – aber sie fühlte sich verletzlich, nackt in einem negativen Sinne, wenn sie kein Telefon bei sich hatte.

„Stella – wo willst Du hin?"

„Nur kurz ein Telefon kaufen."

„Was? Hey... Stella... Wir gehen nachher zu einem Freund, der es reparieren kann – habe ich doch gesagt..."

„Kjell – ich kann nicht ohne mein Handy... Und wenn einer Deiner Freunde das nicht hinbekommen sollte – was machen wir dann? Dann bin ich vielleicht das ganze Wochenende ohne Handy."

„Dann nimmst Du eines von mir – ich habe noch ein..."

„Kjell! Bitte vergiss mal nicht, dass ich Polizistin bin, ja? Ich muss erreichbar sein. Und ich kann nicht einfach ein altes Telefon von dir nehmen. Danke übrigens, nett von Dir." Sie drehte sich um, betrat den Laden und war kurze Zeit später fast 20.000 Kronen ärmer, aber um ein billiges Telefon reicher, das die Summe sicherlich im realen Leben nicht wert war.

Sie kannte die Marke nicht - wirkte chinesisch von der Reihenfolge der Buchstaben, die sie nicht aussprechen konnte. Weitere acht Minuten später blickte sie auf einen frisch eingerichteten Homescreen, auf dem Nachricht um Nachricht einging.

„Drecksverfluchter Mist," murmelte sie, während Kjell sie etwas distanziert ansah. Er hatte vermutlich mir ihr gesprochen, aber sie hatte ihm nicht zugehört, war in ihrer eigenen Blase gewesen und hatte sich auf nichts anderes konzentrieren können. Konzentrieren wollen, wenn sie ehrlich war.

„Kjell. Du... drück aufs Gas."

„Was ist?"

„Es sieht so aus, als... Ja – Bjarne, da bist Du ja. Sag mir, was der aktuelle Status ist. Nein – mein Handy war im Eimer und hat sich nicht mehr ins Netz eingebucht. Musste mir ein neues kaufen."

Bjarne erhob sich, murmelte rasch „Stella" und verließ den Raum, so schnell er konnte.

„Ganz kurz, Stelly. Wir sitzen hier mit der Staatsanwältin und warten auf die Jungs von MediXXX. Wir haben guten Grund zu der Annahme, dass hier ein Serienmörder am Werk ist, ich denke, Du hattest Recht. Aber: Die dritte Tote ist anders angeschnitten worden."

Er hörte kurz, dass jemand sprach, Stella antwortete kurz und war dann wieder bei Bjarne, der leicht eingefroren war.

„Stelly, tu mir jetzt einmal im Leben einen Gefallen und nimm meine nächste Frage ernst, okay?"

„Uh... das klingt jetzt spannend..."

„Stella! Im Ernst. Könntest Du bitte meine nächste Frage ausschließlich mit JA oder mit NEIN beantworten?"

„Ist das schon die Frage?"

„Stella..."

„Okay – also was?"

„Ist Kjell bei Dir?"

„Ja..." Bjarne konnte spüren, dass Stella das jetzt ernst nahm, obwohl sie ja nur wenige Dinge ernst zu nehmen bereit war.

„Okay... Dann würde ich vorschlagen: Kommt heim, so schnell ihr könnt. Und wenn Du hier bist, sage ich dir auch meine Theorie zu ihm."

#033

Die beiden Geschäftsführer von MediXXX waren nach Bjarnes Maßstäben die langweiligsten Menschen, die man sich vorstellen konnte. Beide waren schmal, trugen auch am Samstag graue Anzüge und kurz geschnittene, unauffällige Frisuren ihrer grauen Haare.

Die Vernehmungen wurden separat durchgeführt und dennoch hatte Bjarne später das Gefühl, eigentlich nur in einer einzigen Vernehmung gewesen zu sein. So sehr ähnelten sich die Gespräche in seiner Erinnerung.

Beide waren nicht vorher bei der MTH gewesen, sondern von Mitgliedern der damaligen isländischen Regierung gebeten worden, die Geschäftsleitung der neu gegründeten Firma zu übernehmen. Beide waren zu der Zeit an der Universität in Reykjavik tätig und kannten sich bereits seit mehreren Jahren, obwohl sie in verschiedenen Disziplinen tätig gewesen waren. Der eine war Verfahrenstechniker, der andere Wirtschaftswissenschaftler.

Beide bedauerten sie gleichermaßen Stinas Tod und Bjarne hatte das Gefühl, dass beide froh waren, nicht von Stella vernommen zu werden, die ihnen bei ihrer letzten Begegnung durchaus Angst eingejagt zu haben schien.

Stella war zwischenzeitlich eingetroffen und hatte an den Gesprächen teilnehmen wollen. Die Staatsanwältin wollte jedoch nicht die Besetzung wechseln und so führten Solvey, Bjarne, Birna und ein junger akribisch wirkender Mann aus Birnas Büro, der sogar einen Anzug trug, das Gespräch mit Hakon, dem gesprächigeren der beiden Geschäftsführer von MediXXX.

Die Vernehmung schien sich dem Ende zu nähern, als Bjarne fragte „Erklär mir bitte noch eins: Wie sind eure aktuellen Beziehungen zur MTH hier in Kirkvogur?“

„Puhh – was soll ich da sagen? Da gibt es eigentlich nichts Interessantes zu erzählen. Wir machen verschiedene Projekte zusammen. Die MTH forscht mehr, wir produzieren mehr – und hin und wieder ergibt sich da etwas."

„Sag uns doch einmal ein konkretes, am besten auch aktuelles Beispiel, damit wir uns das besser vorstellen können," hakte Solvey ein und Hakon führte etwas aus zum Testen von Film-Tabletten.

„Bedeutet das, die MTH kommt immer dann ins Spiel, wenn es um Testverfahren und Forschung geht?"

Hakon musste einen Moment überlegen und erklärte dann „Das kann man eigentlich so sagen, ja."

„Bedeutet das dann, dass Stina, als Leiterin dieses Bereiches, die meisten Berührungspunkte mit der MTH hatte?"

„Ich denke, das wiederum kann man nicht ganz so sagen. Sie hält sozusagen den fachlichen Kontakt und ich halte den wirtschaftlichen. Die Projekte werden fachlich konzipiert und dann kommt irgendwann der Teil, wo man das Ganze ausrechnen und Verträge schließen muss. Der Part ist dann eher meiner."

„Und wer ist da euer Kontakt bei der MTH?"

„In den meisten Fällen Kjell."

„Für welchen Teil – den fachlichen oder den wirtschaftlichen?"

„Also… Kjell regelt im Grunde beides, kann man sagen. Snorre ist da nur ganz selten beteiligt und die anderen aus der Forschung auch. Im Grunde ist es Kjell." Er nickte zur Bestätigung und signalisierte einen Abschluss dieses Themas.

Bjarne widerstrebte es immer, wenn die andere Seite beschloss, wann ein Thema beendet war. Daher fragte er aus Prinzip nach. „Wie ist die Beziehung zwischen Stina und Kjell?"

„Ausgezeichnet, denke ich."

„Meinst Du, sie geht über eine Arbeitsbeziehung hinaus?"

„Diese Frage verstehe ich nicht – fragst Du mich, ob die beiden ein Paar sind?"

„Darauf zielte meine Frage, ja – wie fragt man das im Isländischen, wenn nicht so?"

Hakon ging einen Moment in sich, als würde er tatsächlich der linguistischen Fragestellung folgen wollen. Dann kam er wieder ins Gespräch zurück und erklärte mit sehr klarer, fester Stimme „Ich denke nicht, dass die beiden ein Paar sind. Stina ist verlobt. Seit sicherlich zwei Jahren, wenn ich richtig informiert bin."

„Aha. Und kannst Du uns sagen, mit wem sie verlobt ist? In ihrer Wohnung ist nur sie gemeldet."

„Ihr ... Verlobter... Er ist Wissenschaftler. Er ist zurzeit meiner Kenntnis nach auf einer Wetterstation in der Arktis. Da muss man sich immer für 14 Monate verpflichten. Insofern..."

„Insofern...?"

„Also: Ja – es ist korrekt. Die beiden wohnen nicht zusammen, weil er nicht da ist. Ich weiß nicht viel über Stinas Privatleben, wenn ich ehrlich bin, aber ich meine, dass er für ein Deutsches Institut arbeitet."

„Wer weiß denn mehr über sie?"

„Keine Ahnung. Ihre Eltern sind jedenfalls tot, dessen bin ich mir ganz und gar sicher."

„Warum betonst Du das so?"

Er zuckte die Schultern. „Weiß nicht – vielleicht, weil mir gerade klar wird, wie wenig ich eigentlich über sie weiß – dabei ist sie eine meiner wichtigsten Mitarbeiterinnen..." Seine Sprache zeigte, dass er ihren Tod noch nicht umgesetzt hatte. Er sprach immer noch in der Gegenwartsform von ihr.

Bjarne nickte. „Mal anders – wie oft hatten die beiden Kontakt miteinander – also Kjell und Stina?"

„Schätze ein paar Mal die Woche. Ich spreche mit Kjell bestimmt drei- bis viermal im Monat – die beiden entsprechend häufiger."

„Hat Stina Freunde innerhalb der MediXXX, die mehr über sie wissen würden? Die zum Beispiel wissen würden, ob sie schwanger war?"

„Schwanger?" Er schüttelte vehement den Kopf. „Das war sie ganz sicher nicht. Sie hat einen Vertrag unterzeichnet, der sie zur sofortigen Anzeige einer Schwangerschaft verpflichtet. Das ist so vorgeschrieben. Sie dürfte ihren Job keine Sekunde länger ausüben, wenn sie ein Kind im Bauch tragen würde." Er schüttelte den Kopf noch einmal. „Dafür musst Du keine Freundinnen fragen, ganz im Ernst: Das wüssten wir."

„Okay... Du scheinst Dir in dem Punkt sehr sicher zu sein, setzte Solvey nach und warf einen kurzen Blick zu Birna, die schräg hinter ihr saß, „kommt es nicht vor, dass eine Frau das nicht tut, dass sie vielleicht Angst hat, das Kind in einer sehr frühen Phase zu verlieren und ähnliches?"

„Bei uns ist das noch nie vorgekommen, soweit wir wissen. Wirklich – in dem Punkt herrscht bei uns eine große Vernunft. Wir arbeiten zum Teil mit leichter Radio-Aktivität. Da will keine Frau Experimente machen, glaub mir."

„Okay, verstanden."

„Warum fragt ihr das? Wie ist Stina zu Tode gekommen? Etwa so wie die beiden anderen Frauen in der Woche?"

Tatsächlich hatten sie sich in diesem Punkt bislang bedeckt gehalten und nur von einem gewaltsamen Tod gesprochen. Nun aber nickte die Staatsanwältin und erklärte Hakon, was geschehen war. Hakon wurde noch blasser, als er in seiner grauen Kleidung mit seinen grauen Haaren ohnehin schon gewirkt hatte. Dann gab er sich einen Moment sprachlos und schien anschließend nach Worten zu suchen. Schließlich lief ihm eine Träne aus einem Auge. Er wischte sie rasch weg, schluckte dann und sagte nur „Grauen-haft."

„Ja..." murmelte Bjarne. „Unter den gegebenen Bedingungen: Könntest Du dir eventuell doch vorstellen, dass sie schwanger war?"

„Nein – immer noch nicht."

„Okay..." Er blickte kurz zu seinen Kollegen. Da sie ihm bereits ohne die jetzt preisgegebenen Details schon alle relevanten Fragen zu Feinden und ähnlichem gestellt hatten, gab es aus seiner Sicht nichts Weiteres zu klären und die Kollegen nickten ebenfalls stumm. Daraufhin entließen sie ihn aus der Befragung und Birna kündigte an, dass sie sich sicherlich noch einmal mit ihm in Verbindung setzen würden.

„Eins noch," schob Bjarne unerwartet nach. „Ich würde mir

gerne die Versuchsreihen ansehen, an der die beiden Mädchen beteiligt waren."

„Die... Ich weiß nicht... Das sind..." Hakon blickte die Staatsanwältin konzentriert an, die nickte sehr nachdrücklich und erklärte „Entweder freiwillig, was wir immer bevorzugen oder wir erwirken einen Beschluss, was in dem Falle hier keine Stunde dauern sollte."

„Okay, na gut... Aber das geht wirklich nicht vor Montag. Ich meine: Ich würde Stina das Ganze fragen. Aber so – ohne Stina? Ich habe keine Ahnung, wo ich das herzaubern soll. Da muss ich Montag in der Belegschaft betteln gehen. In solche Tiefen komme ich einfach nicht runter. Die haben da hunderte von Laufwerken..."

„Montag ist vollkommen ausreichend," beruhigte Bjarne ihn, der auch keine Lust hatte, sich das komplette Wochenende um die Ohren zu schlagen. Zumal er vermutlich in der Lektüre ohnehin nichts finden würde. Er hatte hierzu vielmehr einen gänzlich anderen Plan gefasst. Und in dem spielte eine Gynäkologin eine Rolle, die ihm sehr warmherzige Nachrichten geschickt hatte.

Bjarne gesellte sich kurz zu Stella, die am Bildschirm Fotos anschaute und sehr angefressen auf ihn wirkte. Vermutlich, weil sie an der Befragung nur zu gerne teilgenommen hätte. Er blickte auf das Telefon auf ihrem Tisch, deutete darauf und fragte „Was ist jetzt mit Deinem anderen Telefon?"

„Keine Ahnung. Es bucht sich nicht mehr ein. Zeigt immer nur an, dass es nach dem Netz sucht. Vermutlich einfach Schrott. Keine 12 Monate alt, wenn ich mich richtig erinnere."

„Na – dann hast Du wenigstens Garantie."

„Immerhin... War dennoch Dreck heute Morgen."

„Hm..."

„Sagst Du mir jetzt, was Du über Kjell denkst? Du hattest da vorher etwas angedeutet."

„Hm... Ich nehme an, dass ich da falsch lag. Wir haben jetzt eben gehört, dass Stina verlobt ist."

„Und?"

„Ich hatte angenommen, sie sei seine Freundin – aber das habe ich dann wohl falsch verstanden an dem Abend in der Kirche, nehme ich an."

„Ja... sieht so aus."

„Okay – ich habe mich vertan, mea culpa," erklärte Bjarne. „Wir werden Kjell dieser Tage dennoch zum Gespräch herbitten müssen – und das solltest dann nicht unbedingt du führen, denke ich."

Einen kurzen Moment glaubte er, dass Stella explodieren würde. Aber sie beherrschte sich, nickte und sagte nichts weiter. Ganz offensichtlich starrte sie auf die Bilder auf ihrem Bildschirm. Und das schien ihre gesamte Aufmerksamkeit zu beanspruchen.

„Was schaust Du Dir da an?"

„Ich habe mir die Bilder der Leichen angesehen und sie verglichen."

„De Leiche von Stina ist anders, hm?"

„Das wollte ich mir eigentlich anschauen, aber dann bin ich an etwas ganz anderem hängen geblieben." Sie flippte die ekelerregenden Bilder der ersten Leiche durch. Bjarne ging durch den Kopf, dass diese Tote immer noch nicht aufgetaucht war. Nach einer Weile fand Stella, was sie suchte und zeigte auf eine Stelle im Container, die weit jenseits der toten Frau lag.

„Schau mal dort hin."

„Da, an die Containerwand?"

„Ja. Schau genau hin. Jetzt gehe ich ein paar Bilder weiter. Schau noch einmal hin."

„Da tut sich nix – sieht genauso aus."

„Genau."

„Hilf mir. Was hätte ich sehen müssen?"

„Was weisst Du über dieses Bild hier?"

„Etwas später aufgenommen, ungefähr eine Minute, wenn ich mich richtig erinnere. Der Deckel des Containers muss dazu geöffnet wor... Fuck. Jetzt sehe ich es auch!"

„Was denn?" wollte die Staatsanwältin wissen, die unbemerkt hinter ihnen stand.

„Birna, hallo. Ich habe mir die Bilder hier gerade noch einmal ganz genau angesehen und ich stelle etwas eigenartiges fest. Der Lichteinfall bei den Bildern ändert sich nicht. Die Sonne ist so gegen 07:40 aufgegangen an dem Morgen. Sagen wir mal, es wäre auch nur 08:15 oder 08:30 gewesen, als Vilfrid die Frau gefunden hat, dann müsste der Lichteinfall selbst an einem sehr grauen Morgen hier Schatten werfen. Und der Schatten würde sich verändern, wenn man den Container weiter öffnet. Vilfrid hat die Leiche aber später gefunden."

„Wie war das Wetter an dem Tag?"

„So grau wie immer, aber es hat nicht geregnet oder geschneit oder so. Schau mal hier." Sie ließ die Bilder in einer radikal schnellen Weise durchlaufen und zeigte schließlich ein Foto, dass der Polizei-Fotograf anscheinend gemacht hatte, um seine Kamera auszurichten. Das zeigte den Himmel, der eher hell war, wenn auch wolkig. Aber es war klar, dass Tageslicht geherrscht hatte. „So in etwa war das Wetter an dem gesamten Morgen gewesen. Erst später am Nachmittag, als wir beide zum ersten Mal zu diesem Fall telefoniert haben, zog der Himmel mal für einen kurzen Moment auf."

„Das stimmt, ich erinnere mich daran. Wir haben da sogar noch drüber gesprochen am Telefon." Birna nickte und überlegte weiter. „Also – was ist Deine Schlussfolgerung daraus? Dass die Bilder früher entstanden sind?"

„Eindeutig. Mir fällt keine weitere vernünftige Ableitung von diesen optischen Fakten ein. Euch?"

„Wie ist die Beleuchtung auf dem Hinterhof?"

„Die spielt bei der Betrachtung keine Rolle. Die schaltet sich ab, wenn die Sonne aufgegangen ist. Und die Lampe ist so weit weg von dem Müllcontainer, dass sie auch hier keine Rolle spielen würde. Ich würde wetten, die Bilder sind früher entstanden."

„Kann man das nicht an den Dateien erkennen?"

„Leider nein. Ich habe den Zeitstempel geprüft. Der zeigt leider das Datum, zu dem die Bilder heruntergeladen wurden."

„Dann fragen wir Vilfrid nach den Originalen," entschied Birna und fing einen dümmlichen Blick von Stella ein.

„Die sind ihm gestohlen worden... Und von seinem Handy habe ich sie selbst gelöscht, nachdem wir sie gesichert hatten."

„Na prächtig. Die hat er nicht in irgendeiner Cloud oder so? Meine Bilder sind da doch immer, wenn ich welche mache."

„Ja – das werden wir ermitteln müssen. Ich denke auch, dass die Bilder noch irgendwo in der Datei einen verborgenen Zeitstempel haben, den ich nur nicht sehe. Dafür werden wir irgendwo Leute haben, die sich damit auskennen, richtig?"

„Ja – schick die Bilder bitte sofort an mich, ich kümmere mich da drum. Ich will das heute noch klären. Und wenn da etwas ist, dann holen wir uns diesen Vilfrid heute noch rein und vernehmen ihn."

„Okay... Wenn Du da heute Leute für hast, dann sollten wir das auf jeden Fall tun." Stella drehte sich um und verfasste die Mail, während ihr Hirn sich darauf konzentrierte, warum sie nur in Vilfrids Haus eingebrochen war und ob ihr das nun final noch zu irgendeinem Verhängnis werden würde.

#034

Er war bis fast 4 Uhr wach gewesen und als Tika ihn gegen kurz vor 12 anrief, war Vilfrid noch im Bett.

Tika, die ständig Dinge wusste, bevor sie offiziell bekannt waren, setzte ihn im Halbschlaf von einer weiteren Leiche in Kenntnis. „Die nächste Trächtige, der sie den Bauch abgeschlagen hatten," erklärte sie in einem etwas groben Isländisch, wie sie es nur verwendete, wenn außer ihnen beiden niemand in Hörweite war.

„Mama... bist Du dir da sicher? Wer hat es Dir gesagt?"

„Alle wissen es. Sie stehen oben am Berg. Dort ist die Tote gefunden worden. Was für eine Woche!"

„Um Himmels Willen – das kann doch gar nicht sein. Weisst Du, wer es ist?"

„Das haben sie noch nicht gesagt. Aber sie ist schon abgeholt worden, soweit ich weiß. Du musst also nicht mehr hinrennen, um zu schauen oder so."

„Ich will das gar nicht wissen," wehrte Vilfrid ab. „Ich verstehe es nur nicht. Wie kann das denn sein? Wo kam die her? Kann es denn wirklich so viele Zwillingsmütter geben?"

„Wieso Zwillinge? Davon habe ich nichts gesagt."

„Ach so... Hast Du nicht?"

„Nein – ganz sicher nicht."

„Okay... dann habe ich das wohl eben dazu fantasiert. Oder so." Er strich sich konzentriert über das Gesicht, dass sich irgendwie schwitzig anfühlte. Hoffentlich lag das nur daran, dass er gerade aus dem warmen Bett kam und nicht daran, dass er Fieber bekam.

Er duschte sich und fand nichts Vernünftiges zum Frühstück, woraufhin er beschloss, einkaufen zu gehen. Er hatte seine Jacke noch in der Hand, als sein Telefon klingelte.

Eine unterdrückte Nummer wurde auf dem Display signalisiert und er musste einen ganzen Moment überlegen, ob er das Gespräch annehmen wollte.

„Hm… Ja?"

„Vilfrid?"

„Ja…"

„Wir brauchen Dich hier. Und vielleicht auch deinen Freund. Lässt sich das einrichten?"

„Ja… Wofür?"

„Ein paar wissenschaftliche Dinge. Und bringt Zeit mit. Viel Zeit."

„Mietwagen?"

„Nein – ich schicke dir jemanden. Bist Du zuhause?"

„Ja, bin ich…"

„20 Minuten."

#035

Stella blieb in ihrem Büro, während die anderen das Gespräch mit Snorre, dem Geschäftsführer der MTH, führten. Nach rund 20 Minuten hatte sie jemanden bei der dänischen Polizei aufgetrieben, der als Digital-Spezialist galt. Weitere 10 Minuten später schrieb sie eine Nachricht auf das Handy der Staatsanwältin und gab ihr den Geo-Tag und den Time-Stamp der Aufnahmen durch und bat sie, ihren Spezialisten nicht mehr damit zu belasten.

Tatsächlich war jetzt klar: Die Bilder waren deutlich früher entstanden, etwa gegen 06:40. Eine Zeit, für die bislang nicht die Annahme bestanden hatte, dass Vilfrid überhaupt nur in der Nähe des Containers gewesen sein konnte. Seine Schicht war bis 08:00 gegangen. Anschließend hatte er laut seiner Aussage noch einen Kaffee mit dem Kollegen getrunken, der die Frühschicht hatte und ihn an dem Morgen abgelöst hatte. Stella knurrte vor sich hin. Sie hatte die Geschichte von vornherein nicht recht glauben wollen. Warum würde jemand die Leiche finden und dann nicht die Polizei anrufen wollen? Und nun stellte sich klar heraus, dass die Tote deutlich früher fotografiert worden war.

Wenn Vilfrid sein Handy nicht verliehen hatte, dann hatte er jetzt wirklich etwas zu erklären. Sie erhob sich und suchte nach Rayk. Als sie den fand, telefonierte er, sehr aufrecht und konzentriert vor seinem Schreibtisch stehend. Als er Stella ins Gesicht blickte, erkannte sie klar, dass er etwas Erschreckendes erfahren haben musste.

Als er schließlich auflegte, war er nervös. „Es ist blutige Kleidung gefunden worden, die am Strand verbrannt werden sollte. Wie es aussieht, hat das aber nicht ganz funktioniert und es ist noch etwas übriggeblieben."

„Wo ist das passiert?"

„Gute 15 Minuten die Straße herunter in West-Richtung. Da kommt man ganz gut ans Wasser heran, da kann man im Sommer baden."

„Also so etwas wie ein öffentlicher Platz?"

„Wie meinst Du das?"

„Na ja – würdest Du dorthin gehen, wenn Du etwas im Verborgenen machen wolltest?"

„Ja. Um die Jahreszeit dürfte da kein Mensch hinkommen, wenn Du mich fragst. Aber man kann den Platz gut mit dem Auto erreichen. Wenn also jemand von hier gekommen ist und einen abgelegenen Platz gesucht hat, an dem er blutige Kleidung verbrennen könnte, dann ist das wirklich ein ausgezeichneter Platz, wenn Du mich fragst. Du kannst die Stelle..."

„Lass uns dort hinfahren und es ansehen."

Sie hatten einen Zettel hinterlassen und befanden sich 20 Minuten später an der Stelle und trafen noch die Polizisten, die die Kleidung bereits in einen Sack gestopft hatten. Stella gefiel das nicht, weil das nicht gerade der Weg war, wie man Beweismittel sichern sollte. Die Polizisten versicherten ihr jedoch, dass die Kleidung sonst gedroht hätte, vom Wind noch weiter zerfleddert zu werden, da große Teile bereits zu Asche verbrannt waren.

„Wer hat die Sachen gefunden?"

„Niemand so richtig – ein Fischer hat heute morgen das Feuer gesehen, als er sehr früh raus aufs Wasser ist. Er hat uns aber erst später benachrichtigt."

„Okay." Stella schaute über das Wasser, schaute zurück zur Straße. Der Platz war tatsächlich auffallend klug gewählt für das Vorhaben. Vom Fundort der Leiche bis hier würden nachts vermutlich keine 10 oder 12 Minuten vergehen. Dennoch war die Stelle ebenso abgelegen wie gut zu erreichen. Eine seltene Kombination, die ihrer Ansicht nach ebenso auf den Fundort der dritten Leiche zutraf und somit auf einen sehr lokal vertrauten Täter deutete. Darüber hinaus fiel das Gelände zum Wasser hin leicht ab und war an der Stelle gut und gerne 300 Meter von der Straße entfernt. Unter günstigeren Bedingungen hätte niemand das Feuer gesehen. Aber das Feuer hatte nicht sauber gebrannt und war scheinbar wieder ausgegangen. Es waren genau diese Dinge, die Mörder immer wieder querkamen, wie Stellas Erfahrung zeigte.

Sie schüttelte sich ein wenig. „Wie schätzt ihr das ein," fragte sie sowohl Rayk als auch die Polizisten, „lässt die Stelle auf einen Einheimischen schließen?"

„Ja... denke schon," erklärte einer der Uniformierten. „Touristen kennen die Stelle hier nicht unbedingt. Sie ist nicht zum Baden beschildert."

„Warum ist sie nicht beschildert?"

Er zuckte die Schultern „Weil wir hier keine Touristen wollen, nehme ich an." Stella Nykvist verzog das Gesicht und schüttelte den Kopf. Island-Logik...

Sie hatten den Uniformierten die Kleidungsstücke abgenommen und versprochen, sie zum Gerichtsmediziner zu bringen, der sich zurzeit um die dritte Tote kümmerte. Wenn alles glatt ging, würde das Blut auf der Kleidung zu dem Blut der Toten passen.

Als sie nach gut 30 Minuten in westlicher Fahrtrichtung eintrafen und sich zweimal verfahren hatten, mussten sie schließlich anrufen, da die Klingeln des Gebäudes am Wochenende nicht geschaltet waren.

Der Gerichtsmediziner, ein kommunikativer Kerl um die 40 mit leicht grau melierten Haaren an den Schläfen und einem schelmischen Blick, nahm die Tüten, die die Uniformierten verwendet hatten, entgegen. Er legte sie vorsichtig ab und bot an, ein kurzes Update zu geben. Das war ungewöhnlich und Stella hatte sich schon darüber gewundert, dass der Mann ihrem Kollegen sogar am Fundort der Leiche bereits erste Schlussfolgerungen mitgeteilt hatte. Das erlebte man bei dieser Berufsgruppe im Grunde nie.

Er schränkte seine Ankündigungen daher auch sofort professionell ein. „ihr wisst, dass alles, was ich jetzt sage, erst mal unter Vorbehalt ist, aber ein paar Sachen können wir schon mal ganz klar festhalten. Einmal würde ich mich festlegen, dass es sich hierbei um einen anderen Schnitt handelt, ebenso um ein anderes Messer als bei den anderen beiden Toten, wenn wir uns die Entfernung des Bauches ansehen."

„Da bist Du bereits sicher? Warum?"

„Weil hier etwas gänzlich anderes passiert ist, wenn ihr mich fragt. Einmal ist die Frau nur ganz leicht betäubt. Das sind auch keine klassischen K.O.-Tropfen – ich tippe eher auf etwas pflanzliches, da bin ich aber natürlich noch nicht sprechfähig. Aber wenn ihr mich fragt, ist diese Frau ganz anders gestorben. Da gab es einen Kampf, da bin ich mir vollkommen sicher."

„Woraus schließt Du das?"

„Hämatome an verschiedenen Stellen. Ich würde mal sagen, dass sie von einem Mann mit viel Kraft herumgerissen worden ist. Der hat ihr auch den Schädel eingeschlagen. Aktueller Tipp meinerseits: Ein Hammer."

„Wie kannst Du das so schnell sagen?"

„Ist ja nur ein Tipp – aber die Art der Vertiefung ist jedenfalls nicht mit einem Stein zu erreichen, denke ich. Wenn Du mit einem Hammer schlägst," er demonstrierte die Bewegung in der Luft, „Dann schlägt der obere Teil der Schlagfläche immer zuerst auf. Ist einfach durch den Winkel des Stiels bedingt. Und das sieht mir hier ganz und gar danach aus."

„Okay… Und daran ist sie gestorben?"

„Soweit bin ich noch nicht. Aber falls sie nicht daran gestorben ist… Zu retten wäre sie auch so nicht mehr gewesen. Sie ist mit einem unglaublich brutalen Stich in den Bauch verletzt worden. Der Stich ging so tief, dass er ihr Rückenmark verletzt hat. Wenn ihr mich fragt, würde ich sagen, dass sie in jedem Falle bereits gelähmt gewesen sein muss. Mit ein wenig Pech konnte sie nach diesem Stich schon nicht mehr richtig atmen. Ihre Beine bewegen konnte sie keinesfalls, vermutlich hatte sie mindestens erkennbare Lähmungen in den Armen."

„Ach du…" Rayk schüttelte den Kopf. „Das ist ja grauenhaft, oder? Dann haben die also gekämpft und er hatte ein großes, vermutlich eher sehr großes Messer?"

„Wie gesagt... VORBEHALTLICH... Aber das wäre meine erste Theorie. Er könnte ihr auch mit viel Wut den Bauch entfernt haben. Das gibt aber einfach nicht so viel Sinn, denke ich. Aber die Stiche legen für mich eher nahe, dass er einfach auf die Frau eingestochen hat und vielleicht die Kinder in ihrem Bauch in erster Linie töten wollte."

„Also auch Zwillinge?"

„Dazu kann ich nichts sagen. Das ... hatte ich jetzt eher aus den bisherigen Fällen abgeleitet, streicht das bitte aus eurem Gedächtnis. Ich weiß nichts von Zwillingen. Aber schwanger war sie, soviel steht mal fest, das lässt sich hormonell leicht bestimmen."

„Okay... sonst noch was?"

„Sie hat ziemlich viele Faserspuren unter den Fingernägeln rechts. Da sind so viele, dass man sich fast wundern muss, dass die dem Mörder entgangen sein können. Ich nehme stark an, dass wir in dem Sack dort Risse an Kleidungsstücken finden werden, wenn das die Kleidungsstücke des Mörders sind."

„Nach diesem Stich ins Rückenmark – hat sie da noch schreien können?" wollte Stella wissen und sie spürte, dass Rayk neben ihr bei dem Gedanken schier zusammenzuckte.

„Ich... darüber habe ich nicht nachgedacht. Spontan: eher nein. Aber wir kennen den Ablauf noch nicht. Insofern raten wir hier gerade herum."

„Aber falls der Stich zuerst geführt wurde – was wäre dann dein Best Guess?"

„Best Guess... Sie konnte nicht mehr sprechen, hatte vermutlich keine saubere Kontrolle mehr über ihr Zwerchfell. Insofern: Schreien... unwahrscheinlich."

„Puuh... das gibt schon ein ziemliches Bild, oder Rayk?"

„Ich – ja... Das sieht nicht nach demselben Mörder aus, wenn Du mich fragst."

Der Arzt nickte. „Ich habe die Akten nicht gesehen, nur mit der Staatsanwältin telefoniert. Aber das wäre auch meine erste Schlussfolgerung. Die anderen Toten sind nicht genauso gestorben."

„Also kein Serienmörder..."

„Das entscheidet ihr – und dazu fehlen mir die Fakten. Aber das, was ich jetzt in ein paar Stunden gesehen habe, lässt wirklich nicht direkt darauf schließen. Aber das lässt ja immer noch viele Spielarten offen: Trittbrettfahrer, zwei Serienmörder, die sich den Job teilen. In dem Fall vielleicht Zwillinge," grinste der Arzt, bevor er merkte, dass nur Stella diese Art Humor teilen konnte.

#036

„Wollen wir uns auf der Rückfahrt Vilfrid schnappen?“ schlug Stella vor, während sie den Weg zurück nach Kirkvogur antraten. Die Landschaft langweilte sie und sie tippte auf ihrem neuen Telefon herum, das nichts so recht machte, wie es sollte, weil sie keine Zeit gehabt hatte, es richtig einzurichten.

Rayk zuckte die Schultern und nickte schließlich. „Klar – aber hack nicht wieder so sehr auf ihm herum.“

„Was soll das denn bedeuten?“

„Nicht falsch verstehen, aber du hast ihn nicht gerade charmant behandelt bislang.“

„Ja – und offensichtlich hatte ich recht. Der Fettsack hat uns belogen, seit die ganze Sache hier gestartet hat.“

„Fettsack zum Beispiel gilt hier bei uns durchaus als Beleidigung.“

„Wo ich herkomme, auch,“ erklärte sie stur und versuchte, sich an ihr Facebook-Passwort zu erinnern, nach dem ihr neues Telefon stur verlangte. Eines Tages würde sie in einer festen Stellung arbeiten wollen – und sie wusste, dass sie dafür milder werden musste. Sie hatte nur keine Ahnung, wie man das anstellte. Außerdem fragte sie sich schon seit Jahren, ob diese Regel eigentlich nur für Frauen galt. Ganz sicher war sie sich da nicht. Den Rest der Fahrt sprachen sie fast nicht und Stella war zufrieden damit, dass sie die Zeit nutzen konnte, bis sie schließlich vor dem kleinen Haus ankamen, in das sie schon einmal eingebrochen war. Eine offensichtlich wirklich dumme Entscheidung, die sie an diesem Tag getroffen hatte, soviel stand mittlerweile fest.

Die beiden klingelten mehrfach bei Vilfrid, jedoch ohne Erfolg. Rayk ging schließlich zum Nebenhaus und klingelte bei seinem Nachbarn, der ebenfalls nicht öffnete. Daraufhin schlug Stella vor, die beiden anzurufen. Rayk versuchte es auf allen Nummern, die ihm vorlagen – auch das ohne Erfolg.

„Die Mutter?" schlug Rayk nachdenklich vor und setzte seinen Gedanken sogleich in die Tat um. Das folgende Telefonat ging sehr rasch vonstatten und Stella konnte Rayk in der Art und Weise, wie er mit Isländern Isländisch sprach, nur in Grenzen folgen, obwohl sie sich viel auf ihre umfassenden skandinavischen Sprachkenntnisse einbildete.

Schließlich sah sie ihn neugierig an und fragte „Sie sind wandern gegangen, habe ich das richtig verstanden?"

„Ja... Und auch noch ganz im Osten."

„Ist das ungewöhnlich...?"

„Pfff... kann man so sagen. Ist eher ein Touristengebiet, würde ich meinen, obwohl ich noch nie da war. Außerdem sind das gut 4 Stunden Fahrt."

„Und warum findest Du das ungewöhnlich?"

„Warum würdest Du unter all den fremden Leute wandern wollen?"

„Tja... schwer zu sagen," murmelte Stella und konnte sich nicht recht zusammenreimen, welches Problem Rayk damit genau ansprechen wollte. Außerdem hatte ihr das ihren liebsten Plan zerstört. „Was hat sie gesagt, wann die beiden wieder da sind?"

„Morgen Abend."

„Okay... in dem Falle müssen wir dann wohl bis Montag warten, bis wir Vilfrid vernehmen können. Haben die beiden eigentlich ein Auto?"

„Die haben immer mal wieder eins, dann wieder nicht."

„Ah..."

„Hält bei denen nicht so genau. Und ich habe mir heute Morgen die Steuerunterlagen der beiden angesehen. Das Geld fließt bei beiden eher unregelmäßig. Würden die ihr Einkommen einigermaßen gleichmäßig beziehen, wären die gar nicht mal so arm. Aber es kommt sehr schwankend und ich nehme an, dass sie es dann eher auf den Kopf hauen und dann anschließend wieder mit Nebenjobs wie dem an der Tankstelle auffüllen oder eben mit den Einnahmen aus ihren Büchern."

Sie hatten sich wieder ins Auto begeben und fuhren zurück. „Warum hat diese Tankstelle eigentlich nachts auf? Hier ist doch sonst nachts nichts los.“

„Ja... das stimmt. Ist ein Relikt. Die MTH wollte ja viele internationale Mitarbeiter anlocken. Internationale Spezialisten. Und da hat die MTH dann auch damals darauf bestanden, dass ihre Mitarbeiter nachts irgendwo eine Anlaufstelle brauchen. Da hatte ihnen zwar mehr eine Art Fastfood-Laden oder so vorgeschwebt – aber das hält sich hier ja nicht. Und dann haben sie sich auf die Tankstelle geeinigt. Den Lohn der Nachtbesetzung zahlt tatsächlich bis heute die MTH, soweit ich weiß. Zumindest war das eine Zeitlang so, stand mal in der Zeitung.“

„Technisch gesehen ist man nachts also Angestellter der MTH, wenn man die Nachtschicht der Tankstelle macht?“

„Wenn Du so willst.“

#037

Sie hatten sich entschieden, den Sonntag als Arbeitstag aufzugeben, da kein Ermittlungsfortschritt zu erwarten war, der vor Montag stattfinden würde. Stella und Bjarne hatten sich dazu durchgerungen, ein bekanntes Restaurant bei in der nahegelegenen Stadt Hella aufzusuchen, praktisch auf halbem Wege nach Reykjavik, also über eine Stunde Fahrt.

Sie speisten ausgiebig und ausgelassen und einigten sich darauf, das staatlich abzusetzen, was sie wirklich selten taten, obwohl es zulässig war. Das Restaurant wirkte eher wie ein Diner, servierte aber wirklich ausnehmend spannende Küche und sie hatten gemeinsam eine kalte Vorspeisenplatte mit gepökeltem Fleisch, bevor jeder von ihnen einen Fisch mit reichhaltigen Beilagen verspeiste.

Anschließend gingen sie auf einem gekennzeichneten Weg, auf dem vereinzelt Touristen zu finden waren, eine gute Stunde spazieren und reflektierten den laufenden Fall.

Beide waren unzufrieden mit dem Fortschritt, den sie bislang vorzuweisen hatten, obwohl ihnen beiden klar war, dass in einem Fall, in dem alle paar Stunden eine neue Leiche die Beweislage vollkommen änderte, vermutlich nicht viel Besseres zu erwarten war.

„Es ist ja auch mehr die Ahnungslosigkeit, die mich aufregt," gestand Stella und er wusste, dass sie das vor dem restlichen Team nicht wiederholen würde. „Ich habe keine so belastbare These, dass ich in diese Richtung ermitteln könnte." Dann schüttelte sie den Kopf. „Man vergisst, dass es sich hier um einen total grauenhaften Fall handelt, oder? Ich meine: Wer macht so etwas wirklich? Kennen wir tatsächlich Leute, die solche Dinge tun? Sind die um uns herum? Das sind doch Sachen, die Du in Horrorfilmen siehst. Wie viel Überwindung brauchst Du, um eine solche Art Mord zu begehen, um so gegen einen Menschen vorzugehen?"

„Ich fürchte, dass wir mit diesen Menschen gegessen und gefeiert haben ... Aber das ist jetzt nicht das Thema für mich. “ Er strich sich nachdenklich über seinen kurz geschorenen Bart. „Meine These wäre ohne die dritte Leiche auch stabiler gewesen, wenn ich ehrlich bin. Die dritte Tote müssen wir vielleicht einfach komplett aus der Rechnung streichen. Sie ist grundlegend anders umgebracht worden, vielleicht handelt es sich also um einen Trittbrettfahrer.“

„Aber wäre es nicht beinahe grotesk, das anzunehmen? Ich meine, anzunehmen, dass so etwas jemand quasi macht, weil es gerade irgendwie... was – im Trend ist?“

„Hm... so meine ich es eigentlich nicht. Ich hätte eine andere These zur Leiche Nummer drei.“

„Die wäre?“

„Ich denke, da gab es jemanden, der sich tatsächlich eines Kindes entledigen wollte. Und da hat er sich überlegt, dass er seine Freundin einfach so zurichtet, wie die anderen Leichen. Der Täter hat das vielleicht nicht einmal so geplant. Ich denke, der hat seine Freundin erstochen und als er begriffen hat, was er da getan hat, hat er sich eine plausible Schutzschicht zulegen wollen, hat seine Freundin so zugerichtet, wie die Leichen der vergangenen Tage und auf diese Weise die Ermittlungen von sich auf den großen Fall lenken wollen.“

„Du kommst wirklich auf abartige Sachen...“

„Ich finde das nicht abartig – ich finde das logisch.“

„Hm... Es klingt zumindest nicht falsch, jetzt, wo du es sagst. Bei der Kleidung, die verbrannt werden sollte, ist unter anderem eine Sturmhaube gefunden worden. Also so eine Ski-Mütze, die man über das gesamte Gesicht ziehen kann, bis man nur noch die Augen sehen kann. Das würde deine These vielleicht unterstützen. Jemand will seine Freundin überfallen und zieht sich daher die Maske über, damit sie ihn nicht erkennt.“

„Wissen wir, wo sie an dem Abend gewesen ist?“

„Es gab eine größere Feier in diesem Gemeindehaus. Da findet regelmäßig eine Party statt. Aber die Betreiber sind nicht zu greifen. Die sind auch erst Montag wieder verfügbar. Das Schlimmste ist: Ich habe den Krach sogar gehört. Da war eine Party bis in die frühen Morgenstunden. Und immer wieder ging da die Tür auf – vermutlich Raucher, die nach draußen gehen. Am Ende musste ich mein Fenster schließen, um zu schlafen."

„Hm... und mit dir vermutlich viele andere auch. Damit sind dann die Ohrenzeugen ziemlich ausgeschlossen."

„Ja, das denke ich tatsächlich. Aber auf der Party waren sicherlich 150 Leute. Das ist hier ein ziemlicher Anlaufpunkt. Findet einmal im Monat freitags statt und zieht auch Leute aus der Umgebung an, die anschließend meist besoffen heimfahren."

„Das tun ja hier irgendwie alle, sonst müssten bei den Entfernungen, die das Land hat, alle Kneipen schließen."

„Auch eine interessante Sichtweise. Aber okay finde ich das nicht."

„Okay – und wie läuft das? Wo ist der Veranstalter, warum ist der nicht zu finden?"

„Der wohnt irgendwo in den Bergen und war nicht zu erreichen. Aber Du weisst ja, wie das hier ist: Da zucken die Leute mit den Schultern und sagen *Na dann eben erst am Montag*."

Er musste lachen und erkannte die Imitation von Rayk in der Reaktion, die sie gerade gespielt hatte. „Ja... Isländer sind wirklich anders..."

„Darum werde ich mich jedenfalls kümmern am Montag. Ich hab an die Vorder- und an die Hintertür einen Zettel geklebt. Der erste, der den Laden öffnet und etwas über die Party sagen kann, soll sich gefälligst bei mir melden," erklärte sie in einem angriffslustigen Ton.

„Dann wollen wir mal hoffen, dass sich bei der Menge Leute jemand erinnern kann."

„Na komm! Diese Stina ist groß, blond und hübsch – die wird doch jemand gesehen haben."

„Wenn sie mit ihrem Freund da war, blenden viele Männer das aus."

„Klar – ihr sucht nur nach Freiwild..."

„Dazu sage ich nichts."

„Okay... Womit willst Du morgen anfangen?“

„Ich mache mich in aller Herrgottsfrühe auf den Weg nach Vaskurjutorg und werde mir dort persönlich die Unterlagen der Versuchsreihe aushändigen lassen, an denen die Mädchen teilgenommen haben. Dann werde ich mit Stinas Mitarbeitern sprechen. Auf dem Weg fahre ich dann vielleicht noch bei ihrem Haus vorbei und unterhalte mich mit Nachbarn. Die Frau kann doch unmöglich vollkommen allein sein – die muss doch Freunde haben, die sie besser kennen, die etwas über sie erzählen können.“

„Wollen wir es mal hoffen.“

„Und dann müssen wir auch noch mit Kjell sprechen.“

„Für das Spiel bin ich ja Deiner Meinung nach gesperrt.“

„Und dazu stehe ich.“

Beide grinsten.

#038

Am kommenden Morgen informierte Bjarne gegen kurz nach sechs Uhr morgens Solvey und Rayk über Nachricht auf ihre Telefone, dass er sich zu MediXXX begab, um als erster dort zu sein und die Unterlagen abzuholen und ein paar andere Dinge zu tun. Auf halber Strecke machte er im Morgengrauen halt an Stinas Adresse, die in einer kleinen Siedlung in der Mitte zwischen Kirkvogur und Vaskurjutorg lag.

Das kleine Haus stand praktisch allein – die nächsten Holzhäuser waren 80 bis 100 Schritte entfernt. Als er seinen Wagen verließ, konnte er in der Ferne die ersten Lichter in den Häusern sehen. Ein Hund bellte altersschwach. Stinas Haus war dunkel, wie er auch nicht anders erwartet hatte. Die Nachbarn zu befragen - das könnte hier schwierig werden. Es gab praktisch keine, die einen gesehen hätten, wenn man das Haus verließ. Im Zweifel könnten sie maximal Angaben darüber machen, ob Stinas Wagen gesehen worden war.

Schwierig. Dieser Teil seines Planes ging definitiv nicht auf. Er würde auf dem Rückweg dennoch versuchen, mit den Bewohnern in Sichtweite zu sprechen. Aber zunächst wollte er bei MediXXX aufschlagen – und er versprach sich etwas davon, dort früh zu sein.

Auf dem verbleibenden Weg rief ihn Solvey an und war einigermaßen aufgeregt. „Ich erinnere mich wieder, wo ich den Ring gesehen habe!"

„Oha... Jetzt bin ich wirklich gespannt. Kenne ich den Mann?"

„Ja... tust Du."

„Okay... lass es raus, ich bin neugierig."

„Der Ringe gehört Kjell! Mein Mann ist sich ganz sicher, dass er ihn an Kjells Finger gesehen hat."

„Okay... Das hatte ich jetzt nicht so recht erwartet, wenn ich ehrlich sein soll. Wann habt ihr ihn gesehen?"

„Wir haben uns mit Kjell länger über seinen Wagen unterhalten. Er hat diesen großen Volvo und mein Mann möchte den eventuell auch kaufen."

„Solvey – du meinst also, Kjell ist in den zweiten Mord verwickelt, richtig? Das ist es, was Du sagst?"

„Das sage ich, ja."

„Okay – dann würde ich sagen: Wir bestellen ihn heute ein und wir vernehmen ihn tatsächlich offiziell als Verdächtigen. Ich glaube sofort, dass da was im Argen ist. Sorg bitte dafür, dass Birna dabei sein kann, wenn das möglich ist."

„Okay – Wann bist Du in etwa hier?"

„Wenn ich das wüsste... Ich fahre gerade auf – was ist das denn jetzt??" Er starrte auf die vorbeifahrende Volvo Limousine. Auf dem Rücksitz konnte er Vilfrid klar erkennen. Neben ihm saß ein weiterer Mann, der in etwa dieselbe Statur hatte. Vorne ein Herr in einem Anzug. „Was zur Hölle...? Ich muss auflegen."

Bjarne wartete nicht bis zur nächsten Kreuzung. Er fuhr ins Gras, schlidderte leicht und drehte um. Er gab herzhaft Gas und fuhr dem großen Wagen hinterher. Er musste zwei Fahrzeuge überholen, bis es ihm gelang, an den Wagen heranzukommen. Mit dem Handy in der Hand gelang es ihm, rasch drei Bilder zu machen. Er hoffte, dass das Kennzeichen auf den Fotos erkennbar sein würde. Dann gab der Wagen auf der Landstraße Gas und Bjarne nutzte den nächsten Kreisverkehr, um wieder zu MediXXX zurück zu fahren.

Der Parkplatz war noch einigermaßen leer und das Gebäude, das für isländische Verhältnisse groß war, schien sich gerade erst zu füllen. Bjarne hatte einen ganz bestimmten Verdacht – und den wollte er bestätigt wissen, sonst wäre er so früh nicht auf den Beinen gewesen.

Wie gewohnt platzte er in die kleine Halle hinter der Eingangstür. Diesmal erkannte die junge Frau hinter der Telefonanlage ihn sofort und nickte ihm gleich zu. Sie wusste, dass sie sich nicht die Mühe machen musste, ihm hier etwas zu verheimlichen – das war ihr schon einmal nicht gelungen. Sie begrüßte ihn beinahe freundlich, rückte ihre große Nerd-Brille zurecht und fragte, was er diesmal wolle.

„Ich müsste mit Derjenigen oder Demjenigen sprechen, der zurzeit der ranghöchste Vertreter der Forschungsabteilung ist. Allerdings nur, falls nicht schon einer der Geschäftsführer da ist."

„Von denen ist noch niemand da. Ich rechne mit beiden in etwa 45 Minuten."

„In dem Falle – und es ist dringend – jemanden aus der Forschungsabteilung."

„Stina ist noch nicht da – die kommt aber sicherlich gleich."

„Nein... Sie wird heute nicht kommen. Das weiß ich sicher. Wer ist dann nach ihr die wichtigste Person dort?"

„Das ist... Moment, ich muss nachschauen, wen von denen ich heute Morgen schon gesehen habe." Sie klickte sich scheinbar durch mehrere Menüs ihres Bildschirms und wählte dann zielsicher eine dreistellige Nummer. Keine fünf Minuten später befand Bjarne sich mit einer Frau, die knapp 40 sein musste und einen klassischen Laborkittel trug, in dem Besprechungsraum, den er schon kannte. Er hatte darauf verzichtet, sich hinzusetzen und klärte zunächst kurz die Fronten.

„Du arbeitest für Stina?"

„Ja, sie ist meine direkte Vorgesetzte."

„Dann kann man sagen, dass Du in dem Bereich die Nummer zwei bist?"

„Nicht direkt. Wir sind drei Personen auf meinem Level. Ich bin für die Langzeitforschungen verantwortlich."

„Was muss ich mir darunter vorstellen?"

„Das sind beispielsweise Studien zur Wirkungsweise, Studien mit Vergleichsgruppen, aber auch Studien zur Qualität unserer Produkte – bleibt die Qualität gleich, gibt es Schwankungen, verändert sich die Wirkweise in Verbindung mit populären neuen Mitteln... eine ganze Menge Dinge."

„Du bist also nicht für die Produktion verantwortlich?"

„Nein. Das ist mein Kollege. Der kommt aber heute später."

„Und die dritte Person?"

„Der forscht an den neuen Themen. Wie man Medikamente

verändern muss, um sie besser produzieren zu können, welche Medikamente wir lizensieren lassen sollten, solche Dinge."

„Was bedeutet *besser produzieren* für Euch?"

„Hm... Das kann billiger sein, haltbarer, unempfindlicher gegen Kälte oder Wärme. Solche Sachen."

„Okay, verstanden. Ich denke, dann bist Du doch meine Person. Du bist mit allen Forschungen von Stina vertraut?"

„Natürlich – es sind sozusagen meine Forschungen."

„Ausgezeichnet. Dann kannst Du mir sicher etwas zu den Forschungsreihen sagen, an denen Efa und Jolly teilgenommen haben."

„Efa und Jolly? Die haben nicht an meinen Forschungen teilgenommen."

„Sondern? Ich dachte, da ging es um Vergleichsgruppen und solche Dinge?"

„Warum fragst Du mich das eigentlich alles, wenn ich fragen darf? Ist das so eilig? In 10 Minuten wird Stina hier sein, die kann etwas dazu sagen."

„Wird sie nicht. Stina... Sie ist tot."

Bjarne musste sich sofort eingestehen, dass er in dem Punkt etwas grob gewesen war. Unnötig grob. Die Reaktion war eine kurze Besinnung. Stinas Mitarbeiterin schien einen Moment lang nichts denken zu können und hatte diesen ausdrucklosen Blick, den man in diesem Moment öfter findet. Menschen können den Tod nicht begreifen. Das wusste er. Besser als manch ein anderer.

Anschließend nahm die Frau sich einen Stuhl, setzte sich und wurde bleich. Er konnte erkennen, dass sie sichtbar unter einem leichten Schock stand. Ihre Blutgefäße hatten sich geweitete und konnten nicht ausreichend versorgt werden. Wenige Sekunden später hatte er ein Wasser eingeschenkt und reichte es ihr. Das wirkte immer leicht überflüssig, erfüllte aber stets seinen Zweck.

Nach wenigen Schlucken begann sie, Fragen zu stellen, die Bjarne in engen Grenzen beantwortete. Er durfte jetzt nicht zu viel Zeit verlieren. Nachdem er ihr die wenigen Informationen preisgegeben hatte, die er ihr geben wollte, kam er fast brutal zum Thema zurück und war so ehrlich zu sich, dass er sich eingestand, ihre Situation auszunutzen. „Du wolltest gerade sagen, an welchem Projekt Jolly und Efa teilnehmen?"

„Die beiden ... Die arbeiten an Twix mit."

„Twix?"

„Mit Drei X. Also TwiXXX. Wie MediXXX."

„Schon verstanden. Und das leitet Dein Kollege?"

„Ja – das leitet Frode."

„Ist der auch schon im Haus?"

„Als ich vorher hereinkam, habe ich ihn nicht gesehen – ich kann es aber auch nicht ausschließen."

„Gut – dann führ mich jetzt bitte zu seinem Platz."

„Was? Das ist unmöglich."

„Wieso das?"

„Der ist in einem Labor, wenn er da ist. Da kann man jetzt nicht rein. Und wenn er da sein sollte, dann dauert es sicherlich eine gute halbe Stunde, bis er durch die Schleusen ist und solche Dinge."

„Ah... okay. Auch bei einem Notfall? Bei Feuer etwa? Ach... lassen wir das für den Moment. Was kannst Du mir über TwiXXX erzählen, damit ich mir eine Vorstellung machen kann?"

Er hatte geahnt, dass er mit der Frage nicht durchkommen würde. Aber der Grund überrascht ihn dann Doch: Die Frau legte ihre Arme auf den Tisch, schirmte ihren Kopf damit ab und begann zu weinen. Das dauerte gut und gerne zwei Minuten, in denen Bjarne beinahe soweit war, die Frau am Empfang zu verständigen oder um einen Arzt zu bitten. Dann beruhigte sie sich wieder und erklärte ihm schließlich. „Ich kann nicht glauben, dass Stina tot sein soll. Wir wollen nach Bali in drei Wochen."

„Okay... das hatte ich nicht geahnt. Dann seid ihr mehr als nur Kolleginnen?"

„Wir ... soweit würde ich nicht gehen. Wir trinken mal ein Bier oder essen eine Pizza. Aber wir fahren manchmal gemeinsam in den Urlaub."

„Kannst Du dir vorstellen, dass Stina schwanger war?"

„Nein – ihr Verlobter ist seit Monaten... Er ist in der Arktis..."

„Dann müsste es also ein anderer Vater sein?"

„Sie kann nicht schwanger sein." Sie schüttelte sehr nachdenklich den Kopf. „Wenn sie schwanger wäre, ohne das hier anzuzeigen, dann wäre sie ihren Job los und vermutlich auch alle Alter-sansprüche und alles, was sie sich je erarbeitet hat."

„Hatte..."

„Ja..."

In dem Moment wurde die Tür aufgerissen und Hakon betrat den Besprechungsraum. Bjarne wusste, dass der Mann die Neigung hatte, Angst vor ihm zu haben – und das musste er ausnutzen. Mit großen Schritten seiner groben Schuhe schritt er auf ihn zu, dass der Boden beinahe zu wackeln schien. Er streckte ihm seine Hand offensiv entgegen und schüttelte sie mit festem Druck. Die Fronten zwischen den beiden waren geklärt und er rückte ihm deutlich zu nahe, was ihn größer wirken ließ, als er tatsächlich war.

„Hakon – da bist du ja. Wir hatten doch gesagt Montag früh – ich hatte angenommen, dich hier schon zu finden. Aber Deine Mitarbeiterin hat mir bereits geholfen. Sie sagt, wir beide müssten mit Frode sprechen – stimmt das?"

Hakon war einen Moment lang sprachlos, was nicht nur an seinem Respekt vor dem breiten Norweger vor ihm lag, sondern auch daran, dass er mit der Situation als solcher überfordert war. Er konnte erkennen, dass seine Mitarbeiterin geweint hatte und vermutete, den Grund dafür zu kennen.

Er blickte zu Bjarne und trat einen halben Schritt zurück. Aus der Nähe wirkte der Mann noch etwas respekteinflößender auf ihn als schon am Samstag.

„Wir hatten Montag früh gesagt und das habe ich auch so gemeint. Ich habe mit Frode gesprochen am Wochenende. Und wenn alles soweit funktioniert hat, müsste alles für dich vorbereitet sein."

„Was bedeutet das?“

„Wir haben alle Akten für dich bereitgestellt. Das volle Programm. Wir haben Dir einen Raum eingerichtet, in dem Du die Akten einsehen kannst. Es sollte alles vorbereitet sein.“

„Dann würde ich mir das ansehen und am besten zu Beginn mit Frode sprechen, damit er mir eine Einführung geben kann.“

„Frode ist leider heute nicht zugegen. Der musste heute früh mit dem ersten Flieger nach Heathrow.“

„Aha... So ein Zufall.“

„Ja... Schau Dir doch zunächst einmal an, was wir haben.“

„Sind das dann auch die Unterlagen zu TwiXXX?“

„Das sind... TwiXXX sollte da sicherlich auch mit dabei sein.“

Wenige Minuten später saß Bjarne in einem fein ausgestatteten Büro-Raum und fragte sich, wer hier sonst residierte. Man hatte ihm Teewasser und verschiedene Teesorten bereitgestellt. Es gab belegte Brötchen und es gab einen Kaffeevollautomaten.

Und einen Berg von Akten. Insgesamt einen guten Meter davon. Er nahm sich wahllos den zweiten Ordner, blätterte ihn durch. Dann nahm er sich den Vierten aus der Reihe. Ein schmollender Gesichtsausdruck trat in seine Züge. Ihm war klar, wie das Spiel hier funktionieren sollte. Mit so einer Maßnahme zeigte man Pseudo-Transparenz – wohl wissend, dass Bjarne keineswegs in der Lage war, diese Akten in angemessener Zeit sachlich und fachlich zu durchdringen. Dennoch musste er versuchen, hier etwas Brauchbares zu finden.

Also bereitete er sich einen großen Cappuccino zu, begann systematisch mit dem ersten Ordner. Dann den zweiten mit einem Latte Macchiato. Der reichte nicht bis zum Ende des Ordners und er begann wieder mit einem Cappuccino. Einem Doppelten diesmal, der kaum in das dafür vorgesehene Gefäß passte. Eine Tasse mit diskretem MediXXX Branding.

Dann endlich begann er, sich Notizen zu machen. Keine fachlichen Notizen – wer war er denn, eine medizinische Akte zu durchdringen? Er hatte sich auf formale Wahrnehmungen verlagert. In solchen Sachen war er ziemlich gut, da konnte er sich auf sein feines Auge verlassen.

Irgendwann kam Hakon vorbei und öffnete nach einem leisen Klopfen unterwürfig die Tür. Sein Erstaunen konnte er keine Sekunde lang verbergen. Bjarne konnte genau erkennen, wie seine Augen auf dem Tisch herumwieselten und er sich offensichtlich wunderte, wie viele Notizen Bjarne Sandvik angefertigt hatte.

„Kommst Du voran?"

„Ich denke schon," bejahte Bjarne freundlich, blieb aber zunächst hinter seinem breiten Schreibtisch sitzen.

„Okay... ausgezeichnet. Wenn Du noch etwas brauchen solltest."

„Ja... eins würde mich interessieren. Das sind die Original-Dokumente?"

„Natürlich. Die hat Frode aus der Forschung gestern hierherschaffen lassen."

„Also – ich meine *original*. Das ist kein frischer Ausdruck, den ihr extra für mich angefertigt habt?"

„Nein... Das siehst Du doch. Die Ordner sind abgestoßen, schau mal – der hier ist ziemlich fleckig...Wann hätten wir auch so viel Zeug drucken sollen, das dauert ja einen ganzen Tag." Er prüfte das Exemplar und erklärte „Ordner dieses Alters müsste man eigentlich auch mal entsorgen."

„Okay... da ist was dran." Er nickte nachdenklich. „Was mich beschäftigt: Wie lange macht ihr diese Testreihe jetzt?"

„So 6 oder 7 Jahre, denke ich – du kannst es da vorne in der Akte mit dem Titel ‚Verlauf' nachlesen. So machen wir das immer. Da hat alles seine Ordnung. Forschung muss sauber dokumentiert sein."

„Okay... verstehe. Ihr habt also demnach in einer mehrjährigen Versuchsserie kein einziges Mal ein Deckblatt verändert, nie den Schrifttyp gewechselt, die Art der Nummerierung geändert? Ihr habt immer exakt die gleichen Tabellen verwendet, dasselbe Druckerpapier und sogar exakt denselben Drucker?“

„Denselben Drucker...?“

„Hier oben ist immer dieser kleine Klecks. Ich würde mal sagen, wenn ich jetzt mit einem Technik Team von 20 Mann anrücken würde, dann hätten wir in einer halben Stunde den Drucker gefunden, bei dem diese kleine Macke zu finden ist. Nur so ein Gedanke.“

Hakon warf einen angestrengten Blick auf die Materialien. „Ich... Also, das kann ich mir nicht vorstellen, dass... Pass auf, Bjarne – wir wollen da volle Transparenz. Ich habe kein Interesse, dir da etwas zu verheimlichen, ehrlich. Ich habe eben die Belegschaft über Stinas... Über ihren Tod informiert. Und die Trauer hier ist groß. Wir haben alle ein erhebliches Interesse, dass das gelöst wird und geklärt wird. Ich hole Dir jetzt jemanden aus der Versuchsabteilung.“

„Hm... ja – dann sollten wir damit einmal beginnen, das ist sicherlich gut so, mach das.“

Er nickte, drehte sich diensteifrig um und verließ den Raum wieder. Bjarne begriff, dass er hier nur seine Zeit verschwenden würde. Niemand hatte das geringste Interesse, ihm zu helfen, soviel war klar. Und er würde sich die kommenden drei Tage durch ein Meer von Lügen wühlen, das sich um Morgenübelkeit und ähnlichen Kram drehte, den er nicht beurteilen konnte. Er musste handeln, soviel war klar.

Mit einem langen Blick über den Raum streifte seine Augen den Servierwagen, auf dem die belegten Brötchen bereitgestellt gewesen waren. Er nickte sich selbst bestätigend zu – dann zückte er rasch sein Handy, wählte eine Nummer, an die er seit Tagen Nachrichten schrieb und wartete ab. Nach dem 7. Klingeln wurde abgehoben.

„Bjarne... Warum rufst Du an?“

„Weil ich eine wichtige kurze Frage habe. Darf ich Dir den Abend versauen und dich in einen Fall von mir verwickeln?“

„In einen Fall...? Was sollte ich da beitragen? Immer noch derselbe Fall?“

„In Teilen. Ich brauche Deine Hilfe. Wirklich. Ich schätze, dass jemand mit Deinen Fähigkeiten da vielleicht eine oder zwei Stunden braucht. Weniger wird es sicher auch für Dich nicht werden."

„Ich... bin dabei."

„Danke. Ich bin in ein paar Stunden bei Dir."

„Gut, melde dich von unterwegs..."

„Mach ich. Danke!"

Er grinste in sich hinein. Dann schnappte er sich die Brötchentüte, die auf der unteren Etage des kleinen Servierwagens gelegen hatte, sammelte alle verbliebenen Brötchenhälften sauber darin und legte sie seitlich auf den Wagen. Im Anschluss griff er sich alle Ordner, derer er habhaft werden konnte, stapelte sie der Reihe nach senkrecht auf dem Servierwagen, schnappte sich Jacke und Servierwagen und hetzte durch die kleine Eingangshalle hindurch. Er blickte die Frau mit der zu großen Nerd-Brille hinter der Telefonanlage kurz an und sagte „Du hast mich nicht gesehen. Geh kurz auf Toilette."

Sie starrte ihn konzentriert an, überlegte kurz, dann legte sie ihr Headset beiseite und verschwand.

#039

Birna Donarsdóttir beobachtete Kjell eine ganze Zeit durch die Scheibe. Er konnte sie von seinem Platz aus nicht sehen. Ein wirklich gutaussehender Mann, das musste sie schon sagen. Sie hatte zwischen den Zeilen schon erahnen können, dass diese Stella eine etwas besondere Beziehung zu ihm aufgebaut hatte in den vergangenen Wochen und wollte die Details nicht wissen. Klar war aber: Das war ein attraktiver Typ.

Seine dunkelblonden, etwas zu langen Haare waren gepflegt, zeigten, dass er auf sie achtete. Sein Hemd saß wie maßgeschneidert, sein Anzug enganliegend, aber nicht eng. Figurbetont. Typen wie Kjell waren hier nicht an der Tagesordnung. Typen wie ihn traf man um diese Zeit eigentlich eher an internationalen Airports oder in Grand Hotels, war ihr Eindruck. Jedenfalls nicht in Island und schon gar nicht in Kirkvogur.

Sie schüttelte den Kopf. Verdächtig war er dennoch – in mehrerlei Hinsicht. Sie straffte sich, ging die letzte Meter um die Ecke und ertappte sich dabei, ihren BH zurechtzurücken. Sie grinste und begrüßte Kjell wenige Sekunden später, um ihn mitzunehmen. Auch hübsche Kerle mussten verhört werden, wenn es darauf ankam.

Stella schlug sich eher damit herum, hässliche Kerle zu verhören. Vilfrid und sein Nachbar Olafur waren am frühen Morgen in ihren Häusern eingetroffen – später als erwartet. Der Polizist, der die beiden Häuser unauffällig überwachte, hatte sein Telefon gezückt und keine 10 Minuten später waren vier Uniformierte in zwei Autos vor Ort erschienen und hatten die beiden mit viel akustischem Aufwand mitgenommen. Birna und Stella würden gute Freundinnen werden, wenn man sie ließ: Birna hatte im Falle von Vilfrid sogar einem Haftbefehl zugestimmt. Die zeitlichen Abweichungen bei der Aussage ließe das ihrer Meinung nach zu. Die beiden Uniformierten hatten den Haftgrund so unklar formuliert, das Olafur ihn wohl missverstanden hatte und der Anweisung, sich in den Streifenwagen zu begeben, ohne großen Widerspruch gefolgt war. Manchmal blieb so etwas im Eifer des Gefechtes ja erfahrungsgemäß irgendwie auf der Strecke – davon hörte man immer wieder. Stella war sich da ganz sicher.

Birna Donarsdóttir begann ihr Verhör in etwa zeitgleich mit dem Gespräch, das Stella mit Vilfrid führte. Sie waren objektiv nur wenige Meter voneinander entfernt, obwohl es sich nicht so anfühlte und Stella eine Etage weiter unten ihr Gespräch führte, begleitet von Rixa und Rayk.

Birna hatte das Gespräch an Solvey übergeben und der junge Jurist aus ihrem Büro half erneut, das Ganze zu protokollieren. Sie war sich sicher, dass Solvey einen gewissen Respekt vor Kjell hatte und sie konnte es ihr prinzipiell nicht verdenken. Der Mann hatte eine gewisse Aura, wenn das Wort nicht eventuell ein wenig zu groß gewählt war. Er hatte eine Ausstrahlung, hatte einen gewissen Respektkreis um sich herum, der ihn zu schützen schien. Er wirkte sicher und blieb ruhig.

Birna hatte ihm die vollständige rechtliche Belehrung zukommen lassen und es bestand kein Zweifel, dass Kjell als Verdächtiger vernommen wurde – und das schien ihn nicht aus der Fassung zu bringen.

„Kjell. Du hattest eine Belehrung durch die Staatsanwältin, die dieses Verfahren leitet – die Belehrung hast Du verstanden, richtig?" erkundigte sich Solvey und strich ihre Haare hinter die Ohren.

„Ja."

„Du weisst, dass wir dich als Verdächtigen vernehmen?"

„Das weiß ich, habe es akustisch verstanden, kann es mir allerdings nicht erklären – aber Du wirst mir dabei ja sicher helfen, richtig, Solvey?"

„So ist der Plan, Kjell, absolut." Innerlich kochte sie leicht. Das hatte ja geklungen, als wäre sie für ihn so etwas wie eine Verfahrens-Dienstleisterin. Es schien ihr, als habe er da noch nicht alles richtig begriffen. Alternativ war er arrogant, was in ihrer Wahrnehmung wahrscheinlicher war.

„Du weisst mittlerweile, dass es eine dritte Tote gibt?"

„Nein – das weiß ich nicht."

„Ernsthaft? Die ganze Stadt spricht davon…"

„Ja – das ist wahr – aber *Wissen* wäre wirklich zu viel gesagt. Ich habe davon gehört und ich kenne keinerlei Details. Insofern wollte ich im Sinne der Vernehmung korrekt sein," erklärte Kjell und schaffte es, bei dieser arroganten Botschaft immer noch, irgendwie sympathisch zu bleiben. Das hatte gar nichts hochnäsiges gehabt, sondern beinahe unterwürfig auf Solvey gewirkt – korrekt, präzise, hilfsbereit.

„Okay – es ist dir also zumindest bekannt. Und du weisst auch, wer es ist?"

„Snorre – mein Chef und Geschäftsführer bei Medical Tæknimaður Hlutafélag, hat es mir gerade erst heute Morgen erklärt: 10 Minuten, bevor ihr mich hierhergebracht habt. Ich bin sehr traurig darüber, wenn ich ehrlich sein soll. Stina und ich haben eng zusammengearbeitet."

„Okay – das hatten wir gehört. Kannst Du uns beschreiben, was ihr genau miteinander gearbeitet habt?"

Kjell gab eine lange Erklärung hab und beendete diese mit „Macht mich das verdächtig? Bin ich deshalb verdächtig?"

„Nein – das ist es nicht, was Dich verdächtig macht." Solvey überlegte, wie sie das Thema weiterspielen sollte. „Lass uns doch mal für einen Moment von ihr weg gehen." Sie öffnete die Akte, die vor ihr lag, griff hinein und legte Kjell ein Foto in A5 Größe auf den Tisch vor ihm. „Was kannst Du mir über diesen Ring erzählen?"

Er zog das Bild ein wenig näher und starrte es eine ganze Zeit über konzentriert an. Dann erklärte er „Absolut nichts, glaube ich." Er überlegte einen weiteren Moment. „Aber du fragst das so… sollte ich den Ring kennen? Gehörte der etwa Stina?"

„Nein, Kjell, das tat er nicht. Wir glauben, dass dieser Ring Dir gehörte."

„Aha. Nein." Kjell kam mit dem gesamten Oberkörper in einer eleganten Bewegung nach vorn und hielt Solvey die Hände hin. Anschließend richtete er seine Hände noch einmal zu Birna hin aus und fragte offen „Seht ihr hier Abdrücke eines Ringes? Ich trage keinen. Ich habe auch nie einen getragen." Dann lachte er kurz auf und setzte hinterher. „Ganz korrekt: Ich hatte mal einen – aber ich denke, da muss ich so 14 oder 15 Jahre alt gewesen sein. Ich dachte, dass mir der steht."

„Kjell – dann nehmen wir jetzt zu Protokoll, dass dieser Ring dir nicht gehört?"

„Nein – dieser Ring gehört mir ganz sicher nicht. Ich denke, ich habe ihn noch nie gesehen."

„Okay... Wir denken sehr wohl, dass er Dir gehört hat."

„Aha – warum?"

„Beispielsweise, weil ich ihn an Deinem Finger gesehen habe und mein Mann auch. Insofern zwei gute Zeugen, oder?"

„Finde ich nicht."

„Hm?"

„Du bist keine gute Zeugin nach meiner Ansicht. Du hast ein Interesse, den Fall zu lösen, Insofern würde ich dich beinah als befangen einstufen." Er blickte zu Birna und runzelte die Stirn „Birna – ist das der korrekte Term?"

Birna nickte, bevor sie begriff, dass er sie instrumentalisiert hatte und sie sich am liebsten die Hand abgebissen hätte. „Diesen Terminus verwenden wir, ja. Ich denke nicht, dass er hier greift."

„Okay." Kjell machte eine abwehrende Handbewegung. „Ich will niemandem zu nahetreten. Aber ich kann mich nicht an den Ring erinnern. Könnt ihr den mit mir in Verbindung bringen?"

„Wir können den... lass uns darauf später zurückkommen."

„Ich werte das als Nein."

„Was?"

„Na ja – das war meine Interpretation. Wenn ihr den Ring zu mir zurückverfolgen könntet, dann würdet ihr mir das aufzeigen."

„Lass uns darauf später zurückkommen."

„Nein – ich bin mir nicht sicher, ob ich das akzeptieren muss. Birna – muss ich das aus juristischer Sicht akzeptieren? Ich meine, ganz ehrlich – versteht da bitte auch meinen Standpunkt. Aus meiner Sicht ist das jetzt schon ein ziemlich starkes Stück. Ihr holt mich von meinem Arbeitsplatz weg und verwendet dafür einen Streifenwagen, obwohl das gerade mal drei Fußminuten sind und ich jederzeit freiwillig mitgekommen wäre. Obwohl ich Termine habe heute."

„Das Gesetz schreibt das so..."

„Ja ja... Aber komm – wir sind hier ja nicht am Supreme Court, wir sind hier in Kirkvogur! Und ich denke, ich werde viel erklären müssen in den kommenden Tagen. Soll ich den Leuten in der Kneipe erzählen, dass die Polizei mich als Verdächtigen vernommen hat und mir nicht einmal sagen wollte, warum? In diesem Falle würde ich jetzt – und entschuldigt, wenn ich da jetzt etwas emotional werde – gerne einen Rechtsbeistand hinzuziehen. Also zumindest, wenn ihr mich nicht in Kenntnis setzen wollt, was nun genau der Vorwurf gegen mich ist."

Einen Moment lang rechnete Birna damit, dass Kjell die Arme verschränken würde. Aber den Gefallen tat er ihnen nicht.

Schließlich reckte Birna sich vor und erklärte „Wir glauben, dass Stina Deine Freundin war und sie von Dir ein Kind erwartete. Wir haben Zeugen dafür, dass ihr die Veranstaltung bei der Kirche gemeinsam besucht habt und Stina sich dort als deine Freundin vorgestellt hat. Und das sind nicht die einzigen Verdachtsmomente gegen Dich. Es ergeben sich auch andere aus eurer beruflichen Beziehung."

„Ich... Birna – ganz ehrlich, da weiß ich ja kaum, wo ich anfangen soll. Das würde mich ja sogar zum Mordverdächtigen..."

„Ja, was denkst Du denn...?" hakte Solvey ein, aber Kjell ignorierte sie für den Moment und sein Blick blieb an Birna haften.

„Birna – du bist die Leiterin dieses Verfahrens. Willst Du wirklich, dass wir uns auf so etwas hier einen runterholen? Das ist ja wohl sicher nicht dein Ernst.“ Er erhob sich und begleitete seine Ausführungen in Folge mit großen ausladenden Gesten seiner langen Arme. „Sagt einmal! Das kann es ja wohl nicht sein. Ihr wollt mich zum Mörder machen? Mit irgendeinem Ring? Mit der Aussage, dass Stina meine Freundin ist? Woher habt ihr das? Was genau hat sie gesagt? Sagte sie *seine Freundin* oder eher *EINE Freundin*? Was habt ihr da für eine Aussage? Und von wann und vor allem von wem? Ist das auch jemand, der eventuell befangen ist? Eifersüchtig? Jemand, der selbst ein Motiv hat??“

„Wir haben die Aussage, dass sie KJELLS FREUNDIN gesagt hat.“

„Na bitte. Kjells Freundin. Eine von Kjells Freundinnen…! Von wem stammt die Aussage?“

„Bjarne Sandvik, einem erfahrenen Ermittler.“

„Ja – aber einem erfahrenen Ermittler, der aus Norwegen stammt, oder? Ich würde mal nicht sagen, dass der ein typischer *Native Speaker* ist, oder?“ Er machte eine ausufernde Geste, die klar machte, was er von dieser Art der Beweisführung hielt. Auch Birna fühlte sich mit den Beweisen, die heute Morgen noch so vielversprechend geklungen hatten, mit einem Male nicht mehr ganz so wohl. Hatten sie da tatsächlich mit Zitronen gehandelt, hatten sie sich in so erheblichem Maße verschätzt? Eigentlich schienen Birna die Ermittler in diesem Verfahren professioneller zu sein, als es dieses Ergebnis nahelegte.

„Okay…“ kam ihr Solvey zur Hilfe. „Du weisst, dass die Leiche von Stina ganz in der Nähe Deines Hauses gefunden wurde, oder?“

„Macht mich das verdächtig?“

„Entlasten tut es dich nicht.“

„Kennt ihr den Spruch *Der Hund scheißt nicht in den eigenen Garten*? Ich würde sagen: Da ist eine Menge dran. Wenn ich Die Frau erstochen hätte, hätte ich das dann drei Meter von meinem Haus entfernt getan? Wohl kaum, oder?“

„Wer sagt etwas von Erstochen?“

„Ach ja – jetzt komm mir doch nicht so! Die Frauen sind doch alle erstochen worden!“

„Nein – sind sie nicht.“

„Na gut – dreh mir einen Strick draus, Solvey.“ Er kam zwei Schritte vor und lehnte sich über Solvey auf den Tisch. „Komm – dreh mir einen Strick daraus, na los.“ Einen Moment lang hielt er inne, sah sie an und Birna wünschte sich, dass Solvey ihn auf seinen Sitzplatz zurückbeordern würde. Solange er stand und theatralisch herumwanderte und wild gestikulieren konnte, wirkte er überlegen – das war nicht gut und Solvey schien das nicht zu merken.

„Na gut, Solvey,“ erklärte er nun mit einer neu gewonnenen Sicherheit. „Ich werte das mal als Null-Nummer. Ihr habt mich hierher bestellt, weil ihr verzweifelt versucht, der MTH etwas anzuhängen. Und da bin ich eine der prominenten Figuren. Schon klar – ist aber eben gerade schiefgegangen. Ihr habt ja nicht mal das Schwarze unter den Nägeln der…“

„Wo warst Du am Freitagabend gegen 22 Uhr?“ fragte Solvey nun und schien sich in einer bemerkenswerten Weise beruhigt zu haben. „Und setz Dich bitte,“ setzte sie hinterher.

„Hm?“

„Ich habe Dich aufgefordert, dich mir gegenüber hinzusetzen. Für das Protokoll: Der Zeuge steht und gestikuliert wild mit seinen Händen.“

„Ich – was??“

Er setze sich trotz erkennbaren Widerwillens und Solvey ließ es sich nicht nehmen zu erklären „Für das Protokoll: Der Zeuge setzt sich. So… Kjell. Bitte beantworte meine letzte Frage.“

Er schien zu überlegen und Solvey wollte ihm das nicht durchgehen lassen. „Kjell – wie schwer ist das? Wo warst Du am Freitag? 22 Uhr? Gerne auch davor.“

„10 Uhr abends… Ich denke, dass ich da im Bett war. Und bevor Du fragst: Zu dem Zeitpunkt keine Zeugen.“

„Was soll das bedeuten – davor schon?“

„Nein – aber danach.“

„Aha – wer kann also die Nacht von Freitag auf Samstag

bezeugen? Hast Du noch eine abgeschleppt?“

„Eure Kollegen Stella und ich waren in den frühen Morgenstunden zusammen.“

„Das... Okay.“ Sie war für einen kurzen Moment aus dem Konzept gekommen und musste sich erst wieder fangen. „Wir nehmen das auf und überprüfen es. Der Zeuge gibt an, mit der SkanForce Mitarbeiterin Stella Nykvist zusammen gewesen zu sein.“

„Korrekt.“

„Okay – vor 22 Uhr?“

„War ich unten auf der großen Party – letzter Freitag im Monat. Da sollten mich diverse Leute gesehen haben.“

„Und da bist Du schon um 10 Uhr verschwunden?“

„Ich wollte mit Eurer Stella auf diesen Markt, erinnerst Du dich? Wir beide haben sogar darüber gesprochen, Solvey.“

Nun war Solvey unzweifelhaft rot geworden.

Und sie wusste es.

Und es war ihr peinlich.

„Ja, richtig...“

„Solvey, können wir bitte kurz sprechen?“ hakte Birna ein und keine zwei Minuten später befanden sie sich außer Sichtweite auf dem Gang vor dem Büro, dass Stella seit einigen Wochen bewohnte.

„Solvey – ich habe den Eindruck, dass Du bei ihm nicht weiterkommen wirst, oder?“

„Ehrlichgesagt: Den Eindruck habe ich im Moment auch. Wollen wir auf die Untersuchungsergebnisse warten?“

„Das würde ich sagen – ich frage mich ehrlichgesagt, warum wir das nicht gleich getan haben?“

„Ich ... das war eher eine Entscheidung von Stella und Bjarne, denke ich.“

„Okay – gab es da noch etwas, was die beiden erreichen wollten? Ansonsten schlage ich vor, wir brechen das hier ab.“ Solvey fühlte den Blick der deutlich jüngeren Staatsanwältin fest und schwer auf sich ruhen und schämte sich beinahe. Wie hatte sie diesem Verhör nur zustimmen können? Es war der falsche

Zeitpunkt, es war die falsche Beweislage. Oder hatte sie ein so schlechtes Verhör geführt? Sie war sich nicht vollkommen sicher und nickte schließlich.

„Ja... lass uns das beenden."

#040

„Vilfrid," wir möchten mit Dir noch einmal über den Tag sprechen, an dem Du die Leiche im Müllcontainer gefunden hast."

„Ja."

„Hinter dem Haus, in dem unter anderem Deine Mutter lebt."

„Der Lange Block, ja."

„Und Du hast die Belehrung verstanden – Du weisst, dass wir dich mit einem Haftgrund festgenommen haben?"

„Das habe ich verstanden." Er schluckte kurz. Stella wollte ihn kommen lassen und würde ihm nicht helfen auf seinem Weg. „Ich habe aber nicht ganz verstanden, was der Grund ist."

„Was hast Du denn verstanden?"

„Dass ihr sagt, ich hätte an dem Tag gelogen."

„Und in welchem Punkt?"

„Das weiß ich nicht." Er überlegte. „Habe ich in der Hektik nicht verstanden."

„Mh... hm..."

Stella konnte erkennen, dass seine Augen umherschwirrten. Wenn sie hätte raten sollen: Seine größte Angst war es, mehr als das Nötigste zu sagen. Also blickte sie eine Zeit lang auf ihr Telefon. Sie wusste, dass sie das nicht zu lange tun durfte. Das machte sich später schlecht auf dem Mitschnitt.

„Also, Vilfrid. Was meinst Du denn, was wir Dir vorwerfen könnten? Worin hast Du uns an dem Tag belogen? Und gib Dir keine Mühe, dummes Zeug zu reden. Ich habe verstanden, du verstehst etwas von Computern, richtig?"

„Einigermaßen... was hat das damit zu tun?"

„Wir haben digitale Beweise. Und die sprechen gegen Dich. Und die sind, das wirst du verstehen, nicht bestechlich."

„Ich... Habt ihr etwa meinen Computer gefunden?"

„Was?"

„Den gestohlenen Computer – habt ihr den gefunden?"

„Würden wir darauf die Beweise finden? Solche, die gegen Dich sprechen?"

„Ich..." Er verschränkte die Arme. Sie konnte sehen, wie es hinter seiner Stirn pochte. Aber sie begriff auch, dass das hier rasch zu etwas führen musste, sonst würden sie nicht weiterkommen.

„Vilfrid. Unter uns: Wie lange willst Du das hier weitertreiben? Wie doof willst Du dich stellen? Was für Beweise könnten wir haben, hm? Denk kurz nach..." Stella nickte ihm hilfreich zu, als könnte sie ihm signalisieren, dass es ganz leicht sein würde, den nächsten Schritt zu machen. Dann begann sie, hektisch mit den Fingern auf dem Tisch zu klopfen.

„Brauche ich einen Anwalt?"

„Das kommt drauf an, würde ich sagen."

„Worauf?"

„Was Du uns erzählen magst. Du kannst Dich da ja eventuell reinwaschen. Wenn Du uns nicht erzählen willst, wo du uns belogen hast an dem Morgen, dann können wir das hier sofort abbrechen und die große Nummer machen – Deinen Anwalt, die Staatsanwältin, Richter, Verfügungen, Haft. Alles."

„Okay... Es sind die Bilder, richtig?"

„Was ist mit denen?"

„Ich ... ihr habt rausgefunden, dass ich die Tankstelle verlassen habe, um die Bilder zu machen, richtig?"

„Erzähl mir mehr."

„Ja – es stimmt. Ich habe die Tankstelle verlassen. Ich habe sie aber ordnungsgemäß abgesperrt und einen Zettel dran gemacht. Also – das war nicht geheim oder so. Ich musste so dringen pissen... entschuldige." Schweiß war rasch auf seine stämmige Stirn getreten. „Ich musste pinkeln, ganz dringend. Und unser Klo an der Tankstelle ist immer noch kaputt. Also – kaputt gewesen. Jetzt ist es mittlerweile repariert."

„Und dann...?"

„Dann bin ich rüber, bin hinter den langen Block und... da kann man einigermaßen unbeobachtet hinter den Müllcontainern..."

„Ja – da stinkt es – ist nicht zu übersehen. Oder vielmehr *zu überriechen*, falls es das Wort gibt."

„Gibt es nicht. Glaube ich," erklärte er reflexhaft. Unsicheren Männern passierte das in Verhören öfter, das kannte Stella schon. Und sie wertete es als gutes Zeichen. Dennoch wusste sie im Grunde nicht, wie sie weiter fragen wollte. Sie hatte kein Bild im Kopf, sie hatte immer noch kein Muster vor dem geistigen Auge, wie diese Tat begangen worden war, sie wusste es nicht und wusste auch nicht, wie sie sich der Tat nähern sollte mit ihren möglichen Fragen. Es musste von ihm kommen.

„So... und dann...? Du hast da gegen die Wand des Hauses deiner Mutter gepinkelt – das war wann?"

„Hm... Da bin ich mir nicht ganz sicher. Vielleicht so gegen 6 Uhr irgendwas, denke ich."

„Okay... Und dann?"

„Dann... Ich habe gesehen, dass der Müllcontainer nicht ganz geschlossen war. Da ist so eine Metallklappe, die ist ziemlich groß und du musst sie, wenn... Ach so – Du kennst den Container ja."

„Genau. Da ist die große Metallklappe. Genau genommen sind es drei Klappen. Du bist hinter dem Container gewesen und hast von da aus gesehen, dass die Klappe auf der anderen Seite offen stand?"

„Nein – von da kann man das nicht sehen. Ich bin, nachdem ich... mich erleichtert hatte ... um die Container herum gegangen."

„Warum?"

„Keine Ahnung. Ich glaube, ich wollte schauen, ob im Haus irgendwo Licht ist."

„Okay – war da Licht?"

„Nein. Kein Licht. Zumindest nicht auf dieser Seite des Hauses."

„Okay – und dann?"

„Dann habe ich das mit dem Container gesehen und bin ... irgendwie hat mich das stutzig gemacht."

„Warum das?" wollte Rayk von ihm wissen und das war ernst gemeint. Logisch erschien ihm dieses Verhalten nicht.

„Ich war neugierig, denke ich." Er zuckte die fleischigen Schultern, wirkte dabei aber nicht ratlos, sondern eher gehetzt, unkonzentriert.

„Neugierig?" Rayk nickte nachdenklich. „Was hast Du gedacht, was Du da finden würdest?"

„So ist das nicht gewesen... Ich habe gar nichts gedacht. Das war einfach *überraschend*, würde ich sagen." Er holte auf umständliche Weise ein Taschentuch aus seiner graubraunen Jacke und putze sich die Nase. Anschließend wischte er sich mit dem Taschentuch über die Stirn und über die Schläfen. Stella glaubte, dass das der eigentliche Grund war, das Taschentuch hervorzuholen. Er schien zu überlegen. „Ich wusste nicht, was mich dort erwartet. Das war einfach kindliche Neugier."

„Okay, dann halten wir das einmal so fest," mischte sich Stella Nykvist wieder ein. „Weiter...?"

„Ich habe die Klappe aufgemacht – und dann. Den Rest kennt ihr doch."

„Nein – Im Gegenteil. Mir hast Du an dem Morgen ja eine andere Geschichte erzählt."

„Ja – aber dem Grunde nach kennt ihr die Geschichte. Ich habe die Leiche gefunden, hab sie fotografiert und habe das dann später gemeldet. Bei Dir."

„Was hast Du gemacht, als Du die Tote Efa gefunden hast? Du hast sie fotografiert. Was hast Du sonst gemacht? Was hast du angefasst?"

„Ich habe nichts angefasst." Er sah an Stellas Blick, dass sie ihm gleich fest ins Gesicht schlagen würde, wenn er bei dieser Behauptung bliebe. „Okay... Ich habe den Container weiter geöffnet. Ja, habe ich gemacht. Und dann ... dann habe ich die Tote angefasst."

„Was genau hast Du angefasst?"

„Ich habe... Also ich dachte mir, dass ich die Bilder vielleicht verkaufen kann oder so."

„Und da hast Du dir überlegt, wenn man ihre Muschi sieht, gibt es mehr Kohle?"

„Stella…" zischte Rixa etwas geschockt. Aber Stella ließ sich nicht ablenken. Sie wusste, was man sich bei einem Verhör dieser Art erlauben konnte und was nicht. Rixa war für Stella eine – zugegebenermaßen sehr kluge und akribische – Verwaltungsangestellte. Mehr nicht.

„So hatte ich mir das nicht überlegt. Aber es sah natürlich ein wenig dramatischer aus, ja."

„Und dann?"

„Dann habe ich den Container fest zugemacht. Ich habe Angst bekommen. Ganz ehrlich. Ich bin wieder rüber in die Tankstelle und habe meine Schicht beendet."

„Angst wovor?"

„Na – wer weiß denn, ob da nicht jemand rumläuft, der sie umgebracht hat? Vielleicht kommt ihm dann in den Sinn, dass er mich auch umbringen möchte? Könnte doch sein!"

„Okay… Und dann?"

„Na, ich habe noch einen Kaffee mit meinem Kollegen getrunken und bin dann noch einmal zum Container. Und da war die Leiche weg."

„WAS??"

„Ich –" Er hob erschrocken die Hände und ging in eine Abwehrhaltung. Was denn? Das habe ich doch schon gesagt!"

„Nein, verdammt! Das hast Du nicht!"

„Doch, ich…"

„Du hast bei unserem ersten Gespräch behauptet, dass du direkt von der Leiche kommst, verdammt! Du hast die Leiche fotografiert und bist zu uns gekommen! So hast Du es gesagt. Dann ist die Leiche erst danach verschwunden. Jetzt haben wir plötzlich ein völlig anderes Zeitfenster, in dem die Frau aus dem Container verschwunden ist! Verdammt noch mal!"

„Oh…"

„Ja, Oh…! Oh…!" äffte Stella den Mann bewusst überspitzt nach. „Na prima! Weisst Du, was das bedeutet? Wir haben tagelang in diesem Zeitfenster herumgestochert! Und jetzt kommst Du mit so einer Geschichte um die Ecke!! Ich fass es nicht!"

In Stellas Kopf ging ein Ticker los. Dinge, die jetzt getan werden mussten. Sie schnappte sich rasch ihren blauen Block und begann, mit heftigen dicken Buchstaben zu kritzeln – so fest, dass an einigen Stellen das Papier des Blocks beinahe einriss. Sie wollte keinen der wichtigen Gedanken verlieren. Die Dinge, die jetzt getan werden mussten, die Fragen, die seine Aussage aufwarf – da war so vieles. Und Stella kannte das: Ihr Hirn war schneller als ihre Hand. Sie war unglaublich wütend und wusste kaum, es zu verbergen. Ihr ganzer Körper strotzte vor Wut, vor Kraft, die sich entladen wollte. Sie hatte diesen Kerl von Sekunde Eins, in der sie sich getroffen hatten, nicht gemocht – und sie hatte recht gehabt.

Rayk hatte zwei weitere belanglose Detailfragen gestellt und Stella unterbrach ihn rücksichtslos. „Weisst Du, warum ich Dir das alles nicht glaube?"

„Hm? Das stimmt wirklich! Ich habe die Wahrheit gesagt!"

„Nein – hast Du nicht," fuhr ihm Stella barsch über den Mund.

Vilfrid schluckte jetzt und wandte sich mit seinem Blick an die anderen. „Jetzt werde ich meinen Anwalt anrufen?"

„War das eine Frage?"

„Das war..."

„Ich werde Dir sagen, worüber Du mit dem sprechen solltest. Ich war an der Tankstelle. Zweimal in den letzten beiden Tagen. Da gibt es mindestens vier Waschbecken. Eins in der Nähe der Mikrowelle, eins in dem Bad mit dem kaputten Klo, eins in dem Aufenthaltsraum und eins hinten in der ehemaligen Werkstatt."

„Ja – na und? Was hat das mit meinem Anwalt zu tun?"

„Ich frage mich bei Deiner Aussage: Warum bist du hinter den Block gegangen? Das dauert 10 Minuten und ist schweinekalt!" Sie spreizte ihre Beine und legte die Hand gut sichtbar in ihren Schritt – etwas, dass man auf dem Mitschnitt nicht hören würde. Aber sie spürte, wie sehr es den Mann ihr gegenüber ablenkte und erregte. „Schau," sagt sie und gönnte sich einen leicht lasziven Unterton, „Ich bin hier unten etwas gehandicapt, nicht wahr?"

„Was?"

„Ich kann nicht so leicht überall hinpinkeln, wie du das kannst, oder?"

„Das weiß..."

„Aber wenn ich ein Kerl wäre," sie schloss ihre Schenkel wieder und lehnte sich mit einer ruckartigen Bewegung nach vorn, „Dann hätte ich in eines der Waschbecken gepinkelt. Das kann man rasch runterspülen, das riecht niemand, das merkt keiner."

„Daran... habe ich wohl nicht gedacht..."

„Und dann! Ich glaube Dir nicht, dass Du einen Müllcontainer öffnest. Du wolltest dort schnell wieder weg, du wolltest, dass dich keiner sieht. Warum würdest Du dann einen Container öffnen, in dem vermutlich nur stinkende Müllsäcke liegen?"

„So war es aber!"

„Und wenn Du solche Angst hattest – warum bist Du dann noch einmal zurückgekommen? Hm? Warum diese ... warum dieses.... Es gibt einfach keinen Sinn."

„Es war hell – da hatte ich keine Angst mehr. Ich bin nach da hinten gegangen, damit ich nachschauen kann, ob die Leiche da noch liegt, damit ich es der Polizei melden kann."

„Du hast geschaut, ob die Leiche noch da liegt? Ernsthaft? Die tote Leiche? Ich meine: Hattest Du damit gerechnet, dass sie aufsteht, sich kurz schüttelt und sagt ‚Ups, verdammt, wo ist denn nur mein Bauch? Ach, lass mich erst mal einen Kaffee trinken' – war das Deine Idee? Sicher, man hört ja immer wieder von Leichen, die das machen. Sag mal – willst Du uns komplett veräppeln?!"

„Ich habe das so nicht gemeint..."

„Du hast genau das gesagt. *Ich bin nach da hinten gegangen, um nachzusehen, ob die Leiche da noch liegt,*" zitierte Stella aus dem Gedächtnis. „Wieso das? Wieso hast Du das gemacht? Wieso? Vilfrid?"

„Ich... Es geht doch nicht darum. Es ging mir um etwas anderes... Ich wollte. Ich will, verdammt nochmal jetzt hier garnix mehr sagen! Nix mehr! Ich belaste mich noch selbst!“

„Womit denn?“

„Anwalt!“

„Hm?“

„Ich will Anwalt!“

„Hast Du einen?“

„Nein.“

„Welchen willst Du denn dann – du hast doch eben gesagt, dass du DEINEN Anwalt willst, dann musst Du doch einen haben!“

„Ich will einen Anwalt. Kjell soll einen empfehlen – der kennt Anwälte, ist selbst einer.“

„Du willst gleich mehrere? Wer bist Du? Jimmy Hoffa?“

„An-Walt.“ Er verschränkte die Arme wie ein kleines Kind. Das Gespräch war beendet und Stella war dennoch zufrieden. Sie beendeten die Vernehmung protokollarisch, Rayk holte ein tragbares Festnetztelefon und erklärte Vilfrid, dass er Kjell anrufen dürfe und dann einen Anwalt. Er erklärte ihm, dass die gewählten Nummern auf diesem Telefon aufgezeichnet würden. Er legte ihm einen Kugelschreiber und einen kleinen Block hin, um Telefonnummern notieren zu können. Dann musste er ihm Kjells Nummer aus seinem Handy-Telefonbuch vorlesen. Anschließend verließ er den Raum der Vernehmung und schaute Vilfrid konzentriert durch das Fenster zu bei allem, was er tat. Mit einem Ohr bekam er mit, dass Stella ziemlich angestrengt telefonierte. Sie war abwechselnd laut, dann wieder flüsternd und schließlich wieder laut. Sie wirkte euphorisch und Rayk war sich nicht so sicher, ob das gerechtfertigt war.

Als Vilfrid sein Telefonat beendet hatte, blickte er zu Rayk, erhob sich und öffnete die Tür. Stella legte gerade auf. Sie warf ihre rotblonden Locken zurück und sah ihn bissig an. „Hast Du jetzt einen Anwalt, den Kjell dir genannt hat oder hast du einen Anwalt der MediXXX bekommen?“

#041

Der „Host“ der Party, wie er sich selbst nannte, hieß eigentlich Arí und Stella ordnete ihn in die Rubrik „Überlebender einer anderen Generation“ ein.

Sein schwarzes Haar war lang, ging bis über die Schulterblätter herunter, sein schwarzgrauer Bart reichte bis kurz unter die Augen. Wenn er das Haar offen trug, hatte er vermutlich gar kein Gesicht, sondern sah eher aus wie Chewbacca aus StarWars, nahm sie an. Er war schlank, wirkte aber nicht trainiert. Er hatte einst eine Disco in Reykjavik betrieben und lebte nun irgendwo im Inneren des Landes – in Stellas Wahrnehmung der langweiligste, einsamste Fleck Europas. Aber er veranstaltete diese Party einmal im Monat. Und wenn man nicht viel brauchte, schien einen das einigermaßen über die Runden zu bringen. Oder er hatte Geld von früher – so ganz schlau wurde Stella aus diesen Komponenten nicht – er erzählte ihr das meiste ohnehin, obwohl sie nicht danach gefragt hatte.

„Okay... kommen wir doch mal zu Freitag. Da war die Party wieder. Und die Leute kommen da so ab wann etwa?“

„Ab 19 Uhr kommen die Frühen, die späten gehen dann morgens um 2 oder 3 oder so. Da sind ja ein paar dabei, die kommen schon 20 Jahre her – das hat Tradition hier, weisst Du?“

„Ja, habe ich gehört, bin jetzt seit ein paar Monaten schon hier.“

„Na dann...“

„Wie lief das an dem Abend ab?“ Sie zeigte ihm ein Bild von Stina und beobachtete seine Reaktion „Kannst Du dich an die erinnern – war die hier?“

„Weiß nicht genau. Die ist ja eigentlich einigermaßen hübsch, denke ich. Die hätte man ja vermutlich gesehen. Weisst Du, was die getragen hat?“

„Äh... Sekunde.“ Stella nahm ihr Telefon und warf einen raschen Blick auf die Bilder vom Fundort der Leiche. „Sie hatte eine ziemlich enganliegende ausgewaschene Jeans an und eine Bluse, weiß, würde ich sagen, eventuell cremefarben."

„Ein Haarband?"

„Das weiß ich nicht."

„Mit Haarband war eine da, daran erinnere ich mich – aber hier sind so viele alte Freunde… Weisst Du, wenn Du die Musik von damals spielst… Hotel California, Locomotive Breath, Down on the Corner, White Room… Da entsteht etwas, das hat man schon ein wenig vergess… Okay – deshalb bist Du nicht hier," bremste er seinen Vortrag selbst aus. „Also… Ich denke, sie war da, ich denke auch, dass sie einigermaßen früh gegangen sein dürfte. Ich habe mich ganz bewusst mit ein paar der jüngeren Leute unterhalten. Also ich meine nicht jung im Sinne des Alters, sondern solche, die noch nicht so oft hier waren."

„Okay – und da war sie nicht dabei?"

„Nein."

„War Kjell dabei oder Ragnar?"

„Der Versicherungs-Ragnar?"

„Ja…"

„Der war dabei. Kjell… Ich weiß nicht. Ich glaube, ich habe ihn gesehen, als es noch Essen gab. Das muss sehr früh gewesen sein. Aber später… Nein…" Er schüttelte konzentriert den Kopf. „Ich erinnere mich nicht."

„Okay… Das hilft also nur so halb weiter."

„Tut mir leid. Soll ich dir ein paar Adressen geben, ein paar Telefonnummern?"

„Von wem?"

„Von Leuten, die bis zum Ende hier waren und hier jeden kennen?"

„Oh ja, gern…"

Als sie den Laden verließ, war sie einigermaßen frustriert. Sie hatte sich von diesem Gespräch mehr versprochen, warum, hätte sie kaum sagen können. Sie stand eine Zeit vor der Tür und blickte sich um. Wenn Stina hier gewesen war, war das eventuell das Letzte, was sie gesehen hatte, bevor etwas passiert war. Sie hatte Rayk mit Rixa in die Straße geschickt, die zum Berg hinaufführte. Die Skógargata, in der sie zurzeit selbst in dem kleinen gelben Haus lebte. Nicht mehr lange, wie sie hoffte. Die Skógargata führte praktisch direkt von der einzig großen Kreuzung aus den kleinen Berg hinauf, auf dem beinahe die MTH gebaut hätte, hätte es nicht das Problem des Abwassers gegeben.

War Stina wirklich dort hoch gegangen oder hatte der Mörder sie dort oben nur abgelegt, um ein Zeichen zu setzen? Warum würde sie diese Straße hinauflaufen? Mitten in der Nacht? Das ergab in Stellas Kopf keinen rechten Sinn. Stella selbst tat das tatsächlich hin und wieder, um oben auf der Bank zu sitzen – auch nachts manchmal oder zumindest spät abends. Noch nie hatte sie jemand dabei beobachtet – die Isländer schienen immer in ihrer eigenartig kargen Art ihre Umwelt zu ertragen und lieber nach unten zu schauen. Aber Stella war oft dort oben gewesen – und nie hatte sie jemanden getroffen.

Warum würde man also diese Straße hinauf gehen? Dort oben wohnten ein paar ältere Leute. Und dort wohnte Kjell, soviel war sicher. Da wohnte ein weiterer Mann um die 40, dessen Namen sie nicht im Kopf hatte. Und Snorre hatte dort bis vor einigen Wochen gelebt. Er war umgezogen, sein Haus stand noch leer. Auch zu ihm hatte Stina eine Verbindung gehabt. Hatte sie zu ihm gewollt und nichts von seinem Umzug gewusst?

Sie latschte gemessenen Schrittes und beinahe geistesabwesend den Weg zum Berg hinauf. Ihr kam ein schräger Gedanke. Hatte Stina vielleicht zu ihr gewollt, hatte sie eventuell schauen wollen, ob Stella noch wach war, um ihr irgendwelche Dinge aus der Firma zu berichten, die sie nicht in Gegenwart ihrer Vorgesetzten erzählen wollte?

Sie verwarf den Gedanken. Er war blödsinnig. Zu Kjell zu gehen, erschien ihr hingegen nicht vollkommen blödsinnig. Auch, wenn sie sich gegen den Gedanken wehrte. Sie hatte kurz mit der Staatsanwältin geredet. Die hatte gesagt, dass Kjell nichts dergleichen zugegeben hatte – auch der Ring war nach seinen Aussagen nicht sein Eigentum.

Im Grunde wusste sie nicht viel über Kjell, wenn sie ehrlich war. Er hatte sie eines Tages auf der Straße angesprochen und ihr sehr formal die Hand geschüttelt, während er in der anderen Hand seine Einkäufe spazieren führte. Er hatte viel Gemüse gekauft, das hatte sie gesehen und er kaufte in Single-Mengen. Sie hatte ihn zuvor schon ein paar Mal von ihrem Fenster aus beobachtet und sich gefragt, was der wohl machte. Er fuhr ein teures Auto, was hier sehr ungewöhnlich war.

„Stella... Dein Name bedeutet Stern, nicht wahr?" So hatte er angefangen und ihr war ein wenig warm ums Herz geworden in dieser kalten, kargen Landschaft. In Skandinavien fing niemand etwas mit ihrem Namen an – hier war sie Außenseiter, was das anging.

Er hatte für sie gekocht eines Abends. Hatte sie wieder angesprochen und sie hatten sehr nett gegessen in seinem kleinen Haus, das ziemlich schräg gegenüber lag, weiter oben am Berg. Wenige Tage später hatten sie noch einmal gegessen, bei ihr im gelben Haus. Da hatte sie plötzlich seine Haut spüren wollen. Sie hätte nicht sagen können, ob das final von ihr oder von ihm ausgegangen war. Sie sah Bilder seines Oberkörpers, erinnerte sich, wie er mit seinem Kopf ihren Körper immer weiter nach unten geküsst hatte. Die Brüste... den Bauch... verschwitzt, glücklich.

Sie schüttelte den Gedanken ab und suchte die Straße nach ihren beiden Kollegen ab, die von Tür zu Tür gegangen waren und fand sie oben in der Mitte der Skógargata, wo sie den Berg bereits herunterkamen. Sie ging ihnen entgegen und sie trafen sich etwas oberhalb von Stellas Haus und besprachen sich.

Beide Aktivitäten hatten nicht viel ergeben, wie es schien. Eine ältere Dame auf der linken Seite meinte, nachts einen Schrei gehört zu haben, eine andere einen dumpfen Schlag – und Stella konnte sehen, wie diese Nachbarn auch jetzt wieder hinter den Gardinen zu finden waren. Stumm, aber gegenwärtig.

Es grenzte an ein Wunder, dass diese Leute nicht mehr gesehen haben konnten. Stella Nykvist ärgerte sich einen Moment, dass sie diese Befragungen nicht selbst durchgeführt hatte. Sie war hier mittlerweile eine Nachbarin, sie kannte die meisten Leute vom Grüßen, sie lebte hier in einer eigenartigen Weise. Aber sie war präsent. Vielleicht hätten die alten Frauen in der Straße ihr mehr erzählt?

„Wie machen wir weiter?" wollte Rayk wissen und stopfte seine Hände tief in die Jacke.

„Hm... schätze, mittlerweile dürfte der Anwalt ja da sein – lass uns schauen, was wir auf dem Revier mit Vilfrid ermitteln können. Außerdem müssen wir eine Menge Leute anrufen, die auf der Party waren. Ich rufe noch kurz Bjarne an." Sie wandte sich zur Seite und wählte Bjarnes Nummer.

„Stelly... seid ihr weitergekommen?"

„Nein – leider nicht. Ich habe einen Haufen Telefonnummern von Leuten, die auf der Party waren. Die werden wir noch anrufen müssen und schauen, ob sich jemand an Stina erinnert."

„Wir war das Gespräch mit Kjell?"

„Er hatte für alles super Erklärungen – ich würde einmal sagen: Wir stehen da bei null und werden uns bei ihm entschuldigen müssen. Außerdem ist der wohl selbst Jurist. Das war alles in allem eher peinlich."

„Hm... Vielleicht habe ich mich da wirklich verrannt. Aber ich war mir sicher, er sei Stinas Freund..."

„Was soll's? Dein Tipp mit den beiden Jungs war golden. Das zählt. Der Wagen gehört tatsächlich dem Fahrer der Geschäftsleitung der MediXXX. Und es kommt noch besser – als er Vilfrid und seinen Kumpel heute Morgen heimgefahren hat, ist er auch noch geblitzt worden. Man kann die beiden Jungs auf dem Rücksitz nicht gut erkennen – aber rausreden kann sich da jetzt mal keiner mehr. Diese Fahrt hat stattgefunden. Ich muss es nur noch aus ihm herausquetschen."

„Das schaffst Du."

„Wo bist Du jetzt?"

„Ich bin noch bei der Gynäkologin und denke, das wird noch

einen Moment dauern, Sie schaut sich jetzt die Papiere an, die ich von MediXXX... Wie soll ich sagen... *mitgenommen* habe. Vielleicht warnst Du die Staatsanwältin schon einmal vor. Ich hatte ganz sicher nicht das Recht, die Dokumente mitzunehmen – schon gar nicht zu jemandem außerhalb der Polizei."

„Wer kennt sich schon so genau mit Isländischen Gesetzen aus...?"

„Eben... Okay, Stelly – wir machen hier weiter."

Er legte auf und sah Starnja etwas aufgekratzt an. „Was ist?"

Sie machte Anführungszeichen in der Luft und fragte „*Die Gynäkologin*? Das bin ich also. Ist das so wie *Der Zeuge*? Eine Rolle in einem Fall...?"

Bjarne suchte einen Moment nach Worten, bis er begriff, dass sie nur Spaß gemacht hatte. Sie saßen in ihrem großen Wohnzimmer mit all den Pflanzen, den zahlreichen Sitzgelegenheiten und dem unglaublichen Lichteinfall. Im Prinzip war ihr Wohn- und Esszimmer technisch gesehen ein Terrarium. Die Wand, die zum Garten zeigte, war vollständig verglast und innen und außen von Pflanzen bevölkert, wodurch der Eindruck entstand, in einer Art Wald zu sein, ein Dschungel vielleicht, denn viele der Pflanzen hatten große breite Blätter, wie man sie von tropischen Pflanzen kannte. Bjarne hatte weder Ahnung von Pflanzen noch ein besonderes Interesse daran. Aber das gefiel ihm. Starnja trug ein buntes Stück Stoff, das irgendwie reizvoll um ihren Körper geschlungen war. Farbenfroh, eine Art Tunika, wenn man so wollte oder ein sehr luftiges Kleid – so genau hätte er das nicht sagen können.

Im Schneidersitz studierte sie auf der einen Seite die Papiere, die Bjarne ihr gebracht hatte und wirkte durch die Körperhaltung fast mädchenhaft, jung. Auf der anderen Seite verglich sie immer wieder Werte mit solchen, die sie von den beiden Frauen hatte. Dann hatte sie Bjarne um mehr Details des Falls gebeten und schließlich irgendwann begonnen, den Kopf zu schütteln. Schon bevor Stella angerufen hatte, hatte sie praktisch nur noch permanent den Kopf geschüttelt und vor sich hingemurmelt, irgendwann den Kopf gehoben und gesagt „Da hattest Du den richtigen Riecher. Was die dir da gegeben haben, ist kompletter Schwachsinn. Ausgezeichnet aufbereitet, das muss man schon sagen. Wenn Du das so siehst, würdest Du sagen: Hier hat ein echter Wissenschaftler gearbeitet. Aber die ganzen Tabellen? Das ist alles frei erfunden. Die Werte sind hin und her kopiert – und mit meinen beiden Patienten haben sie mal gar nichts zu tun, das könnte ich jederzeit beweisen."

Dann hatte sie eine ganze Zeit innegehalten. Zeig mir bitte noch einmal die Bilder der Leichen. Oder nein – du hast sie digital. Kannst Du sie mir bitte hier auf das Tablet schicken? Auf dem Handy ist mir das zu klein."

Das hatte er getan – und sicher war auch das nicht ganz legal. Sie hatte die Brille gewechselt – mit einer großen Selbstverständlichkeit. Auch diese Brille hatten einen farbenfrohen Rand und sie brauchte sie offenbar zum Lesen. Bjarne war froh, dass es scheinbar auch anderen Leuten so ging. Dann hatte sie über die Brille hinweggeblickt, hatte sich ruhig erhoben, war auf ihn zugekommen, hatte ihn in die Arme geschlossen und ihn sehr ausgiebig mit viel Hingabe geküsst.

„Ich hatte keine Ahnung gehabt, mit was für grauenhaften Sachen Du dich den ganzen Tag umgibst. Das würde mich wahnsinnig machen." Gemeinsam hatten sie nebeneinander auf der großen Liegelandschaft auf ihr Tablet geschaut. Sie hatte die Bilder immer wieder an Stellen großgezogen, die Bjarne bislang irrelevant erschienen waren – aber schließlich kannte sie sich mit dem weiblichen Unterleib aus, nicht er.

„Das Blut ist hier immer ungewöhnlich dunkel," warf er ein. „Außer bei der dritten Leiche, oder?"

„Ja... Tulpenblut," murmelte sie.

„Hm?"

„Ein alter Ausdruck. So wie Kindspech. Eigentlich Nonsens, weiß gar nicht genau, warum ich das gerade gesagt habe. Eigentlich sagte man früher Türkenblut dazu. Der Name galt aber als *schwierig*, sage ich mal – also machte man Tulpenblut daraus, damit es im Alphabet an derselben Stelle bleibt. Bei einem Kaiserschnitt wird der Ausdruck noch ganz selten verwendet. Auch bei schweren Unfällen manchmal noch."

„Okay... Und was siehst Du jetzt in all diesem Blut?"

Sie nahm die Brille wieder ab, stützte sich auf und überlegte lange. „Hm... was ich da sehe, wundert mich in mehrfacher Hinsicht."

„Okay...?"

„Einmal wundert mich, dass der Arzt, der die Autopsie gemacht hat, das nicht gesehen hat. Ja – wenn ich genau darüber nachdenke, wundert mich das eigentlich am meisten."

„Das wiederum würde uns nicht wundern. Wir konnten es nicht ahnen, aber wir haben durchaus Grund zu der Annahme, dass der Arzt, der die Autopsie durchgeführt hat, es mit seiner Pflicht nicht so genau genommen hat. Wir können uns vorstellen, dass er in der Sache sogar mit drinhängt."

„Um Himmels Willen – das wird ja immer schlimmer..."

„Ja... Und was meinst Du, was hat er übersehen?"

„Bei der zweiten Leiche MUSSTE er es sehen. Was man da erkennt, ist, dass nicht einfach nur der Bauch abgetrennt wurde und die Organe weitgehend entnommen wurden, was schon grauenhaft genug ist. Aber was man dort sehen kann, ist, dass gezielt Fortpflanzungsorgane entfernt worden sind. Die Eierstöcke würdest Du bei so einem Rundumschlag nicht einfach so erwischen. Bei der Plazenta ist es eventuell ein wenig abhängig von der Lage und davon, wo sie wieviel Platz in einem Zwillingsbauch hat. Aber auch hier: Die wurde ganz gezielt entfernt." Sie schüttelte nachdenklich den Kopf. „Wer macht so etwas?"

„Das wüssten wir auch gerne. Worauf würde das denn Deiner Meinung nach hindeuten?"

„Wir reden hier ganz klar von einem Mediziner, wenn Du mich fragst. Also zumindest mal jemand, der tiefgreifende Kenntnisse von Anatomie haben muss. Der hat da wirklich nichts Blödes gemacht."

„Aber warum würde man das machen?"

„Das fragst Du mich? Du musst dich mit den Verrückten auseinandersetzen..."

„Nein, so meinte ich das nicht. Was wäre ein vernünftiger medizinischer... Nein, anders: Was wäre ein *denkbarer* medizinischer Grund?"

„Es gibt keinen, ganz einfach. Der einzige Grund, der mir im Sinne von Kriminalfall einfällt: Hier hat jemand versucht, eine Schwangerschaft vollkommen auszurotten. Mit allen ihren medizinischen Komponenten, mit all ihrer DNA, mit allem, was mit der Schwangerschaft zu tun hatte. Selbst Dinge, die nur ganz am Rande..." Sie flippte die Bilder noch einmal nachdenklich durch. „Ja – das würde ich so sagen, wenn Du mich fragst. Hier hat einer die Schwangerschaft komplett vernichten wollen. Hier hat jemand Spuren verwischt."

„Dazu geht mir seit Tagen eine kleine Theorie durch den Kopf – vielleicht kannst Du mir dazu was sagen?"

„Hm?"

„Ich habe mal mathematisch darüber nachgedacht. Die Wahrscheinlichkeit von Zwillingen – setzen wir sie mal mit einem Prozent an – wenn man die runter rechnet auf Eure Praxis, dann kann man alle Risikofaktoren und mathematisch Abweichungen wegrechnen – aber dass zwei Mädchen zur selben Zeit Zwillingsmütter werden und die sich auch noch kennen und beiden keinen Vater angeben... Das ist doch Blödsinn, oder?"

„Das ist... Ja – das anzunehmen ist in der Tat etwas absurd..."

„Wenn man denen die Babys eingepflanzt hätte – würde man das dann sehen?"

„Ja, mit einer gewissen Sicherheit würde man Spuren des Eingriffs erkennen – aber nicht mehr unbedingt jetzt – jetzt ist ja alles weggeschnitten."

„Hätte man aber gesehen, wenn man den Bauch nicht weggeschnitten hätte?"

Sie nickte nachdenklich, zögerte. „Wenn man gezielt danach gesucht hätte – ja..."

„Aber Du bist Dir nicht sicher?"

„Doch, bin ich. Ich hatte gerade eine andere Überlegung... Vielleicht spinne ich aber auch..." Sie küsste ihn, schnappte sich das Telefon und sagte „Ruh Dich aus, ich muss ein paar Telefonate führen." Dann verschwand sie und Bjarne blickte ihren wehenden Farben hinterher, unter denen man ihre Figur nur schemenhaft erahnen konnte. Es war verdammt lange her, dass er sich bei einer Frau so wohl gefühlt hatte. Und Ermittlungen führen konnte sie auch noch? Das war wirklich zu viel des Guten...

#042

„Ich würde es mal so sagen: Wenn ihr für den Mord an der dritten Leiche einen konkreten Verdächtigen habt, solltet ihr in jedem Falle ein DNA-Sample von ihm besorgen. Die Spuren, die wir in der Sturmhaube und in den anderen Klamotten finden, sind erstklassig."

„Das wäre ja beinahe zu einfach," schüttelte Birna den Kopf. Was der Gerichtsmediziner da sagte, änderte die Lage schlagartig – wenn auch nur für den Mordfall Nummer drei. „Sagen dir die Klamotten noch mehr über ihn?"

„Hm... Ja. Die Jeans ist eine ziemlich neue Jeans. Ausgezeichnete Qualität. Man kann kein Label mehr erkennen, da der obere Teil abgefackelt ist. Dennoch: Die Hose war teuer, soviel steht fest. Außerdem kann ich sagen, dass der Mann eher groß sein dürfte. 1,85 – 1,95. Das ist nicht präzise, weiß ich. Aber ich würde auch sagen, dass er schlank ist und er hat auf jeden Fall dunkelblonde Haare."

Was? Woher weisst Du das? Du sagtest DNA Spuren."

„Haarspuren finden sich in der Sturmhaube. Und die Sturmhaube entspricht den Ablagerungen unter den Fingernägeln der Toten. Meine These: Sie hat versucht, ihm das Ding vom Kopf zu reißen – oder sie hat es sogar geschafft. Außerdem zeigt der nicht verbrannte Teil der Kleidung, dass die Wunde der Frau gespritzt haben muss. Ich tippe auf die Kopfwunde. Wenn er sie mit dem Hammer erschlagen hat, dann hat er richtig was abbekommen."

„Der Hammer steht fest?"

„Oh ja – da lege ich mich fest."

„Wir sollten öfter zusammenarbeiten – das meine ich ernst!" Sie bedankte sich und beendete das Gespräch lächelnd. Ein solcher Fund war Gold wert, soviel stand fest. Ein Mediziner, der sich festlegte, durfte sich später ruhig irren, wenn es nach ihr ging. Sie mochte seine Art und machte sich eine geistige Notiz. Der Mann war nur Vertreter eines Vertreters – aber sie hatte lange nicht mehr so qualifizierte Auskünfte bekommen und auch noch so rasch. Der Mann nahm seinen Job ernst und forschte nach und vor allem: Er bildete seine eigenen Hypothesen zum Tathergang, während ihr immer wieder Menschen in diesem Beruf begegneten, die solche Sätze sagten wie „Ich bin nur für die medizinischen Fakten verantwortlich..." Und mit denen konnte Birna gar nichts anfangen.

Es gab ein paar dunkelblonde Figuren in diesem Fall und Birna beschloss, sich hier keine Blöße zu geben. Sie setzte sich an ihren Rechner, erzeugte die nötigen Dokumente für DNA-Proben und schickte drei Uniformierte los, das zu erledigen und die Proben zu dem neuen Wunder-Gerichtsmediziner zu bringen. Anschließend setzte sie alle Ermittler in diesem Fall von diesem Ermittlungsstrang in Kenntnis.

Dann blickte sie durch das leicht satinierte Fenster und schaute Stella über die Schulter, die in ihrem Element zu sein schien. Rayk kümmerte sich währenddessen noch einmal um den Langen Block – jetzt, da die Aussage zu einem neuen Zeitraster für das Verschwinden der Leiche Nummer 1 gesorgt hatte. Und Stella lief offenbar zur Höchstform auf.

Sie hatte Vilfrid samt seines Anwalts in der Vernehmung, begleitet durch den jungen Gerichtsassistenten aus Birnas Büro und Solvey. Man konnte immer wieder erkennen, wie sich der Befragte und der Anwalt beraten mussten. Und schließlich erkannte man schon an der Körpersprache, dass Vilfrid Dinge zugeben musste. Stella hatte aus ihm in relativ kurzer Zeit bereits herausgeholt, dass er immer wieder für MediXXX und für MTH tätig gewesen war. An zwei Stellen hatte er sich blöd verplappert, was in großen Teilen daran lag, dass Stella ihn mit ihrer raschen, forschen Art immer wieder unter Druck gesetzt hatte, gnadenlos.

Dadurch war schließlich herausgekommen, dass er auch schon Gefälligkeitsgutachten für beide Firmen erstellt hatte. Der nächste Lapsus brachte den Anwalt dann dazu, die Vernehmung zu unterbrechen. Die Polizisten wurden gebeten, den Raum kurz zu verlassen und Stella rauschte zu Birna und war aufgedreht wie ein kleines Mädchen. „Ich glaube, dass er uns jetzt gleich gestehen wird, dass er das ganze Wochenende bei MediXXX gesessen hat, um die Dokumente zu fälschen, die sie Bjarne heute Morgen in die Hand gedrückt haben!"

„Machst Du Witze? Das wäre ja schon mal ein Vergehen erster Klasse..."

„Dafür wandert er in den meisten skandinavischen Ländern in den Bau, würde ich sagen," grinste Stella und konnte kaum aufhören, sich in dieser kindlichen Weise zu freuen.

Einen Augenblick später kam der Anwalt aus dem Vernehmungszimmer, schüttelte der Staatsanwältin die Hand und nickte Stella zu.

„Er gibt es zu?"

„Ja, er wird es zugeben. Er hat die Dokumente gefälscht – das gesamte Wochenende über. Als Ihr Kollege ihn heute Morgen im Auto gesehen hat, kam er gerade von dort. Er und Olafur."

„Kann er das beweisen?" wollte die Staatsanwältin wissen.

„Eine ungewöhnliche Frage, Birna – aber ja, kann er. Er hat sich die Dokumente zwischenzeitlich nach Hause geschickt – das ist das eine. Wie er das gemacht hat, habe ich technisch nicht verstanden, wird aber erst einmal nicht so wichtig sein. Außerdem waren er und sein Nachbar in einem Hotel eingebucht."

„Auf ihren eigenen Namen?"

„Besser. Auf ein Kontingent der MediXXX. Da gibt es also mindestens 6 oder 8 Zeugen vom Zimmermädchen bis zur Hotelchefin, die das bezeugen können – es gibt das Dokument, es gibt zwei Anrufe auf seinem Handy – einer stammt vom Privathandy von Hakon, also dem Geschäftsführer der MediXXX. Und der erfolgte Samstagmittag, als er gerade hier aus dem Gespräch mit Euch nach Hause fuhr. Das werden wir ganz Zweifelsfrei mit den Funkmasten nachweisen können. Da hat er sich ja mal richtig dumm benommen. Und: Ihr erkennt, dass meinen Mandanten das in mehrerlei Hinsicht entlastet."

Die beiden Frauen nickten. Die Staatsanwältin mit einem

Lächeln, Stella Nykvist mit einem gewissen Misstrauen im Blick.

„Komm, Stella – was willst Du noch?“ fragte der Anwalt sie und Stella schüttelte den Kopf.

„Ich will von Euch gar nichts. Versteh mich nicht falsch. Aber ich frage mich: Wenn sich Hakon so vollkommen blöd benimmt, was sagt uns das eigentlich darüber, was er mit der ganzen Aktion verheimlichen will?“

„Hm?“

„Na überlegt doch mal. Ich gehe jetzt mal für den Moment davon aus, dass Vilfrid da keinen Quatsch erzählt. Dann hat der Geschäftsführer der MediXXX ein paar Hunderttausend Kronen geopfert, um gefälschte Ergebnisse herstellen zu lassen. Die sollen ihn von etwas entlasten. Und er hatte offensichtlich Panik, oder? Sonst wären ihm doch nicht solche Fehler unterlaufen, oder? Ich meine: Steck die beiden Jungs in das Hotel und sag ihnen, sie sollen es selbst zahlen und gib ihnen dafür ein paar zehntausend Kronen mehr – schon ist der Beweis weg.“

„Das ist wahr…“

„Also: Jetzt scheint mir die eigentliche Frage doch wohl zu sein: was wollte der damit verheimlichen? Da muss doch noch etwas viel schlimmeres anliegen, oder?“

„Worauf willst Du hinaus?“

„Okay… ich schaue jetzt mal zu Dir, Birna. Wären wir bereit für einen Deal, wenn Vilfrid uns einen Hinweis darauf gibt, was hier eigentlich verheimlicht werden soll?“

#043

Sie fragte sich seit Wochen, wer eine gusseiserne Pfanne anschaffte, die so viel wog wie ein Kleinwagen. Als es klingelte, hatte Stella gerade die große Pfanne abgetrocknet, die sie kaum mit einer einzelnen Hand halten konnte und war froh, sie wieder los zu sein.

Sie kontrollierte die kleine Treppe, die zu ihrem kleinen Haus hinaufführte und erkannte Yrsa, die wenige Häuser weiter oben wohnte. Was konnte die von ihr wollen? Sie blickte auf die Uhr und stellte fest, dass es gerade einmal halb neun war, obwohl es ihr später vorkam. Der Tag war inhaltlich zu lang gewesen und Vilfrid hatte sich Bedenkzeit ausgebeten, obwohl sie ihn so gerne festgesetzt hätte.

Sie legte die Küchensachen beiseite und begab sich zur Haustür. Yrsa stand zwei Stufen unter ihr, als sie öffnete, hatte sich halb umgewandt und sah auf die Straße hinaus. Dann drehte sie sich um und schaute verschwörerisch. „Stella... Ich brauche eventuell Deine Hilfe..."

„Ja... Was kann ich für dich tun?" Stella hatte im ersten Moment angenommen, dass es hier um etwas im Bereich der Kirche gehen würde, in der Yrsa sich stets ausgiebig engagierte. Ohne Yrsa wäre Stella nie zu dem Koch-Event in der Kirche gekommen. Die Frau war knapp über 60, arbeitete nicht mehr und hatte vor zwei Jahren ihren deutlich älteren Mann verloren, was sie zu einer einsamen Witwe machte, die für dieses Leben entschieden zu fit war, wenn man Stella Nykvist fragte.

„Ich..." murmelte sie und wirkte dabei erstaunlich flatterhaft, angespannt. „Hast Du eine ganz helle Taschenlampe, Stelly?"

„Ja... habe ich. Warte, ich hole sie."

„Nein!" Sie machte zwei Sätze die Treppe hinauf, blickte sich noch einmal rasch um und stand dann plötzlich bei Stella im Haus und schloss die Tür.

„Stelly – es geht nicht um die Taschenlampe allein. Ich brauche dich als Polizistin."

„Yrsa… Was ist denn mit Dir – du zitterst ja?"

„Ich… ja, du hast recht. Ich glaube… Ich bin der Ansicht, dass diese junge Frau am Freitag bei mir vor dem Haus ermordet wurde."

„Was? Yrsa… was bringt Dich zu dieser Annahme?"

„Ich denke, ich habe es gesehen…"

„Du denkst, Du hast es gesehen? Das musst Du mir erklären. Komm rein, lass uns…"

„Nein – wir müssen die Zeit nutzen. Bitte, nimm die Taschenlampe, jetzt! Ich meine es ernst, wir müssen die kommenden Minuten nutzen – ich erklär es dir gleich bei mir am Haus."

Stella akzeptierte widerwillig. Für einen ganz kurzen Moment hatte sie die Vision, dass Yrsa eine ganz schlechte Schauspielerin war, die ihr etwas vorspielte und dann fand in ihrem Haus eine Überraschungsparty statt oder so etwas. In jedem Falle schien ihr das Benehmen ihrer Nachbarin so ungewohnt und übertrieben, dass sie es nicht recht einordnen konnte. Dennoch schnappte sie sich die Taschenlampe, warf sich einen Hoodie über und folgte der Frau, die leicht nervös die Straße nach unten mit ihrem Blick absuchte. Sie gingen die wenigen Meter zu Yrsas Haus hoch und Yrsa blickte immer wieder nach unten in Richtung der Kirche.

„Yrsa, was…?"

„Pssscht, gleich." Sie ging die letzten Meter sehr vorsichtig, ganz so, als könne das Haus sie unerwartet angreifen.

„Ich habe mir das alles schon am Samstagmorgen angesehen – aber da hatte es geregnet. Und ich war zu doof. In der Nacht von Freitag auf Samstag haben hier zwei Personen gekniet. Das konnte ich vom Küchenfenster aus tatsächlich sehen. Ich wollte zuerst rausgehen, weil ich dachte, da wäre jemand hingefallen oder auf dem Gehweg umgeknickt. Ist mir auch schon passiert."

„Okay… Und dann?"

„Ich bin dann nicht rausgegangen, weil die Geräusche so komisch waren. Ich war mir sicher, dass da jemand geschlagen wurde. Da war Gewalt im Spiel – da war ich mir sicher! SICHER!

Da gehe ich doch nicht raus. Ich habe mich nicht mehr bewegt, Ich habe mich hingekniet und gehofft, dass mich niemand gesehen hatte. Dann hörte ich jemanden wegrennen. Männerschritte, feste Schritte. Ich wollte mich nach einiger Zeit wiederaufrichten – da sehe ich einen Wagen vor meiner Tür parken. Dann höre ich schwere Geräusche, Stöhnen. Dann geht die Klappe zu – aber der Mann setzt sich nicht ins Auto. Der schüttet etwas auf den Gehweg, ich höre, dass er da mehrere Liter hinschüttet und schließlich bekomme ich Angst und frage mich, ob der Verrückte am Ende da noch Benzin hinschüttet und mein Haus abfackeln will! Stell dir das mal vor.

Ich habe mir fast in die Hosen gemacht. Ich bin dann ganz kurz hoch – und da habe ich ihn gesehen. Mit einem dicken Kanister in der Hand. Nicht so ein einfacher Benzinkanister. So ein dickes Ding – ich würde sagen, mehr als zehn Liter. Und er schüttet den auf den Gehweg, auf die Straße, schnappt sich noch einen und schüttet auch den auf die Straße."

Yrsa begann, leicht zu weinen, Sie zitterte und Stella war weitestgehend ratlos. Was sollte sie jetzt tun? Sie wurde nicht ganz schlau aus dem, was die Frau ihr zu vermitteln versuchte. War da der Mord vor ihrem Haus passiert, wollte sie ihr das sagen?

„Yrsa – und dann? Was ist dann passiert?"

„Ich bin auf Knien nach hinten ins Haus gekrabbelt und habe mir gesagt ‚Wenn er uns abfackeln will, haue ich durch den Garten ab' – und dann habe ich kurze Zeit später gehört, wie er weggefahren ist. Nach einer Stunde oder so habe ich mich dann getraut und bin nach vorne. Da war niemand mehr. Es regnete mittlerweile ziemlich heftig und die Straße war insgesamt nass. Aber hier vor der Tür, da stank es nach Chemie! Ich sage dir: Das roch so, dass ich zuerst die Feuerwehr rufen wollte – aber ich habe mich nicht getraut. Und jetzt schau mal hier."

Yrsa ging in die Knie. Unterhalb ihrer Treppe war eine kleine gekieste Vertiefung. Ausreichen Platz, damit sich ein kleines Kind verstecken könnte. „Mach die Lampe an!"

Stella schaltete die Maglite an, die einen heftigen Lichtkegel in die Nacht warf, der beinahe in den Augen schmerzte. „Yrsa, was sollte ich da sehen, was mir…“ Dann sah sie es und hielt inne. Sie bewegte die Taschenlampe und sah es. Noch schlimmer: Sie begriff es. Auf dem Kies, auf dem Holz, auf dem Betonsockel, überall konnte man sie sehen: Blutspritzer, wohin das Auge reichte. Hier waren sie vor dem Regen geschützt gewesen und hatten überleben können. Dort war mehr Blut, als für eine Probe notwendig war, das deutete ganz klar an, dass hier jemandem schlimme Wunden zugefügt worden waren.

„Ach Du… Yrsa – wieso hast Du das niemandem gesagt?“

„Weil ich mich nicht getraut habe,“ erklärte sie mit einer beinahe quiekenden Stimme, in der so viel Angst steckte, wie Stella der erwachsenen Frau kaum zugetraut hätte, die sonst so kraftvoll im Alltag zu stehen schien.

„Yrsa – wieso? Was hat Dir solche Angst gemacht?“

„Ich hatte doch keine Beweise mehr. Er hatte ja scheinbar das ganze Blut hier irgendwie chemisch beseitigt! Und da kann ich doch schlecht einen Nachbarn anschwärzen! Dann kommt er zwei Nächte später und schlägt mir auch den Schädel ein.“

„Nachbar? Wer?“

„Na – Kjell! Was meinst Du denn, wer?“

Stella hielt für einen Moment unbewusst den Atem an und spürte, dass sie für einen kurzen Augenblick Probleme mit der Atmung hatte. Sie musste das irgendwo hinstecken, diese Empfindung. Sie musste das irgendwie in den Griff bekommen. Kjell? Der Kjell? Na klar – welcher sonst? Wer hätte so schnell seinen Wagen holen können? Kjell, der nur wenige Sekunden weiter oben am Berg wohnte. Sie schaltete die Taschenlampe mechanisch aus und sah Yrsa an, die nun mit einem Male noch geschockter wirkte, als sie es ohnehin schon gewesen war. Stella ahnte etwas, sah sich rasch um und konnte erkennen, dass der Mann, der dort mit der Einkaufstüte den Berg hinaufkam, mit großer Sicherheit Kjell sein würde.

Daher die Hektik. Yrsa hatte gesehen, dass er zum Einkaufen

gegangen war und hatte die Zeit nutzen wollen, bis er wiederkam. Stella begriff. Sie nickte. Dann improvisierte sie, so gut es ging. Sie machte einen Schritt nach vorn und umarmte Yrsa. Dann zischte sie ihr ins Ohr „Ich werde Dich jetzt gleich loslassen und dann sagst Du ganz laut *Danke Stella – was hätte ich ohne Dich nur gemacht*? Dann gehst Du ins Haus und sagst *Wir sehen uns morgen*, okay?"

Yrsa nickte, obwohl sie nicht verstand. Und noch bevor Stella ihr ein Zeichen geben konnte, löste sie sich aus der Umarmung und tat exakt das, was Stella gesagt hatte, begab sich zur Treppe und verabschiedete sich lautstark bis zum Folgetag.

Stella drehte sich mit gespielter guter Laune um, spürte ihren Puls jedoch bis in die Fingerspitzen von Daumen und Zeigefinger und hatte Mühe, ihren Atem herunter zu bekommen. Blut rauschte laut durch ihre Ohren. Sie lief ein paar Schritte und gab sich beschwingt, kindlich. Dann winkte sie Kjell, der ihr entgegenkam, machte einen kurzen Satz auf die Treppe und blieb auf der untersten Stufe stehen. Er hatte wieder eine dieser Papiertüten bei sich, aus dem Grünzeug herausschaute. Kjell ernährte sich sehr bewusst und kochte viel selbst, was Stella tatsächlich beeindruckte. Ihre Kochkünste waren in der Bandbreite eher eingeschränkt. Die wenigen Gerichte, die sie gut konnte, kochte sie seit 15 Jahren immer und immer wieder.

„Stella... lauerst Du mir auf?"

„Nein... sollte ich?"

„Ihr lauert mir doch jetzt ständig irgendwo auf..."

Er blieb konzentriert vor ihr stehen. Dann blickte er unübersehbar in Richtung zu Yrsas Haus. Stella war angespannt, zum Bersten angespannt, ihre Muskeln am Rücken hatten sich verkrampft und sie war froh, eine Stufe über Kjell zu stehen, was sie in etwa gleichgroß machte. Sie überlegte, was zu tun war, was er gesehen hatte. Zwei Frauen, eine davon Polizistin, die mit einer riesigen Taschenlampe vor Yrsas Haus gestanden hatten. Vor dem Haus, vor dem er vielleicht wenige Nächte zuvor jemanden getötet hatte.

Jemanden getötet.

Sie hatte diesen Mann schon nackt im Arm gehalten, seine Muskeln gespürt und war sich sicher, dass er ihr körperlich heftig überlegen war, obwohl sie natürlich diverse Kurse in Selbstverteidigungstechniken hinter sich gebracht hatte. Yrsa gegenüber würde er nicht viel Kraft benötigen – die war schlank, bewegte sich aber nicht viel. Sie musste Yrsa schützen.

„Wie war Dein Gespräch mit der Staatsanwältin?"

„Das weisst Du doch längst, oder?"

„Ja... Ich war dagegen, ehrlichgesagt. Aber..."

„Ich denke, du bist die leitende Ermittlerin?"

„Ja," sie lachte bemüht, „Aber das ist nicht wie im Fernsehen. Die Staatsanwältin ist die, die das Sagen hat. Ich habe mich auch gewundert, dass sie dann noch die Geschichte mit der DNA angeordnet hat! Das hätte ich auch nicht gemacht."

Vor ihrem geistigen Auge erschien ein Kjell, der eine Sturmhaube trug und einen Hammer schwang und einer jungen Frau den Kopf zertrümmerte und brutal das Leben aushauchte. Ein Kjell, der einer Frau den Bauch abgeschnitten haben musste. Mit einem großen Messer in eine Frau hineingestochen! Dieser Kerl, der da direkt vor ihr stand, gut aussah und gut roch. Sie schluckte.

„Komm auf einen Schnaps rauf – ich will mich entschuldigen." Er reagierte einen Moment lang nicht und Stella streckte sich bewusst so sehr, dass ihr Hoodie hochrutschte und ihren Bauchnabel freilegte. Jetzt war die Zeit für weibliche Reize gekommen, beschloss sie, weil sie nicht wusste, wie sie sich sonst helfen sollte. Und vor allem: Wie sie Yrsa sonst helfen sollte.

„Komm," sagte sie und drehte sich einfach um und sprang mit wenigen Sätzen die kleine Treppe ins Gelbe Haus hinauf. Es dauerte einige wenige Augenblick, dann hörte sie Kjells Schritte auf der Treppe. Stella fasste einen Plan. Einen bescheuerten und riskanten Plan, der auf einer einzigen sicheren Qualität beruhte. Während Sie zwei Schnapsgläser aus der kleinen Vitrine hervorzauberte, stellte sie fest, dass ihr neues chinesisches Telefon leuchtete. Es war offensichtlich eine Nachricht eingegangen und sie konnte die ersten zwei Zeilen gerade noch lesen, bevor das Handy wieder in den Stromsparmodus wechselte.

Sie bedauerte, diese Nachricht gesehen zu haben, aber sie festigte ihren Plan. Kjell stand im Eingangsbereich, unschlüssig, fremd. Er misstraute ihr nach diesem Tag. Sie wusste, dass er noch an der Frage kaute, ob nun wirklich Birna als Staatsanwältin das Sagen hatte oder vielleicht doch sie. Tatsächlich hatte sie ihn sicherlich in dem Glauben gelassen, dass ohne sie bei den Ermittlungen nicht viel ging, so ehrlich war sie zu sich. Aber an dem Abend hatte sie sich verkauft, hatte ein klares Ziel für die Nacht gehabt. Sie konnte kaum glauben, dass das nur wenige Tage her sein sollte.

„Kjell, jetzt komm." Sie hielt ihm einen frisch eingeschenkten Schnaps hin und blickte ihm mutig in die Augen. Er zögerte, stellte aber schließlich seine Einkaufstüte ab. Dann legte er kurz seine Jacke ab, warf sie über einen kleinen einfachen Holzstuhl im Eingangsbereich und trat fest in den großen Raum, der Küche, Wohnzimmer und Esszimmer in diesem Haus darstellte.

Er griff den Schnaps, streifte ihre erregten Fingerspitzen nur leicht, blickte sie an und prostete ihr zu. Dann kippten sie beiden den Schnaps herunter, bemüht, sich dabei nicht aus dem Blick zu verlieren.

Sie kam einen Meter näher. „Deine Manieren verkommen etwas, Wikinger," hauchte sie. „Bekomme ich keinen Kuss mehr, wenn Du mein Haus betrittst?"

Sein Blick blieb konzentriert auf ihr haften. Sie hatte gehofft, dass er sie ohne weiteres Nachdenken an sich ziehen würde, hatte ihre erregende Wirkung auf ihn aber scheinbar überschätzt.

„Du bist ja kein Freiwild, habe ich gelernt," spielte er auf den Vorfall in seinem Büro an, der ihm offensichtlich zu denken gegeben hatte. Ihr war klar, dass sie jetzt in die Stella-Rolle schlüpfen musste, wenn er nicht misstrauisch werden sollte und sie wurde ansatzlos laut „Kjell! Bitte. Das war ja wohl nicht ganz dasselbe, oder? In deinem Büro? Während ich dienstlich da bin? Mein Kleiner, das gehört sich nicht."

Er dachte einen Moment nach – kam dann näher und hatte sich offensichtlich dazu durchgerungen, ihr einen Kuss zu geben. Sie drehte sich jedoch weg, griff nach der Flasche und verkündete „Wiedergutmachschnaps!"

Dann schüttete sie sein Glas ungefragt voll, stieß mit ihm an, schüttet sich den Schnaps in den Mund, kam näher, küsste ihn und ließ ihren Schnaps dabei geschickt in seinen Mund rinnen. Dann löste sie sich von ihm und blickte ihm in die Augen. So, wie ihrer Ansicht nach eine Frau schaute, die eindeutige Absichten signalisieren wollte. Schließlich küsste sie ihn noch einmal, spielte mit seinem Ohr und ließ ihre Hand an seinem Hals herunter gleiten, dass es leicht kitzelte. Sie schnappte sich die Schnapsflasche noch einmal. Er hatte jetzt drei Gläser intus, sie eins. Ein faires Verhältnis, wie sie fand. Sie streifte seinen Schritt im Vorbeigehen mit ihrer Hüfte, sagte nichts und ging wiegend in Richtung Schlafzimmer.

Sie wusste, dass er ihr jetzt auf den Hintern schaute. Als sie sich im Schneidersitz aufs Bett setzte, und die Flaschen hörbar entkorkte, konnte sie am Knarzen der Dielen hören, dass er ihr folgte. Er blieb vor dem Bett stehen.

„Was hast Du bei Yrsa am Haus gemacht, vorher?" fragte er und es klang leider nicht beiläufig für ihr Ohr, sondern eher wie ein Verhör. Für sie gab es nur eine Reaktion. Sie musste ihn jetzt platt machen.

„Kjell! Was hat denn Yrsa jetzt hier in meinem Schlafzimmer verloren? Hättest Du sie gerne dabei?"

„Stella... ich..."

„Mann!" Sie erhob sich, nahm einen dicken Schluck aus der Flasche, von dem kein Tropfen in ihren Mund drang. Dann tat sie so, als würde sie an Kjell vorbei wollen, aber er fing sie ab, hielt sie fest. Erstaunlich fest, wenn sie ehrlich war. „Schon okay..." sagte er dann. Er hatte sich scheinbar entspannt. Seine

Hand griff um ihre Taille herum, seine zweite Hand legte sich langsam über ihre Brüste, bevor er seine Hand schließlich sogar frech unter ihren Hoodie schob. Sie griff ihm von vorne langsam in den Schritt, presste ihren Po gegen ihn, entfernte sich wieder und drückte dann wieder gegen seinen Schritt. Sie konnte spüren, dass ihm das gefiel und dass er Yrsa vergessen würde.

Gute fünf Minuten später lag er auf ihrem breiten Bett und sie küsste seine Brust, während er sich wohlig räkelte und sie weiter herunterrutschte. Sie ließ ihre Fingernägel über seinen Bauch kreisen, kratzte ihn ganz leicht, biss in seine Unterhose, vorsichtig, aber bestimmt und spürte und hörte, wie erregt er war. Dann ging sie weiter herunter, fingerte nach ihrer Jeans, während sie seinen Beckenknochen anknabberte. Mit einer raschen Bewegung kam sie über ihn, drückte ihm ihren Slip mehr oder weniger in den Mund und wusste, dass er nicht widerstehen können würde, als es hinter ihm plötzlich ein metallisches Geräusch gab und er etwas kaltes am Arm fühlte. Er blickte sie an, blickte hoch und wollte nach ihr greifen – da war sie bereits rasch aufgestanden.

Sie überlegte einen Moment. Dann traf ihn ein fester Schlag unerwartet zwischen den Beinen und er krümmte sich, während er begriff, dass er mit Stellas Handschellen gefesselt an der Stange ihres Bettes dalag. Bevor er reagieren konnte und die neue Situation begriff, griff sie rasch nach seinem Slip und riss ihn herunter, so dass er vollständig nackt und gefesselt auf ihrem Bett lag. Nein – das hatte nichts mehr mit einem Liebesspiel zu tun. Das war Erniedrigung. Was passierte hier?

Er blickte sie mit einem leicht dummen Gesicht an, als sie aufstand und sah, wie sie ihn eine ganze Zeit lang im Dunkeln ansah. Er wusste, dass er verspielt hatte, wusste aber nicht, warum. Was sollte das, was hatte er ihr getan?

„Stella? Spinnst Du? Was soll das jetzt?"

„Ich habe gerade eben eine Nachricht bekommen. Wir haben einen harten DNA-Treffer. Weisst Du, was das bedeutet?"

„Was? Stella – was hat das jetzt mit deinem…?"

„Wenn Du das nächste Mal Kleidung verbrennst, dann solltest Du warten, bis sie verbrannt ist.“ Dann schnappte Stella Nykvist sich ihr Telefon, wählte und sagte „Birna? Ja – Ihr müsst Kjell nicht mehr suchen. Er ist hier bei mir. In Handschellen. Holt ihn einfach ab.“

#044

Bjarne war um kurz vor vier aufgewacht. Sein Körper schien ihm zu signalisieren, dass er sowohl eine lange Fahrt als auch einen langen Tag vor sich hatte. Dafür, dass halb Island in Reykjavik lebte, war die Stadt seiner Ansicht nach wirklich alles andere als zentral gelegen.

Er warf einen Abschiedsblick auf „die Gynäkologin", sprang kurz unter die Dusche im unteren Stockwerk und traf vor der Haustür auf die Tochter des Hauses, als diese sich gerade hereinschleichen wollte.

Sie grinste „Sehen wir uns jetzt öfter?"

„Mal sehen," erklärte er gutgelaunt und ließ die Tür für sie offenstehen.

Nach zwei Stunden Fahrt, als er sich so langsam der vertrauten Gegend näherte, hielt er auf einem Hügel an und streckte sich. Er roch nach ihrem Shampoo, das würde er den ganzen Tag nicht loswerden. Sein Blick ging über endlose Wiesen, seitlich gesäumt von dem schwarzen Gesteinsschotter, der dem Land seine Farbe diktierte. Er nahm einen Schluck aus der Kaffeedose, die er unterwegs gekauft hatte. Er begann, dieses komische Zeug zu mögen in einem Land, in dem Coffee-To-Go scheinbar noch nicht seinen finalen Siegeszug angetreten hatte.

Bjarne fühlte sich frisch, wach, jung, obwohl er in Stunden gemessen nicht viel Schlaf in den neuen Tag mitnehmen konnte. Er musste Prioritäten setzen, würde sich heute irgendwann 20 Minuten Auszeit gönnen. Irgendwo weiter hinten ging die Sonne auf. Dennoch würde das Land auch heute wieder grau bleiben, soviel stand fest. Er straffte sich, fuhr die letzte Stunde begleitet von einer lauten CD, die Stella ihm empfohlen hatte. Ihr Metal-Geschmack war eigentlich nicht sein Ding, aber diese Platte mit den komplexen Stücken von über 10 Minuten und dem eigenartigen Monster auf der Vorderseite, begann er langsam zu mögen.

Als er an der Station eintraf, war diese noch geschlossen und er entschied sich, zu seiner Pension zu fahren. Auf dem Weg zur Pension entschied er sich dann spontan, weiter zu fahren und bog auf den Hof des langen Blocks ein, um sich den Fundort der ersten Leiche einmal um die Zeit anzusehen, zu der Vilfrid sie angeblich gefunden hatte.

Als er auf den Hof fuhr, kam ihm unerwartet eine bekannte Person entgegen. Er ließ das Fenster herunter. „Rayk – guten Morgen. Was machst Du denn hier?"

„Dasselbe könnte ich dich fragen," gab er grinsend in seinem Akzent wieder, der für Bjarne ein wenig schwer zu verstehen war.

„Ich wollte mir das hier einmal zu der Zeit ansehen, zu der die Leiche gefunden worden war."

Rayk schaute auf die Uhr. „Das stimmt jetzt nicht mehr." Er lehnte sich auf die Tür und Bjarne stoppte den Motor des kleinen Geländewagens.

„Wie meinst Du das?"

„Bei der Vernehmung gestern hat sich herausgestellt, dass die Zeiten allesamt nicht stimmen. Er hat nicht nur die Bilder früher gemacht – die Tote ist auch viel früher verschwunden."

„Oh nein – dann war die ganze Arbeit an dem Thema umsonst?"

„Nicht ganz. Ich hatte alle Aufzeichnungen noch da und hab gestern schon fast alles gesichtet."

„Grauenhaft… Hast Du was gefunden?"

„Nein, leider nicht. Mir ist nur gestern eins aufgefallen: Wir hatten immer nach den klassischen teuren deutschen Autos gesucht, weil das die Aussage gewesen war. Gestern war ich bei meiner Oma und die hat einen Skoda als deutsches Auto bezeichnet. Der kommt aus Tschechien, gehört aber zu VW, also ist ein Skoda für meine Oma auch ein deutsches Auto. Wir hatten nach Audi, BMW, Mercedes gesucht. Ich werde das jetzt noch einmal erweitern."

„Aha…" Bjarne nickte. Zu der Zeit, als sie das ermittelt hatten, hatte er sich noch in einem anderen Land aufgehalten. Die Frau, mit der er die Nacht verbracht hatte, kannte er da noch nicht. War das alles wirklich erst etwas über 100 Stunden her? Niemals…

„Weisst Du schon, dass wir eine Festnahme haben?“

„What? No way… wen? Wann?”

“Stella hat gestern Kjell festgenommen.“ Er musste lachen. „Und damit dürfte sie ein Denkmal in der Geschichte der Polizei von Kirkvogur gesetzt haben…“

„Tell me…“

„Sie hat ihn mit den Handschellen nackt in ihrem Bett gefesselt.“

„Stella…“ Er schüttelte den Kopf und würde sich die Details dazu später holen. Bullen-Tratsch war nie so sein Ding, auch wenn es in dem Falle versprach unterhaltsam zu werden. „Aber was ist da die Lage? Warum ist er festgenommen?“

„Wir haben einen harten Treffer bei der DNA aus den halb verbrannten Klamotten. Und auf der Kleidung ist überall Blut von Stina, der dritten Leiche. Also: Er muss sie mindestens stark blutend transportiert haben – wahrscheinlicher ist aber, dass er sie umgebracht hat.“

„Oha…“

„Und eine Nachbarin hat ausgesagt, dass er in der Nacht eine Frau vor ihrem Haus erschlagen hat. Da haben sie jede Menge Blut gefunden. Und das Blut stammt ebenfalls von der Toten. Die Frau hat auch ausgesagt, dass er das Blut auf der Straße gezielt mit irgendwelchen Chemikalien vernichtet hat. Und in seiner Garage finden sich große Kanister mit Chemikalien, die dafür geeignet sind.“

„Das ist ja… Und das alles in ein paar Stunden.“

„Und das ist nicht alles aus der Nacht.“ Er stieg in Bjarnes Auto, sie fuhren zur Station und Rayk sprach weiter. „Vilfrid hat zugegeben, dass die Unterlagen, die du bekommen hast, gefälscht waren.“

„Das allerdings weiß ich. Das hat die Ärztin, bei der ich war, auch herausgefunden.“

„Oh... cool. Dann sind wir da safe. Er hat sich anschließend ausgebeten, noch einmal eine Nacht über sein weiteres Geständnis zu schlafen. Sein Anwalt dürfte jetzt sehr bald bei uns aufschlagen. Meine Erfahrung: So eine Nacht in der Zelle lässt einen die Welt durchaus anders sehen...“

„Das denke ich auch. Und ich habe auch noch ein paar Neuigkeiten mitgebracht. Es sieht so aus, dass meine Ärztin noch ein paar Dinge analysiert hat. Sie sagt auch ganz klar: Der Gerichtsmediziner, den wir für die erste und die zweite Tote eingespannt haben, hat mal mindestens seinen Job nicht anständig gemacht. Und meine andere Theorie hat sie auch bestätigt.“ Er grinste. „Aber das erzähle ich gleich euch allen – da sind wir.“

#045

Die Station wirkte karg und trist auf Stella wie an jedem verdammten Tag, als sie eintraf. Sie war zu Fuß gegangen nach der kruden Nacht und hatte den Weg zum Telefonieren genutzt. Jetzt fühlte sie sich einigermaßen aufgeräumt und erwischte sich selbst bei einem kleinen Lächeln, als sie Bjarnes kleinen Jeep vor der Station entdeckte.

Die ersten Lichter waren bereits an, der Nebel zog von der Bucht herüber und bedeckte das gesamte Gebiet. Mit Stella traf ein Gefangenentransporter ein und sie freute sich über dieses Bild, denn dafür hatten sie in der vergangenen Woche alle geschuftet. Der Transporter entlud zwei Männer mit Handschellen: Kjell und Vilfrid. Bei beiden würde heute in ihrem Leben etwas Einschneidendes geschehen – in die eine oder andere Richtung. Und beide hatten früh aufstehen müssen. Island hatte gerade einmal fünf oder sechs Gefängnisse – exakt keines davon lag auch nur ansatzweise in der Nähe, also hatte die Staatsanwältin sie im Justizgebäude von Vaskurjutorg unterbringen lassen, in dem es exakt zwei Zellen gab. Sie mussten also seit sicherlich zwei Stunden auf den Beinen sein. Und beide hatten ihre erste Nacht in einer abgeschlossenen Zelle verbracht.

Stella war sich sicher, dass viele Verbrechen verhindert werden könnten, wenn man mehr Menschen einmal für eine Nacht in ein Gefängnis brächte. So eine geschlossene Unterbringung war so furchteinflößend, dass sie sicher war, manch einer würde ein gezücktes Messer bei dem Gedanken an den Knast wieder einstecken. Man musste nur einmal an dieser Erfahrung geschnuppert haben.

Die Erniedrigung, die sie Kjell zugefügt hatte, würde sie sicherlich im Laufe des Tages mindestens einmal erklären müssen, aber das war es ihr wert gewesen. Und sie war sich sicher, dass sie richtig gehandelt hatte. Als er sie mit Yrsa und der Taschenlampe gesehen hatte, hätte er sich eins und eins zusammenzählen können – und da wären im Zweifel beide Frauen unterlegen gewesen. Und der Mann hatte schon gemordet. Der Damm war gebrochen.

Während sie sich die Zeit nahm, dem Entladen der beiden Männer zuzusehen, was erstaunlich lange Zeit in Anspruch nahm, tauchte wieder der Anwalt von Vilfrid auf. Kurz danach nahm Stella dankbar zur Kenntnis, dass auch der Wagen der Staatsanwältin wieder um die Kurve gewieselt kam und Birna und ihr Bürosklave, wie Stella ihn im Inneren bezeichnete, ausstiegen.

Birna grinste sie auf mehrere Meter Entfernung an, schlug ihr im Vorbeigehen unerwartet fest auf die Schulter und sagte mit nur schwach erkennbarem Grinsen „Schwester!“ – vermutlich ihre Art, die gestrige Festnahme mit ihren leicht ungewöhnlichen Umständen zu kommentieren.

40 Minuten später startete Bjarne die Aufnahme, nannte die Namen der Anwesenden, die Staatsanwältin behandelte alle rechtlich relevanten Themen und gab den Ring frei. Bjarne hatte sich in die Fakten der Nacht eingelesen. Und nicht nur das: Er hatte sein Wissen über das geteilt, was „Die Gynäkologin“ nach ihren Telefonaten ihm gesagt hatte. Und da steckte noch mehr drin als nur eine Mordanklage.

Was jetzt kam, war der große Poker, nichts für Anfänger und kleine Jungs, da war sich Bjarne sicher und war jetzt tatsächlich hellwach.

„Kjell, vielleicht eins vorweg,“ begann Bjarne. „Du willst keinen Anwalt hinzuziehen, sehe ich das richtig?“

„Ich bin Jurist, ich vertrete mich selbst.“

„Kjell, bei allem hier möglicherweise gebotenen Respekt: nach unseren Akten hast Du ein abgebrochenes Jura-Studium und das war auch noch in Staatsrecht. Das hilft dir hier juristisch so viel wie die Kochrezepte deiner Oma.“

„Ich vertrete mich selbst, ich verteidige mich selbst, mach Dir um mich keine Sorgen. Fürs Protokoll – eure rechtliche Belehrung war lückenhaft.“ Er grinste und nannte einen

Paragrafen, auf den ihn Birna nicht hingewiesen hatte und einen Erlass, gegen den sie verstoßen hatte.

„Kjell," mischte Birna sich daraufhin ruhig ein. Der eine ist 2006 aufgehoben worden, der andere gilt nicht bei Mord. Bist Du Dir sicher, dass Du dich wirklich selbst juristisch vertreten willst? Ich sage noch einmal: Wir verhören Dich in einem Mordfall als Verdächtigen. Wenn das schiefgeht, reden wir von Lebenslänglich."

„Raus nach 16 Jahren," ergänzte er trotzig, wurde aber barsch von Birna unterbrochen.

„Mann! Jetzt mach doch hier nicht den Besserwisser! Thomas Møller Olsen – das wird dir doch wohl was sagen? Der Fall zeigt, dass auch nicht immer bei 16 Jahren Schluss sein muss."

Kjell nickte und sagte nichts weiter.

„Okay," nahm Bjarne den Faden wieder auf. „Der Verdächtigte nimmt die Diskussion durch Nicken zur Kenntnis. „Kjell – du weisst jetzt also, was auf dem Spiel steht. Wir sprechen ganz konkret vom Mord an Stina, von dem wir glauben, dass Du ihn begangen hast. Möchtest Du dich zu dem Vorfall selbst und freiwillig äußern?"

„Nein."

„Warum nicht? Willst Du sagen, dass Du es nicht warst?"

„Nein, weil ich in dem Punkt die Aussage verweigern möchte."

„Kjell..." stöhnte Birna. „Sanktionsrecht ist dir ein Begriff? Soll ich Dir einen Pflichtverteidiger besorgen?"

„Ich bin mit Gewalt verhaftet worden, unangemessener sexueller Gewalt."

„Das hast Du gestern bereits zu Protokoll gegeben und dem wird in einem separaten Verfahren nachgegangen werden. Wir ermitteln da. Das ist juristisch vollkommen belanglos für unser Gespräch."

„Okay," kam Bjarne wieder zurück, der das hier im Grunde schnell beenden wollte. „In dem Falle möchtest Du dich also nicht verteidigen, verstehe ich. Akzeptiere ich. Ich setze dich dann jetzt in diesem Falle in Kenntnis, was wir für den Tathergang halten. Du kannst damit unwidersprochen in den Prozess gehen – soll mir recht sein, dann ist mein Einsatz schnell beendet.

Du bist an diesem Freitag zuerst auf der Party unter dem Kirchhof gewesen. Dafür gibt es insgesamt sieben Zeugen, mit denen wir gesprochen haben. Die Namen kannst Du der Abschrift entnehmen, die wir Dir, als deinem eigenen Rechtsbeistand, zukommen lassen. Durch diese Zeugen lässt sich eingrenzen, dass Du etwa von 19:30 bis 21:50 auf der Veranstaltung warst. Stina ist kurz vor dir gekommen und wenige Minuten später unerwartet gegangen, obwohl sie sich gerade mitten in einer Unterhaltung mit einer Kollegin und Freundin befand. Das ist einigen im Kopf geblieben. Sie ist daraufhin über den Kirchhof hinaus zum Kirchplatz gegangen, von dort in die Skógargata weitergelaufen, wo sie von Dir überfallen wurde. Ist das bis hierhin korrekt? Der Zeuge schweigt. Okay…

Du hast dann auf die Frau eingestochen. Drei Mal mit einem langen Messer und ihr anschließend mit einem schweren Hammer gegen die rechte Schädelseite geschlagen. Die Reihenfolge kennen wir nicht. Noch nicht. Wir vermuten, dass Du zuerst mit dem Messer zugestochen hast und dann auf Stina mit dem Hammer eingeschlagen hast.“

Bjarne merkte, dass er so nicht weiterkommen würde und dass es hier eine andere Taktik brauchte.

Er erhob sich sehr spontan, griff einen kleinen zusammengerollten Schirm aus einem Ständer in der Ecke, drehte Birnas Stuhl unerwartet zur Seite, schaute zu Kjell rüber und sagte „also zuerst mit dem Messer. Zack! Zack! Zack!“ er demonstrierte das mit dem Schirm und war sich nicht sicher, wie lange die Staatsanwältin hier mitspielen würde. „Dann hat Stina nach Deiner Sturmhaube gegriffen!“ Zu Bjarnes erstaunen reagierte Birna und griff nach seinen Haaren. „Da plötzlich reißt sie dir mit letzter Kraft Deine Sturmhaube herunter! Nein!! Auch das noch! Sie hat dich erkannt. Bis gerade eben war das eine andere Nummer – aber jetzt kommst Du aus der Sache nicht mehr heraus!“ Bjarne wehrte sich, er griff hinter sich, tastend. „Du hattest den Hammer bei Dir – aber du konntest ihn nicht einfach offen tragen. Also hast Du ihn aus Deinem Rucksack gezogen! Und dann - PENG! Mit einem festen Schlag gegen die Schläfe. Und dann sinkt sie plötzlich nach vorn. Ihr Schädel ist seitlich eingeschlagen. Die schöne Frau hat Dich erkannt. Dabei wolltest Du nur das Baby töten, das da nicht sein sollte, richtig? Es sollte wie ein Überfall aussehen – und jetzt das. Die hübsche Frau – völlig deformiert. Das kann sie nicht überlebt haben! Und Stina läuft Blut aus der Nase, ihr läuft Blut aus den Augen – und das Blut läuft die Straße herunter. Jetzt ist guter Rat teuer! Du wirfst sie hin.“ Er ließ von der Staatsanwältin ab. „Du rennst die Straße zu Deinem Haus rauf.“

„IST JA GUT!!!“ schrie Kjell. Bjarne hatte die ganze Zeit über bewusst nicht auf sein Gesicht geachtet. Er wollte das ganze übertreiben und dazu musste er wie auf einer Bühne spielen können – da hatte ihn niemand ablenken sollen. Nun sah er Kjell ins Gesicht. Der hatte Tränen in den Augen.

Er senkte den Blick und begann zu sprechen. Er erzählte von dem Abend. Er berichtete, wie ihm schon Tage zuvor klar gewesen war, dass dieses Baby, das Stina erwartete, das Ende seines Lebens bedeuten würde. Er wusste, dass Stina das ganz anders sah und nach dem Studium, der Karriere, die sie rasch gemacht hatte und ihrem Verlobten, der ständig weg war, den Schritt gehen wollte. Sie wollte eine Familie gründen, sie wollte ein Baby haben. Sie wollte es mit Kjell haben, hatte sich schon ganz früh in den Mann verguckt, als sie noch wenig beruflich miteinander zu tun hatten.

Und Kjell hatte sie nur als eine Art erweiterte Bettgeschichte betrachtet, hatte stets auf ihre Verlobung spekuliert, der sie treu sein würde, wenn es darauf ankam. Sie hatten sich bemüht, ihre Beziehung geheim zu halten, eine ganze Zeit lang. Aber das Baby hatte alles geändert. Und dann war ihm der Gedanke mit dem bekloppten Überfall gekommen. Er hatte alles genau geplant. Und natürlich hatte ursprünglich kein Blut vernichtet werden müssen. Sein Plan war, ihr in den Bauch zu stechen und dann die Straße herunter zu fliehen. Weiter unten führte ein kleiner Pfad von hinten den Berg herauf und von dort aus wollte er auf der Rückseite seines Hauses wieder ankommen. Sie würde sich zu seinem Haus schleppen, er würde ihr schockiert auf den Bauch starren und rufen „Schatz! Das Baby!“ Und alles wäre wieder so gewesen wie früher. Als sie tot auf einer Plane in seinem Kofferraum lag und die Chemie-Brühe rot die Straße herunterlief und vom Regen verwaschen wurde, da kam ihm der Gedanke, es wie einen Mord der Serie aussehen zu lassen.

Und so hatte er die grausige Operation durchgeführt und seine Freundin zerschnitten. Dann hatte er sie auf den Berg gelegt, hatte die Körperteile ins Meer geworfen und dann seine Kleidung verbrannt.

„Offensichtlich nicht so richtig gut, hm?“

„Nein...“ murmelte Bjarne und musste zugeben, dass er einem Geständnis dieser Art, einem so offenen und schonungslosen Geständnis schon lange nicht mehr beigewohnt hatte. Er spürte, dass auch er gestresst war – und er konnte sehen, dass auch die Staatsanwältin es war. Dennoch wollte er die Gelegenheit noch nutzen und eine weitere These testen, die er in der Nacht besprochen hatte.

„Hatte Stina auch einen Zwilling im Bauch?“

„Nein... Wieso sollte sie...? Moment mal – was?“

„Na – darum ging es doch bei TwiXXX. Bist Du sicher, dass Stina da nicht dran teilgenommen hat und dich dann nur als Vorwand...?“

„Nein – hat sie ganz sicher nicht! Die Frau ist doch nicht wahnsinnig gewesen, die war einfach nur schwan...“

Und dann erst begriff Kjell, dass Bjarne ihn ausgetrickst hatte. Er hatte die Erschöpfung seines Geständnisses genutzt – und er war noch nicht fertig mit dieser Vernehmung. Soviel stand jetzt fest.

Bjarne erhob sich und erklärte „Ich brauche jetzt frische Luft – und Du brauchst sie auch.“

#046

Solvey hatte kein wirklich gutes Gefühl gehabt, als sie sich abgemeldet hatte – aber ihr war eine der Aussagen aus dem langen Block nachgelaufen, die ihr keine Ruhe gelassen hatte. Sie hatte sie in den vergangenen Tagen drei Mal angehört und sich alle möglichen Sprachverwirrungen und Ungenauigkeiten überlegt, die die Sache erklären könnten – aber sie war zu keiner richtig klugen Erklärung gekommen, also hatte sie sich, Mordbefragungen hin oder her, noch einmal eine Stunde aus den Rippen geschnitten und war zum Langen Block gefahren und hatte bei Apartment 4D im mittleren Haus geklingelt. Im Langen Block war die Wahrscheinlichkeit, die Leute mitten am Tag anzutreffen, traurigerweise sehr hoch.

Die Tür wurde nach kurzer Zeit geöffnet und sie lief mit dem zusammengerollten Ausdruck der Aussage in der Hand die Treppe rasch hinauf, wo eine Frau mit leicht misstrauischem Blick auf sie wartete.

„Hallo, Ich bin Solvey von…"

„Du bist Polizei?"

„Ja…"

„Das musste ja kommen." Während Solvey noch nach einer klugen Erwiderung suchte, hatte die Frau sich umgedreht, war in die Wohnung gegangen und hatte die Tür offenstehen lassen. Na gut, dann eben keine kluge Erwiderung.

Sie trat über die ausgeprägte Türschwelle und wurde von stehender Luft empfangen, die von kaltem Rauch geschwängert war. Hier wurde offensichtlich seit Jahren geraucht und nur dienstags vormittags kurz gelüftet. Widerwillig folgte sie der Frau in die stinkige Wohnung, ohne ihre bisherige Reaktion so richtig einordnen zu können.

Die Frau stand am Fenster in der Küche, hatte sich angelehnt und rauchte mit misstrauischem Blick. Dann nickte sie und erklärte mit wenig schmeichelhaftem Ton „War ja klar, dass der Vil zu dämlich für so eine Geschichte ist."

„Hm…“ Solvey blieb unbestimmt und blickte sich kurz um.

„Ihr habt ihn doch am Wickel, den Vilfrid?“

„Wir verhören ihn zurzeit, ja.“

„Und da hat er es gleich erzählt, dass wir uns an dem Morgen begegnet sind?“ Sie fluchte in sehr altem Nordisch und schlug dabei fest auf das Fensterbrett. Dann drehte sie sich herum und blickte kurz aus dem Fenster, während Solvey Bruchstücke zusammenbaute. Sie hatte die Frau nach etwas gänzlich anderem fragen wollen. Die Frau hatte in ihrer ersten Vernehmung immer von „der Toten“ gesprochen – zu einem Zeitpunkt, als das noch nicht bekannt war. Das hatte Solvey stutzig gemacht, obwohl es durchaus gute Erklärungen dafür geben konnte.

„Du sagst also, dass ihr Euch begegnet seid, Vilfrid und Du an dem Morgen?“

„Das brauchst Du gar nicht so zu fragen, als wüsstet ihr es nicht,“ antwortete die Frau, ohne sich dabei umzusehen.

„Okay, ja… lassen wir das. Wir wollen momentan noch die Zeiten und die Details verstehen. Wann war das genau?“

„Nachts halt, früh morgens oder so.“

„Aha… Wann genau?“

„So Sechsdreissig, denke ich.“

„Und da kam Vilfrid…?“

„Vom Container…?“ Nun drehte sie sich um, zog fest an der Zigarette und musste die Augen zusammenkneifen, damit ihr der Rauch nicht die Tränen in die Augen trieb. Sie schien Solvey für einigermaßen blöd zu halten, sie nach Dingen zu fragen, die Solvey längst wissen musste. Dass Vilfrid bislang nichts in der Art erzählt hatte – diesen Gedanken hatte die Raucherin gar nicht zugelassen. Aber nun gingen Solvey gleich mehrere Lichter auf.

„Und dann bist Du zu dem Container gegangen?“

„Na sicher! Ich dachte, der hätte da wieder hingepinkelt. Such schon lange nach dem, der das immer macht.“

„Und dann?“ Sie legte ihr Handy auf den abgewetzten Tisch und erklärte ihr „Ich muss das aus rechtlichen Gründen aufzeichnen, ja?“

„Meinetwegen.“

„Okay, also Sechs Uhr Dreißig morgens etwa. Du triffst Vilfrid hinter dem Haus. Du gehst zum Container… und dann?“

„Wir müssen es nicht so spannend machen!“ fauchte sie unerwartet laut und drückte dann mit heftigen Bewegungen die Zigarette in dem schweren Glas-Aschenbecher aus, indem sie sie mehrfach von oben fest auf die Glasoberfläche schlug. „Ich habe den Container aufgemacht und hab die tote Frau gesehen. Besonders gut hatten sie die ja nicht versteckt.“

„Wer, *die*…?“

„Na die, die sie dort reingeworfen hatten halt.“

„Hast Du die gesehen?“

„Nein, wie soll ich?“

„Woher weisst Du dann, dass es mehrere waren?“

„Na – einer wird die Frau ja wahrscheinlich nicht…. Ich weiß das nicht. Vielleicht war es auch ein kräftiger Kerl, der allein war. Kann sein.“

„Okay – und dann?“

„Hab ich geschaut, dass ich wegkomme, was denn sonst??“

„Du hast nicht daran gedacht, die Polizei anzurufen?“

„Ja, na sicher,“ höhnte sie, „Dann kann ich mir doch gleich einen Strick um den Hals binden! Ich hab‘ doch den Kerl gesehen. Der wüsste doch, dass ich das war!“

„Der Vilfrid?“

„Sag mal – bist Du langsam im Kopf? Natürlich den! Der hat mich doch erkannt. Da rufe ich doch nicht die Polizei. Da gebe ich dem doch Vorsprung. Da dachte ich doch noch, dass er das gewesen sein könnte. Aber als er dann die Leiche selbst bei Euch gemeldet hat…“

„Was hast Du eigentlich um die Zeit draußen gemacht?“

„Ich… wollte an der Tankstelle was zu Trinken holen, hatte nix mehr da.“

„Morgens um 6?“

„Wenn man halt... Und ich kann die Tankstelle ja sehen. Ich wusste ja, dass der Bursche da ist. Der muss hier rübergekommen sein, als ich mich gerade angezogen hab. Ich hätte vorher gehen sollen, als sein Kumpel die ganze Zeit da gewesen war. Ich war eh seit 5 oder so wach und habe alte Folgen von Soldaek im Fernsehen geschaut."

„Hm... Was war das für ein Kumpel?" fragte Solvey leicht abwesend und versuchte erneut, sich einen sinnvollen Reim auf diese zusätzlichen Informationen zu machen.

„Das ist glaube ich einer von der MTH. So einer mit einem fetten Schlitten. Ein Opel oder Ford, denke ich. Der ist öfter mal nachts da und die beiden machen irgendwelche Sachen auf Computern und so..."

„In der betreffenden Nacht auch?"

„Keine Ahnung – da hab ich eher Soldaek im Fernsehen geschaut. Das ist spannender, als denen zuzusehen, wie sie da im Neonlicht herumstehen."

„Und der Mann kommt öfter?"

„In letzter Zeit schon. Und oft mit Frauen zusammen."

„Den Wagen – würdest Du den erkennen?"

„Was hat das denn jetzt damit zu tun?"

„Kleinen Moment..." Solvey fummelte an ihrem Telefon herum lud zwei Bilder herunter und zeigte sie der Frau. Den größten aktuellen Opel und den aktuellen größten Ford. Die Frau Raucherin deutete klar und ohne eine Sekunde des Zögerns auf den Opel und zündete sich die nächste Zigarette an, jetzt etwas entspannter wirkend.

Auch Solvey wirkte etwas entspannter. Einen solchen Wagen sah sie zurzeit jeden Morgen, wenn sie an der Kaffeemaschine im oberen Stock Teewasser machte und auf das Gebäude der MTH hinüberschaute. Der Zusammenhang war ihr noch nicht ganz klar – aber so war das ja oft, wenn Verbrechen auf engem Raum geschahen: Die Zahl der Verdächtigen war am Ende überschaubar.

„Noch eine Frage: Was hat der Wagen für eine Farbe?"

„So eine hässliche. Der ist braun."
„Das dachte ich mir..."

Auf dem Weg nach unten rief sie Rayk an. „Rayk – hast Du schon die ganzen Aufzeichnungen durch, die in dem neuen Zeitfenster liegen?"
„Nein, aber beinahe, warum?"
„Okay: Such nach einem braunen Opel Kombi. Einer von diesen Höhergelegten, die so nach Geländewagen aussehen."
„Ein SUV?"
„Nein – ein brauner Kombi."
„Ach so – So einen Wie Snorre fährt, meinst Du?"
„*Genau so einen* meine ich."

#047

Das Gespräch mit Vilfrid gestaltete sich schwierig, soviel war Stella schnell klar. Immerhin war der Anwalt ein vernünftiger Typ, der seinen Job begriff und nicht ständig dumme Einwürfe machte, sondern Vilfrid bedeutend eher dazu riet, Dinge zuzugeben, die ohnehin bekannt waren und eher darauf zu setzen, so unterstützend zu sein, wie er das in diesem Moment sein konnte.

Vilfrid hatte die Nacht genutzt, über seine Situation nachzudenken und begriffen, dass sie bereits zu viele Beweise hatten, als dass er ungeschoren davonkommen würde.

So gab er zunächst vollumfänglich zu, die Untersuchungsergebnisse am Wochenende gefälscht zu haben. Dann legte er nach und erklärte, dass er immer wieder einmal für die MTH ein paar Studien „aus dem Feuer" geholt hätte. Von da an dauerte es jedoch eine gute Dreiviertelstunde, dieses *aus dem Feuer* so sehr klar zu ziehen, dass eindeutig davon ausgegangen werden konnte, dass das mit dem Fall nichts zu tun haben konnte.

Schließlich bog Stella in der Befragung ab und wechselte sehr spontan zu einem anderen Thema. „Der Morgen, an dem Du Efa gefunden hast und die Bilder gemacht hast. Über den wollte wir auch noch reden."

„Ja."

„Hast Du über den auch geschlafen?"

Nun mischte sich der Anwalt ein und bat, hier etwas präzisere Fragestellungen zu verwenden. Stella dachte darüber nach, wie weit sie hier gehen wollte, als Solvey am Vernehmungszimmer vorbeirannte.

„Okay. Wir sind uns ja nun sicher, dass Du die Leiche früher gesehen hast, als du zunächst behauptet hast. Ich habe Mühe mit Deiner Erklärung. Sag mir bitte, ob Du Deiner Aussagen von gestern in dem Punkt etwas hinzufügen... möchtest?"

„Hm?"

Stella blickte nach draußen, wo jetzt Rayk mit diversen Blättern in der Hand am Vernehmungszimmer vorbei rauschte. Auch er rannte beinahe.

„Ich... möchtest Du Deiner Aussage von gestern noch etwas hinzufügen? Ich glaube Dir nach wie vor nicht, was Du uns erzählt hast. Und du wolltest auch darüber schlafen – so waren wir gestern auseinandergegangen."

„Ich... Ja – ich möchte dazu noch etwas erklären."

„Bitte. Feel free."

In dem Moment passierte Bjarne den Raum mit seinen großen schweren Schritten. Seine Schuhe steckten in Stiefeln, die den Boden zum Beben brachten. Er blieb kurz stehen, schaute über den satinierten Bereich in den Raum und ging dann hektisch weiter, was Stella final ablenkte.

„Also ich..." begann Vilfrid. „Ich kann euch etwas über die MTH und die MediXXX erzählen. Aber dafür will ich dann was haben."

„Einen Deal meinst Du?"

„Genau, einen Deal."

„Ach, Vilfrid. Wie spannend kann das sein? Du willst was über die Forschung erzählen und dass da nicht genehmigte Ratten zum Einsatz kommen und solche Dinge?" Stella provozierte ihn bewusst mit einem betont gelangweilten Blick. Da musst Du schon mehr zur Party bringen, wenn wir da ins Gespräch kommen wollen."

„Vielleicht gibst Du uns hier ein wenig Spielraum?" fragte der Anwalt ruhig.

„Wie soll der aussehen?"

„Wir müssen etwas aushandeln, bevor mein Mandant sich hier vollkommen outet. Anders geht es nicht. Da geht es nämlich ans Eingemachte."

„Oder in anderen Worten: Dein Mandant verheimlicht uns wissentlich ein größeres Verbrechen, das ihn zu allem Überfluss auch noch selbst belastet? Ist es das, was Du mir sagen willst? Ist das Eure Verhandlungsgrundlage?" Sie starrte Vilfrid eine Zeitlang eindringlich an, der blickte weg.

„Wir machen es anders, würde ich sagen. Ihr gebt mir einen Teaser. Wenn der was taugt, dann schauen wir, was die Staatsanwältin dazu zu sagen hat und ob da was geht. Ich mache hier keine Zusage ins Blaue, die ich später ohnehin nicht halten kann."

„Dann hol lieber gleich die Staatsanwältin."

„Das denke ich nicht, ich..."

„Okay... lass uns hier nicht wie die Kinder streiten. Unser Teaser ist: Mein Mandant kann euch sagen, warum die beiden Frauen getötet wurden und wer dahintersteckt. Aber dafür müsst ihr Euch bewegen – und zwar erheblich."

Stella überlegte, womit sie jetzt pokern könnte – in dem Moment öffnete Bjarne die Tür und sagte – er rief es beinahe – „Stoppt das hier bitte kurz. Es hat sich eine neue Beweis-Situation ergeben!"

Stella blickte zwischen den Personen hin und her, dann sprang sie auf und erklärte im Weggehen. „Vernehmung unterbrochen zur Besprechung mit weiteren Ermittlern und Sichtung neuer Beweise."

Man konnte Stellas Schrei tatsächlich im Nebenraum hören. Wer kein Polizist ist, wer keine Ermittlung erlebt hat, mag Mühe haben, das nachzuvollziehen – die Ermittler im Raum wussten, wie ein Durchbruch aussah, wenn er ihnen begegnete. Und der sah genau so wie die Bilder aus, die sie rücksichtslos an die Wand geklebt und mit Linien verbunden hatten.

„Wo ist Birna?" wollte Stella Nykvist wissen.

„Telefoniert, ist in zwei Minuten hier."

„Ich kann gar nicht glauben, was ich da sehe," erklärte Stella. „Jetzt sieht die ganze Sache so viel anders aus. Unsere Position ist eine ganze andere – das müssen wir jetzt richtig verhandeln. Vilfrid hat weitere Informationen und ist bereit auszupacken. Wie seht ihr das? Habt ihr jetzt eine These, wie alles passiert ist?"

„Bei Leiche Nummer 1 bin ich mir jetzt einigermaßen sicher,

ja."

„Okay – dann sprichst Du mit ihm darüber, wenn Du da sattelfest bist."

„Bin ich – so machen wir es."

In dem Moment kam die junge Staatsanwältin in Sichtweite, ein noch leuchtendes Smartphone in der Hand. Sie wirkte etwas zerzaust und in Rage und stürzte in den Raum, in dem sich die Bilder jetzt an der Wand befanden. „Das könnte jetzt alles ziemlich heikel werden, so, wie ich das sehe..."

„Ja – wir sind am Ende auf dich angewiesen, was den Spielraum angeht," erklärte Bjarne ruhig. „Wir sollten darauf abzielen, das meiste an großen Verbrechen aufzuklären. Meine Hoffnung war bis eben noch, dass Vilfrid ein ganz kleines Licht ist. Die Chance ist jetzt dahin. Er muss uns also etwas Großes anbieten, wenn Du mich fragst."

„Hm... Da bin ich mir noch nicht ganz sicher. Ich werde den nicht vom Haken lassen können, so viel ist klar. Ganz davon kommt er nicht – und ich hoffe, dass das nicht seine Position ist. Lasst uns nichts zusagen, wenn wir irgendwie den Eindruck haben, dass wir die großen Jungs auch ohne ihn bekommen können."

Bjarne hatte bereits Luft geholt und sich einen Satz zum Widersprechen zurechtgelegt. Dann hielt er noch einmal inne, stockte und nickte schließlich.

„Bjarne, bist Du dabei oder nicht?"

„Doch, bin ich. Ich will das ja auch. Ich habe nur ganz arg Angst, dass wir die großen Jungs nicht bekommen. Und ich meine: Ihr habt die Bilder alle gesehen, oder? Niemand sollte frei herumlaufen, der meint, dass man schwangere Frauen so abschlachten darf, oder? Die haben jedes Mal drei Leben auf einmal zerstört! Drei Leben – auf eine grausame Weise! Ich will da jetzt nicht zickig sein. Aber das schlimmste, was Vilfrid vermutlich gemacht hat, ist auszuführen, zu tun, was ihm solche Schweine gesagt haben. Ich finde..." Seine Hände hatten sich verkrampft und Stella legte ihm die Hand auf die Brust. Sie sog seinen Blick auf.

„Let's cross that bridge, when we get there, okay? Wir können das immer noch entscheiden, wenn wir das Verhör geführt haben. Wir unterbrechen das Verhör so oft wir wollen, ja?"

„Ja." Bjarne nickte, rupfte die Bilder von der Wand und ging zurück zu Vilfrid, ohne auf die anderen zu warten.

#048

„Vilfrid. Die Beweislage hat sich verändert," begann Bjarne ganz ruhig und versuchte, den eng gefüllten Raum zu ignorieren. „Sie hat sich zu Deinen Ungunsten verändert."

„Okay..."

„Tag 1 dieses Verbrechens fängt aus unserer Sicht jetzt früher an. Er fängt so gegen 04:51 an. Und jetzt bist Du eine der Hauptfiguren. Und ich schätze, du weisst, warum?"

„Ich... das... ja," stotterte er nun und blickte seinen Anwalt wieder an, der ihn fragend anstarrte. Ganz offensichtlich hatten sie sich zu diesem Thema noch nicht abstimmen können, das hatte er seinem Anwalt bislang nicht gebeichtet. Und wenn Bjarne das richtig einschätzte, würde es die Situation grundlegend verändern.

„Um die Zeit kam Snorre an die Tankstelle," erklärte Vilfrid.

„Das kommt häufiger vor?"

„Ja... hin und wieder. Snorre ist ein Nachtarbeiter. Er hat oft nachts die guten Ideen und arbeitet dann am Tag einfach nicht. So war er schon immer."

„Ihr kennt Euch aus dem Studium?"

„Ich war sein Tutor, eine Zeitlang zumindest."

„Okay... Und wie sieht das heute aus? Was für ein Verhältnis habt ihr?"

„Ein gutes Verhältnis."

„Das meine ich nicht. Habt ihr ein Verhältnis, das wir kennen sollten? Arbeitest Du für ihn? Wenn ja, wie oft? Zu welchen Bedingungen?" Bjarne macht ihm ein Zeichen, dass er das hier ruhig ein wenig ausführen sollte.

„Ich arbeite immer mal wieder für ihn. Für ihn als Person, für ihn als Geschäftsführer der MTH, für ihn in seiner Rolle bei der MediXXX. Dort ist er Kooperationspartner und vermietet mich sozusagen an die MediXXX. Die Konditionen sind sehr unterschiedlich."

„Kann man sagen, dass ihr ein Vertrauensverhältnis habt?"

„Das würde ich sagen, ja."

„Okay... In der Nacht auf Dienstag – da kam er an die Tankstelle. Er kam mit seinem braunen Insignia und er hatte einen Anhänger am Wagen, korrekt?"

„Ja. Er war umgezogen und wohnt jetzt ja in einem größeren Haus, in dem seine Mutter eine Wohnung hat. Und er hatte in der Woche davor noch die letzten Sachen transportiert. Da hatte er den Anhänger oft bei sich."

„An diesem Morgen hatte der Anhänger aber eine andere Rolle."

„An diesem Punkt sollten wir kurz darüber sprechen, was ich von dieser Aussage habe, denke ich."

„Weil Du dich ab hier bereits selbst belasten musst?"

Vilfrid blickte zu Boden, bis sein Anwalt sagte: „Kürzen die Fotos in deiner Hand diese Befragung ab?"

„Ja. Wenn ihr Euch kooperativ zeigt."

Der Anwalt legte seinem Mandanten kurz die Hand auf die Schulter, bis der nickte und fortfuhr, während Bjarne die Bilder ruhig auf dem Tisch ausbreitete – eins nach dem anderen. Vilfrid sah ihm ruhig zu, nickte hin und wieder. „Okay, verstehe. Ja... Ja, also..." Er schluckte, nahm einen Schluck Wasser und nickte erneut. „Snorre war in die Tankstelle gekommen. Er wirkte gehetzt, das hatte ich sofort gemerkt, hatte mir aber zunächst nichts dabei gedacht. Er ist manchmal ein wenig hektisch. Er hat sich ein Bier genommen, hat es in einem Zug ausgetrunken. Sieht aus, als könnte man das hier sogar ganz gut erkennen. Die Perspektive kenn ich gar nicht, wenn ich ehrlich bin – da haben wir eine Kamera?"

„Die macht nur wenige Bilder."

„Verstehe... Okay. Er hat dann nach dem zweiten Bier plötzlich angefangen zu erzählen. Hat erzählt, dass er eine Leiche... eine – Tschuldigung, hier kann ich eigentlich nicht weitermachen. Sobald wir über Efa sprechen, sind wir bei dem Thema, das ich Euch anbieten würde."

„Unterbrechung der Aufnahme," erklärte Bjarne, sah zum Anwalt, sah zur Staatsanwältin. Birna nickte und erklärte. „Ich habe mir Spielraum geholt. Ich kann Euch ein Gegengeschäft anbieten. Wenn Du dich dabei selbst belasten musst, können wir das in gewissen Rahmen in Abzug bringen und wir würden etwas für die Leute herausholen können, über die du uns neue Informationen geben kannst. Aber es müssen solche Informationen sein, die wir noch nicht haben."

„Okay – was habt ihr denn? Hat Kjell schon zu den Mädchen ausgesagt?"

„Nur zu Stina. Und ein ganz klein wenig über TwiXXX," erläuterte Bjarne. „Wir spielen hier offen: In dem Bereich haben wir nur eine sehr gute These, aber keine Aussagen."

„Okay – sagst Du mir Deine These?"

„Hm... Ja, mache ich. Ich glaube, dass es sich bei TwiXXX um ein Zwillingsexperiment gehandelt hat, das schief gegangen ist."

Vilfrid lachte. „Okay – in dem Falle kannst Du jetzt die Aufnahme fortsetzen." Er schüttelte grinsend den Kopf, während Bjarne die Aufnahme fortsetzte.

„Ihr habt also über die Efa gesprochen."

„Ja – die lag tot auf seiner Ladefläche."

„Whow... Du sagst also, dass Snorre Efa getötet hatte."

„Nein – das habe ich so nicht gesagt. Ganz ehrlich: An der Stelle muss ich passen. *Ich nehme an*, dass Snorre sie getötet hat oder zumindest, dass er sie betäubt hatte und dass das eventuell schief gegangen sein dürfte."

„Moment – Du sagst also, Snorre hat sie nicht getötet? Wer hat sie in dem Falle denn getötet?"

„Nochmal: Ich gehe davon aus, dass er sie getötet hatte. Ich sage nur, dass ich es nicht sicher behaupten kann, weil ich nicht dabei war und er hat es mir auch nicht gesagt. Er hat mir aber gesagt, dass sie dieses Problem mit ihrem Bauch haben." Er zeigte auf Bjarne „Zwillingsexperiment ist ein nettes Wort, das klingt so ein bisschen wissenschaftlich und so. Was die gemacht haben, war pures Frankensteinzeug."

„Was so viel bedeutet, wie...?"

„Die haben den Frauen genetisch frisierte Föten eingepflanzt und wollten mit denen eine Testserie aufbauen. Mit Zwillingen kannst Du Tests machen – davon kannst Du nur träumen. Es war klar, dass man die früher per Kaiserschnitt holen würde. Nach 7 ½ Monaten sollte Schluss sein für die Mädels."

„Also im Prinzip eine Art Leihmutterschaft?"

„Wenn Du so willst... Aber wie das eben so ist. Die eine verliebt sich plötzlich in ihre Mutterrolle, die nächste will nicht bis zum 7. Monat warten und die dritte stellt fest, dass etwas nicht stimmt..."

„Die Dritte?"

„Die Dritte, die vierte, die Fünfte und die Sechste..."

Nun wurde Birna für einen Moment bleich. „Es gibt noch mehr? Leben die noch?"

„Soweit ich weiß, in Teilen schon. Ein Paar der Testdaten, die ich am Wochenende für die ganzen Tabellen verwendet hatten, stammten von denen. Aber deren Babys sind gestorben. Die sind natürlich nirgends registriert. Die waren nie beim Frauenarzt. Die haben die Babys einfach verloren. Hat nicht funktioniert. Bei einer hat das zum Tod geführt. Die ist aber technisch gesehen eines ganz natürlichen Todes gestorben. Sie ist zu ihren Eltern nach Oslo geflogen, hatte auf dem Flug eine Fehlgeburt und hat dabei irgendwelche inneren Blutungen erlitten, die nicht entdeckt wurden. In der Nacht darauf ist sie gestorben. Habt ihr vielleicht in der Zeitung gelesen."

„Ja," erinnerte Birna sich, „Das habe ich in der Tat gelesen. Ist keine vier Wochen her."

„Kommt hin, ja... War dick in den Medien. Sie war die Nummer fünf. Die anderen leben – hoffentlich."

„Die beiden Toten hingegen..."

„Ja... Also. Efa lag da auf seiner Ladefläche und er wollte sie loswerden. Und da kamen wir ins Gespräch... Ich hatte eine Idee, wie man das machen könnte. Aber wir wollten sichergehen.

Also habe ich Olafur angerufen. Der hat viel mit Schweinen experimentiert, der kannte sich aus."

„Ich glaube, ich höre nicht recht. Willst Du damit sagen, dass ihr ihr dort an der Tankstelle...?"

„Hinten in der Werkstatt. Die ist eh stillgelegt. Wir haben den Anhänger dabehalten, haben sie in die Werkstatt gerollt. Da ist ein Ölabscheider und all solche Sachen. Ihr werdet das Blut da noch finden, da bin ich sicher."

„Also Snorre hat Euch die tote Efa dort gelassen und ihr habt ihr ... den Bauch abgetrennt?"

„Und alle relevanten Organe, die von dem Experiment betroffen waren."

„Was war das Problem des Experiments?"

„Die Babys... Sie waren Mutanten. Totale Mutanten! Ich sag es Euch... sieben Finger, Köpfe wie Aliens... Man hat das auf den ersten Aufnahmen nicht gesehen, aber dann später, als es zu den Totgeburten kam... Ein Albtraum." Er schüttelte den Kopf und im Gegensatz zu seiner bislang sehr sachlichen, ruhigen Schilderung konnte man nun den Eindruck bekommen, dass ihm dieses Thema sehr nahe ging und ihn bewegte. Insgesamt hatte sich die Atmosphäre im Raum fühlbar verändert. Vilfrid schwieg einen ganzen Moment.

Dann schaute Stella ihn durchdringend an. „Die Fotos, die Du gemacht hast! Jetzt kapiere ich! Das waren verdammte Beweisfotos für Snorre, oder?" Sie erhob sich, zeigte auf ihn. „Du hast ihm die Bilder geliefert, die gezeigt haben ‚Schau her! Wir haben die Alte abgeschlachtet!' – war das so?"

„Wenn Du so willst..."

„Wieso in den Container?"

„Weil der früh morgens geleert wird und in diese coole Verbrennung kommt. Das ist ausgezeichnet. Da sieht kein Mensch den Müll – machen alles Maschinen!"

„Warum habt ihr dann..." Bjarne musste wirklich konzentriert an sich halten und hatte Mühe, zu verstehen, was in Menschen vor sich ging, die so sachlich über so etwas sprechen konnten.

„Wenn ihr die Tote dort ... entsorgen wolltet – warum dann die Sache mit dem Bauch? Ihr hättet sie reinwerfen und verbrennen lassen können."

„Weil Du nie wissen kannst, was passiert. Wenn die jemand gefunden hätte, sollte nichts davon bekannt sein."

„Und dann?"

„Olafur ist schon abgehauen, aber ich habe noch schnell die Bilder gemacht. Und dann kommt mir plötzlich Mamas Nachbarin entgegen. Ich war wie gelähmt, wirklich. Ich habe plötzlich erst so richtig begriffen, was ich getan habe, als ich der begegnet bin. Ich wusste, dass die so neugierig sein würde, da in den Müll zu schauen. Also musste ich etwas unternehmen!"

„Und das hat wie ausgesehen?"

„Ich wollte gerade Snorre anrufen. Da kommt der Fahrer des Müllwagens zu uns an die Tankstelle und erzählt mir, dass er einen Unfall gehabt hat und einen Abschlepper braucht. Der Trottel war so besoffen, dass er nach dem Unfall sein Handy nicht mehr gefunden hat und die anderthalb Kilometer bis zu mir gelaufen ist. Ich konnte also jetzt nicht mehr verschwinden. Und der Container würde auch nicht geleert werden, weil der verdammte Fahrer ja einen Unfall gehabt hatte! Ich habe also Snorre von Draußen angerufen – sieht man hier auf dem Bild. Der war stocksauer, das kann ich dir sagen. Er musste die Frau da ja irgendwie wieder wegbekommen, solange es noch dunkel war. Und ich konnte ihm jetzt nicht mehr dabei helfen. Also hat er sich Verstärkung besorgt und ist gekommen."

„Er hat also Olafur geholt?"

„Nein – der hatte das Ganze nicht recht verkraftet und hatte sich eine Flasche Schnaps gegönnt. Er musste also Kjell anrufen und der ist zu Fuß gekommen, hatte es ja nicht weit."

Während alle anderen darüber diskutierten, welchen Teil davon man auf den Kamera-Aufnahmen sehen konnte, spürte Stella eine heftige Übelkeit in sich aufkommen, musste den Raum kurz verlassen und übergab sich in der nahegelegenen Toilette.

Gerade hatte sie realisiert, dass Kjell bei diesem Anruf in ihrem Bett gelegen hatte. Der hatte sich also nicht einfach morgens verdrückt – der war zu einem Verbrechen gelaufen... Sie gurgelte notdürftig und begab sich wieder in die Vernehmung.

„Okay... verstehe," führte Bjarne gerade aus. „Kjell hat also den Anhänger geschnappt und hat ihn hinter sich hergezogen."

„Genau. Dann haben sie Efa wieder aus dem Container geholt und haben sie auf dem Anhänger mit Snorres Auto abtransportiert."

„Wohin haben sie Efas Leiche gebracht?"

„Das... Ich war nicht dabei." Er schüttelte den Kopf und hob entschuldigend die fleischigen Hände. „Ich kann es auch nicht sagen. Das müssen sie euch sagen."

„Das ist nicht Dein Ernst!" mischte sich nun plötzlich die Staatsanwältin ein. So unerwartet und vehement, dass Vilfrids Anwalt unwillkürlich nach vorne zuckte.

„Hey..."

„Ja ja... Aber mal ehrlich – das glaube ich nicht."

„So war es. Wenn ich gewusst hätte, wo Efa abgeblieben ist, hätte ich doch Jolly auch dort verschwinden lassen."

„Du hast auch Jolly...??"

„Nein – nicht direkt..."

„Ich brauche jetzt eine Pause," murmelte die Staatsanwältin.

„Ja – können wir etwas essen?" fragte Vilfrid, als sei nichts gewesen.

Stella musste erneut den Raum verlassen, sonst hätte sie ihm bleibende Wunden zugefügt.

#049

Ohne den winzigsten Umweg oder das kleinste Zögern ging Stella stramm den Gang hinunter, lief rasch die Treppe hinab, nickte dem bewachenden Beamten zu und rauschte in Kjells Zelle, wo der gutaussehende Kerl aus ihrem Bett mit gefalteten und gefesselten Händen saß und darauf wartete, dass die Welt unterging.

Stella musste feststellen, dass er vollkommen elendig aussah und wohl in den vergangenen 30 Minuten begriffen hatte, was nun eigentlich wirklich mit ihm geschehen würde.

„Du verdammter Drecksack!" begrüßte Stella ihn, schlug vor ihm fest auf den Tisch, dass er zusammenzuckte und sich instinktiv etwas weg duckte. „Du hast bei mir im Bett gelegen, als Snorre dich angerufen hat, um eine zerschnittene Frau verschwinden zu lassen! Was bist Du für ein Mensch??"

„Ah... Wer redet gerade? Snorre oder Vilfrid?"

„Spielt das eine Rolle?"

„Schon... Hat er schon von Jolly erzählt und wie er sie zerschnitten hat?"

„Wer?"

„Vilfrid, der Trottel, wer sonst?"

„Vilfrid hat die Frau verstümmelt?"

„Wer denn sonst?"

„Er hat gesagt, dass sein Nachbar, dieser Olafur das war."

„Was?? Welche Rolle soll der da gespielt haben?"

„Der hat mit Schweinen experimentiert?"

„Möglich, aber der war an dem Tag nicht dabei. Snorre und Vilfrid haben die arme Frau zerlegt. Und ganz ehrlich: Davon wusste ich vorher nichts."

„Du hast von der ganzen TwiXXX- Sache nichts gewusst?"

„Doch, natürlich – ich wusste, dass es das gibt, ich wusste aber nichts von den Details und vor allem nichts davon, dass das seit Wochen schief ging. Stina wusste das – aber sie hat mir nichts gesagt. Und als ich es erfahren habe, war es eh zu spät. Meine scharfe Braut: Das war genau an dem betreffenden Tag, als ich dann morgens bei Dir im Bett lag. Ich hatte Snorre aufgefordert, nach einer Lösung zu suchen. Und irgendwo bei der Suche danach ist Efa gestorben... Ich weiß nicht wie."

Wir müssen Snorre hierherbringen lassen

textete Stella spontan an Birna.

Hab ich gerade veranlasst

kam es Sekunden später zurück und Stella musste trotz ihrer Anspannung für einen kurze Moment lächeln.

„Okay," fand Stella Nykvist wieder in den Raum zurück, in dem sie sich gerade körperlich befand. „Du sagst also, dass Vilfrid die Frau geschlachtet hat und Snorre war dabei. Wo war zu der Zeit sein Kumpel?"

„Weiß doch ich nicht. Ich weiß nur, was Snorre mir erzählt hat. Warum sollte er da lügen, macht doch gar keinen Sinn, oder?" Kjell schien den Gedanken ernstlich zu überprüfen und schaute Stella konzentriert an, als würden sie gerade beide gemeinsam an der Lösung des Falles arbeiten. „Nein. Gibt keinen Sinn. Der Kerl war erst am nächsten Tag dabei, als sie Jolly getötet haben."

„Oha – das waren auch die beiden? Kjell – woher weisst Du das?"

„Das hat mit Vilfrid erzählt. Snorre hatte mir davon nichts gesagt, aber ich habe Vilfrid dieser Tage einmal heimgefahren und da hat er es mir erzählt, weil er dachte, ich wüsste es ohnehin. Sie haben Jolly am kommenden Abend irgendwo aufgetrieben und haben ihr K.O.-Tropfen in den Drink gemischt. Aber nicht mal das können die beiden Trottel richtig. Da stehen sie dann auf der Schnellstraße nach Vaskurjutorg und überlegen sich, wie sie die Frau am besten entsorgen sollen. Schließlich rufen sie Snorre an. Der will aber nicht recht mit der Sprache rausrücken, will sie zurückrufen. Und plötzlich stellen sie fest, dass die Frau abgehauen ist."

„Was? Jolly ist abgehauen? Wie das? Ich denke, die war

betäubt?"

„Die lag hinten auf der Ladefläche des Anhängers. Und scheinbar war sie nicht sonderlich gut betäubt oder kräftiger als die beiden dachten oder so. Auf jeden Fall stellen sie plötzlich fest, dass sie weg ist. Die beiden Kerle – und die sind ja nicht gerade unauffällig – die sind da überall rumgerannt und haben sie gesucht." Er schüttelte nachsichtig den Kopf.

„Und dann haben sie dich gerufen?"

„Mich? Wieso?"

„Der Ring."

„Nein..." Kjell lachte herablassend. „Da muss ich dich leider enttäuschen. Ich war da nicht. Ich weiß das nur aus Erzählungen... Ehrlich, Stella..." ergänzte er mit seiner warmen, fast zärtlichen Stimme, mit der er gesagt hatte *Dein Name bedeutet Stern, oder?* „Damit hatte ich wirklich nichts zu tun. Aber was passiert dann?"

„Ja...?"

„Irgendwann ist es hell genug, dass sie die Frau umherirren sehen. Die hat sich irgendwie mit letzter Kraft vom Anhänger gestohlen, ist in Richtung des Hügels getaumelt, war aber wohl so benebelt, dass das nicht recht funktioniert hat. Also haben die beiden sich die Frau geschnappt und haben ihr noch ein paar Tropfen in den Rachen geschüttet, bis sie wieder umgefallen ist. Unfassbar!"

„Moment, Kjell! Hast Du mir gerade gesagt, dass die Frau gar nicht tot war? Die haben ihr dann nach ein paar K.O.-Tropfen den Bauch aufgeschlitzt?"

Er nickte ernst, aber eigenartig entspannt.

„Was für verdammte Spinner seid ihr denn alle? Sag mal – das schockt dich irgendwie gar nicht?? Du hast Deiner Freundin mehrere Rippen gebrochen, als Du sie aufgeschnitten hast – ihr habt ein armes Mädchen ermordet, die eventuell noch bei Bewusstsein war?? Was seid ihr denn für Menschen?!"

„Stella, komm mal runter, ja...? Ich hab Jolly nicht getötet. Ich kann das nur berichten, okay? Und so hat es mir Vilfrid erzählt.

Sie haben die Operation im Licht einer Handy-Taschenlampe durchgeführt… unfassbar."

„Und da hat sein Nachbar die Frau aufgeschnitten?"

„Das kann ich Dir nicht sagen. Ich weiß nur, dass er dort war."

„Okay… Warum haben die die Leiche dort liegen lassen?"

„Weil es langsam zu hell wurde. Die Frau lag ja gut 100 Meter von der Straße entfernt. Selbst, wenn Du die zu zweit trägst… da fahren genügend Leute vorbei, die das sehen würden. Das ist viel zu riskant gewesen. Also haben sie die Frau dort liegen lassen und sich aus dem Staub gemacht."

„Mit welchem Auto?"

„Das… keine Ahnung. Snorres?" Er zuckte die Schultern. „Weiß ich einfach nicht, haben wir nicht drüber gesprochen."

„Wo habt ihr die erste Leiche verschwinden lassen?"

Kjell senkte den Blick. „Das… muss Euch Snorre sagen."

„Kjell…" mahnte Stella.

„Ich hab schon viel zu viel gesagt heute."

Sie blickte den Mann länger an. „Die anderen essen etwas - Magst Du auch etwas essen?"

„Nein – mir ist der Appetit vergangen."

#050

Vilfrid lutschte unästhetisch an ein paar Nudeln mit Tomatensauce, die er direkt aus der Alu-Verpackung löffelte. Als Stella hereinplatzte, lächelte Bjarne kurz und wollte Stella die Pizza reichen, die sie ihr bestellt hatten. Sie rauschte jedoch an ihm vorbei und schnauzte auf Vilfrid los, bevor der richtig geschluckt hatte.

„Verdammter Mistkerl, was erzählst Du uns denn? Du hast Efa aufgeschnitten – kein anderer hat sie aufgeschnitten."

„Wrsch..?" murmelte er unter seinen Nudeln hindurch, stopfte sich einige zurück in den Mund, bemüht, sich nicht zu Tode zu verschlucken.

„Du hast die Frau aufgeschnitten! Dein Kumpel Olafur war gar nicht dort. Der war erst dabei, als Du Jolly zerstückelt hast."

„Hab ich nicht..."

„Sondern?"

„Das war wirklich Olafur – er wollte auch mal."

Bjarne hatte die Aufnahme wieder angeschaltet, wohl wissend, dass die Beweiskraft gering sein könnte und fragte nun mit deutlich mehr Ruhe, als Stella gerade schaffte, „Komm, mal in Ruhe. Halten wir also mal fest: Du und Snorre – ihr habt diese Operation an Efa durchgeführt, okay?"

„Ich..." Er zuckte die Schultern „Ja – aber die war immerhin tot. Bei Jolly hätte ich das nicht gemacht."

„Die habt ihr beiden also am nächsten Tag zerschnippelt."

„Ja, wir und Kjell. Wir haben sie einfach nicht mehr gefunden, Snorre hat uns hängen lassen, also haben wir Kjell wieder angerufen. Und der kam, hat sie gleich gefunden und ihr die Tropfen gegeben. In aller Fairness: Er ist ja nicht der Typ für so etwas. Er wollte gleich wieder abhauen und hat gesagt, dass er mit der ganzen Sache nichts zu tun haben wollte. Leider hatte er da irgendwo im Eifer des Gefechtes seinen Ring verloren und wollte den dann unbedingt suchen. Das hat ewig gedauert und dann war es plötzlich zu hell, um die Leiche noch mit zu nehmen – also sind wir dann verschwunden und haben die tote Frau da liegen lassen."

„Ich würde dich gerne verprügeln," erklärte Stella jetzt in einem sehr ruhigen Ton, „Aber ich bin ein Mensch und habe ein paar klare Vorstellungen und Werte." Sie schüttelte nachhaltig den Kopf. „Ich kann gar nicht glauben, was ich hier heute zu hören bekomme. Ihr lügt, wo ihr geht und steht. Snorre ist jetzt auf dem Weg hierher. Mal gespannt, wen der uns als den Mörder liefert."

„Mörder?" zuckte Vilfrid nun auf. „Ich bin doch kein Mörder! Die Frau war doch tot!"

„Da bin ich mir nicht so sicher. Und solange wir auf Deinen Anwalt und die Staatsanwältin warten, rufe ich jetzt noch einmal den Gerichtsmediziner an. Vielleicht kann der noch etwas dazu sagen, wer nun genau wann tot war und wer wen ermordet hat."

#051

Er hatte sich der Verhaftung widersetzt, hatte die Polizisten scheinbar angeschrien, dass er wichtige Termine habe und sie ihn nicht einfach grundlos mitnehmen könnten.

Sie hatten Snorre überwältigen müssen.

Schon auf dem Weg hatte er begonnen, zu sprechen, hatte klargemacht, dass diese Vernehmung nicht ohne Hakon von der MediXXX erfolgen könne. Langsam, aber sicher fragten die Polizisten sich, wie viele Personen noch in das kleine Gebäude passen sollten – zumal die ja alle bewacht werden mussten...

Bei Snorres Ankunft entstand ein Geschrei und eine Rangelei, als Snorre Kjells Kopf am Ende des Ganges erahnte und ein paar Flüche gegen ihn ausstieß. Es brauchte Birna, die ihn kurz anschrie in einem Dialekt, den Stella so noch nie gehört hatte. Musste etwas streng Lokales sein, nahm sie an. In jedem Falle schien es zu helfen und Snorre beruhigte sich wieder. Birna gab ein paar Befehle und Vilfrid wurde für kurze Zeit mit einem kräftigen Beamten und seinem Anwalt in die Teeküche verlegt, was sicherlich unangebracht war, aber im Rahmen der Möglichkeiten vernünftig.

In einem kurzen bizarren Moment kam der zuvorkommende Geschäftsmann in Snorre durch und er bot an, die Verhöre zwei Straßen weiter in seiner Firma, der MTH, durchzuführen. Das jedoch lehnten die Polizisten nach kurzer Beratung ab, weil sie nicht sicher waren, ob das versichert war. Bjarne, der auf einem Großstadt-Revier großgeworden war, war von der Skurrilität der Situation beeindruckt.

Er nahm sich die Zeit und rief die Frau an, die er vor wenigen Tagen als „Die Gynäkologin“ bezeichnet hatte. Da sie nicht abnahm, was ihn auch gewundert hätte, sprach er ihr eine ausgiebige Nachricht auf die Box und gab ihr ein Update über den Verlauf des Falles. Er bedankte sich ausgiebig für ihre Mithilfe und überlegte am Ende, ob er noch etwas Dummes sagen sollte, verzichtete aber dann darauf. Irgendwie war er aus dem Alter raus, beschloss er.

Sie gaben Snorre ein paar Minuten Zeit, sich zu sammeln, versorgten ihn mit Wasser, einem Becher und erkundigten sich, ob er einen Anwalt hinzuziehen wollte. Snorre erkundigte sich im Gegenzug, ob ein Anwalt im Hause sei. Da er Vilfrids Anwalt kannte, einigten sie sich darauf, dass er auf ihn zurückgreifen würde, wenn es nötig werden sollte. Die Anwesenden waren sicher, dass es nötig sein würde – im Grunde bestand daran jetzt keinerlei Zweifel mehr.

Stella beobachtete den Geschäftsführer der Medical Tæknimaður Hlutafélag aus der Entfernung und mit einem gewissen Sicherheitsabstand, stellte aber fest, dass der Mann sich beruhigt hatte. Snorre war ein schlanker Mann mit einer etwas chaotischen Frisur und Haar, das im oberen Bereich bereits dünn geworden war, obwohl er noch keine 40 Jahre hinter sich hatte.

Sie fragte sich, ob der Mann ein zynischer Typ war, der sich gerade zurücklehnte und schaute, was man von ihm wollte oder ob er gleich einfach dichtmachen würde. Genau so sah er für Stella aus und sie war sich einigermaßen sicher, dass diese Vernehmung hier grundlegend schiefgehen würde. Das war vorprogrammiert. Für diesen Kerl ging es um alles. Da stand Mord auf dem Plan, illegale Experimente, alles Mögliche, was da noch hinten dranhing. Am Ende auch seine Firma, seine Mitarbeiter, Zweckentfremdung von Staatlichen Geldern. Sie schüttelte den Kopf und ging die paar Meter zu Bjarne, der gerade sein Telefonat beendet hatte und nachdenklich wirkte.

„Alles in Ordnung?“

„Ja – schon. Aber man fragt sich am Ende schon, was Menschen immer wieder zu so etwas treibt. Vor allem: Was lässt sie über diese Schwelle springen? Du arbeitest nachts an der Tankstelle, ein Freund kommt und sagt, dass er eine tote Frau auf dem Anhänger hat. Dann sagst Du: Prima, lass sie uns aufschlitzen!“ Er schüttelte seinen massigen Kopf. „Ich mache das jetzt weit über 20 Jahre – aber das geht mir irgendwie nie in den Kopf.“

„Mir auch nicht. Und mein Verdacht wäre: bei einem Mann hätten sie mehr Skrupel gehabt. Ist aber nur so eine Rand-Theorie von mir."

Sie tauschten einen langen Blick. „Wie war es bei der Gynäkologin?"

„Gut."

„Hab sie gegoogelt. Sieht elegant aus."

„Tut sie."

„Kommt ihr?" fragte Birna vom anderen Ende des Gangs und es klang mehr wie ein Befehl. Sie folgten dem Befehl mechanisch und begaben sich alle gemeinsam wieder in den Raum, den zum Glück jemand gelüftet hatte.

Snorre erhielt noch einmal seine rechtliche Belehrung und erduldete sie. Es war klar, dass er gleich etwas sagen würde, was dieses Gespräch sprengte. Stella hatte in ihrem Leben so vielen Vernehmungen beigewohnt, dass er sich dessen sicher war. Vermutlich würde er versuchen, sich wie in amerikanischen Filmen auf irgendeinen Paragrafen zu berufen, den es in ganz Skandinavien nicht gab und dann etwas idiotisches sagen wie „Hey – ich kenne meine Rechte!" Auf die Tour kamen Kerle immer wieder und waren dann eine Viertelstunde später so weit, dass sie auf Knien darum bettelten, nicht ins Gefängnis zu müssen. Auf dem Weg dahin verstrickten sie sich in leicht erkennbare Lügen. Kein Zynismus, verteidigte Stella sich vor sich selbst, nur Erfahrung.

„Snorre... Wir wissen gar nicht recht, wo wir anfangen sollen..." begann Stella.

„Kein Problem, ich kann Euch da helfen."

„Du kannst uns da helfen, das ist lieb..."

„Ja – unter einer Bedingung."

„Das war ja klar," gähnte Stella übertrieben.

„Staatsanwältin – Du musst mir helfen, dann helfe ich Euch."

„Ich soll dir helfen? Da bin ich mir noch nicht so sicher. Wir müssen schon einen Deal mit Vilfrid machen, und der hat uns vorne und hinten belogen, Kjell wahrscheinlich auch. Ich bin für heute gesättigt."

„Ich habe keinen Drang, Euch zu belügen. Ich werde mit Euch arbeiten, von mir bekommt ihr alles, das meine ich ernst. Aber ich habe eine Bitte. Und nennt es so, nennt es Bitte, nennt es nicht Bedingung."

Stella blickte erstaunt zwischen Snorre und der Staatsanwältin hin und her. Das war jetzt etwas, das sie bislang noch nicht gesehen hatte, das verwirrte sie. Sie konnte sich nicht vorstellen, was jetzt passieren sollte.

„Staatsanwältin?"

„Ich heiße Birna."

„Okay, Birna... Ich habe eine Bitte. Meine Mutter ist 76 Jahre alt und krank. Niemand weiß... Ihre Tage sind gezählt, sagen wir es so. Ich werde ins Gefängnis gehen, soviel steht hier mal fest. Und ich werde dortbleiben, bis meine Mutter nicht mehr unter uns ist – auch das können wir wohl so stehen lassen. Ich weiß noch nicht, was ihr alles wisst, aber die Menschen, die zurzeit hier im Gebäude sind, wissen zusammen ja schließlich genug, ich bin ja nicht blöd."

„Und? Worauf läuft das hinaus?"

„Ihr bekommt von mir ein Geständnis, umfassend, unterschrieben, mit Bildern und den Akten von uns und denen der MediXXX. Ich meine die echten Akten zu TwiXXX, nicht die, die die beiden Spinner am Wochenende gefälscht haben. Ihr bekommt das alles, ihr werdet keine Arbeit mit dem Fall haben und ich spare euch Millionen an Ermittlungsaufwand."

„Und das hat was mit Deiner Mutter zu tun?" wollte Stella wissen, die von seinem Vortrag leicht angefressen war, sicher, dass jetzt gleich die Bombe platzen würde.

„Ich möchte mein eigenes Gefängnis haben."

Stella schüttelte den Kopf, dann lachte sie los. „Snorre! Ich glaube... also jetzt..."

„Warte mal." Birna hatte die Hand gehoben. „Worum geht es dir? Du bist ja kein vollkommener Spinner, nehme ich an – also: Was willst Du erreichen?"

„Meine Mutter wird es schwer treffen, wenn ich ins Gefängnis gehe. Aber noch schwerer wird es sie treffen, dass sie mich nicht besuchen kann. Der nächste Knast ist zwei Autostunden entfernt. Das schafft sie nicht mehr. Ganz Island hat noch fünf oder sechs Gefängnisse – keines ist auch nur ansatzweise hier in der Nähe."

„Seien wir froh..."

„Das ist doch nicht der Punkt. Ich sehe da einen größeren Zusammenhang. Meine Firma... Okay – mein Vermögen wird sicherlich eingefroren, meine Firma – keiner weiß, ob die diese Aussage hier überstehen wird. Ich vermute mal: Nein. Aber unsere Stiftung entzieht sich diesem Zugriff, die folgt nicht einmal isländischen Recht, Birna. Die Stiftung soll der Gesellschaft etwas zurückgeben und der Stiftungszweck lässt es zu, dass wir hier ein kleines Gefängnis errichten. Ich wüsste sogar, wo wir das bauen können. Wir könnten es hier im Industriegebiet bauen. Genau genommen in der leerstehenden Halle der MTH. Die lässt sich separieren und hat sogar überall Sicherheitsschleusen, weil wir die für die Labore gebraucht haben, bevor die erste MTH pleite gegangen ist. Das können wir alles aus der Stiftung heraus bezahlen und es wäre auch sinnvoll für andere Straffällige."

„Wieso das?"

„Weil es ihre spätere Integration erleichtert. Wenn sie in ihrer Heimatregion gefangen sind, dann werden ihre Freunde sie besuchen, ihre Verwandten werden kommen. Das machen sie nicht, wenn sie drei Stunden entfernt in Reykjavik sind, oder? Und jetzt überleg mal:" Er nahm seine Hand zu Hilfe und begann aufzuzählen „Kjell geht in den Knast, Vilfrid geht in den Knast, Olafur geht in den Knast, Ich sitze ein, drei oder vier Leute von der MediXXX ganz sicher auch. Das Gefängnis ist praktisch voll, bevor die Presse hier ist. Und ganz ehrlich: Das ist eine gute PR-Geschichte für euch."

Ein ruhiger Moment entstand, Stille war eingetreten. Birna konzentrierte sich auf Snorre, versuchte, sein Gesicht zu lesen. In den ersten Sekunden war sie sich nicht einmal sicher gewesen, ob Snorre das eigentlich ernst meinte. Nun aber musste sie feststellen, dass er das Thema offensichtlich schon konzipiert und durchdacht hatte. „Wenn Deine Mutter nicht wäre," dachte sie laut nach, „Dann würdest Du gar nicht mehr hier sitzen, oder?"

„Lass es mich so sagen: Ich weiß, wo man die nötigen falschen Papiere bekommen würde und ich hätte ausreichend Geld, ja... Ich denke, ich bin eigentlich gut organisiert." Er schüttelte den Kopf. „Nur mit diesem TwiXXX-Ding... Da haben wir wirklich Scheiße gebaut. Da habe ich mich verschätzt."

„Du bist wenigstens ehrlich. Ich muss telefonieren. Niemand wird mir dafür einfach so grünes Licht geben, das weisst Du schon, oder?"

„Natürlich nicht. Mir reicht ein Letter of Intent von euch."

„Ein Letter of Intent... Dir ist klar, dass das dummes Wirtschaftsgelaber ist ohne rechtlichen Rahmen und Wert?"

„Natürlich – ich wollte dir nur meine Grenzen illustrieren."

„Ich..." Birna schüttelte schließlich nur den Kopf und sagte nichts. Dann verließ sie den Raum, um mit Reykjavik zu telefonieren.

Als sie die Tür schloss, wollte Bjarne die Aufzeichnung abbrechen, aber Stella kam ihm zuvor und sprach Snorre direkt an. „Eins musst Du uns aber jetzt schon sagen. In der Nacht an der Tankstelle, als ihr Efa aufgeschnitten habt. Wer war da alles dabei?"

„Na... Warum fragst Du genau das jetzt?"

„Es interessiert mich. Wir kennen jetzt schon so viele lustige Varianten dieser Nacht – vielleicht hast Du auch noch eine? Ehrlich – das Thema verfolgt mich."

„Hm... Vilfrid und ich."

„Sonst niemand?"

„Nein – wer hätte da dabei sein sollen?"

„Na beispielsweise Vilfrids Kumpel Olafur?"

„Der? Nein. Wer hat das denn erzählt? Der war zu der Zeit

schon lange weg."

Bjarne breitete ungefragt ein paar Bilder der Nacht auf dem Tisch aus. „Auf den Bildern können wir ihn auch nicht sehen. Hier haben wir deinen Wagen an der Tankstelle. Später haben wir dann deinen braunen Wagen ohne Anhänger, später dann wieder mit. Und ich würde sagen, da kann man die Leiche unter der Plane erkennen, wenn man es weiß."

„Ja, das stimmt. Aber der andere Kerl ist da nicht zu sehen, weil er schlicht nicht da war. Wer behauptet denn so einen Quatsch?"

„Rat mal..."

„Vilfrid?"

Stella nickte, was später auf der Aufzeichnung nicht erkannt werden würde.

„Der Spinner. Im Grunde habe ich dem doch den ganzen Mist zu verdanken."

„Jetzt sind wir neugierig, Snorre..."

„Na – der kam doch mit den K.O.-Tropfen um die Ecke. Niemand wollte Efa umbringen. Himmel – ich kenne das... Ich *kannte* das Mädchen seit sicherlich fünf oder sechs Jahren. Sie war eine Gute, wirklich. Eine richtig Gute. Es ist irre schade um sie. Ich war auch dagegen, dass sie bei dem Experiment mitmacht, aber irgendwie haben Hakon und Stina sie dann überredet. Und es gab ja auch kräftig Geld. Und es hätte noch mehr gegeben am Ende des Experimentes. Sie konnte das Geld gut brauchen. Und irgendwie haben sie sie dann da reingequatsch."

„Und dann? Wie kommt Vilfrid da ins Spiel?"

„Als er begriffen hat, dass das alles schief geht, hat er vorgeschlagen, eine Art... Na ja... Abtreibung durchzuführen."

Stella spürte stechende Schmerzen in der Magenregion. Mit jedem Verhör wurde das hier schlimmer. Waren die Frauen für sie reine Gebärmaschinen gewesen? Die Wut, die sich in ihr aufstaute, wuchs.

„Wie sollte das funktionieren?"

„Es gibt da Medikamente – aber sie wollte keine Abtreibung.

Sie wollte bis zum Schluss durchziehen, was sie gestartet hatte, obwohl langsam klar wurde, dass das auch für sie gefährlich wurde. Dann hat Vilfrid die K.O.-Tropfen besorgt und Hakon und ich waren mit ihr essen, um noch einmal auf sie einzuwirken. Als das nichts half, haben wir die Leine ziehen müssen. Ich habe ihr die Tropfen gegeben – und zwei Stunden später war sie tot."

„Wie? Sie ist im Restaurant gestorben?"

„Nein. Wir waren in Vaskurjutorg essen, ganz nahe bei der MediXXX. Da gibt es ja nur ein Restaurant, ist ja nicht gerade Kopenhagen hier. Dann habe ich sie nach Kirkvogur gefahren. Sie wollte in meinem alten Haus übernachten. Das steht ja zurzeit leer..."

„Aber dazu kam es nicht mehr?"

„Sie ist auf der Fahrt gestorben. Ganz ehrlich: Das wollte ich nicht. Glaubt mir bitte. Aber da war die Situation dann schon so verfahren. Ich bin eigentlich zu Vilfrid gefahren, weil ich mich über die verdammten K.O.-Tropfen beschweren wollte. Wir hatten ihr nicht einmal viele gegeben. Und dann war sie tot. Und dann hat Vilfrid das scheinbar ... also ich denke, er hat die Schuld da wohl irgendwie bei sich gesehen."

Mit einem Male geschah doch noch etwas mit Snorre. Seine Augen zeigten einen ganz leichten Film von Feuchtigkeit. Er war bewegt, wenn die Beobachter auch nicht spontan verstehen konnten, warum gerade an diesem Punkt. Dann schüttelte er den Kopf.

„Wir haben Gott gespielt, das war der Punkt, an dem alles angefangen hat. Als Efa starb, war das nur noch so etwas wie der Beweis, dass wir verrückt waren. Ich bin froh, dass das vorbei ist, wenn ich ehrlich bin. Wo bleibt eigentlich diese Birna?"

„Sie telefoniert noch, sie steht da hinten am Ende des Flurs."

„Eine Frage hätte ich aber noch," erklärte Bjarne. „Efa... Ich kann hier die Geschichte erkennen und nachvollziehen. Du bist mit ihr auf die Tankstelle gefahren. Irgendwann habt ihr sie dann in diesen Container geworfen. Dann hat dich eine Überwachungskamera erwischt, als du ohne Anhänger unterwegs warst. Das muss in dem Moment gewesen sein, als Kjell schon auf dem Weg zur Tankstelle war. Und dann... Wie ist das dann abgelaufen? Wir wissen, dass Kjell und Du die Leiche aus dem Container gehoben habt. Ihr habt sie auf den flachen Anhänger gelegt, rasch eine Plane über die zerstückelte Frau geworfen... Und dann?"

„Wir... Na ja... Die Idee mit dem Container war ja grundlegend gut... Also haben wir die nach Vaskurjutorg gebracht, was sollten wir sonst machen?"

„Zur MediXXX?"

„Zu Hakon persönlich... Die MediXXX ist ja der wichtigste Kunde der Müllverbrennung. Die liefern den meisten Abfall auf der ganzen Strecke. Und da ist dann eben auch organischer Abfall dabei. Mit Ausnahme..."

„Mit Ausnahme??" schrie Stella Nykvist beinahe, denn sie ahnte, was kommen würde. Sie hatte sich die Frage schon seit Stunden gestellt. Sie wollte sie nur nicht aussprechen. Nicht aussprechen müssen.

Ein erstaunter Blick traf sie.

„Mit Ausnahme der Babys..."

„Sag uns bitte, dass das nicht wahr ist..."

„Die Babys sind bei Hakon, natürlich. Die waren ihm auch tot noch nützlich genug. Alle beide. Nachdem er die Lösung des Problems begriffen hatte, hat er sofort dafür gesorgt, dass das zweite Mädchen auch getötet wurde. Das hatte ich dann nicht mehr unter Kontrolle. Ich hatte es schon bei der ersten nicht gewollt. Aber das hatte ich schon gesagt... Und bei der zweiten wollte ich es ganz sicher auch nicht. Da habe ich auch zuerst einmal nichts von gewusst."

„Deshalb hast Du den Jungs dann auch nicht geholfen, als sie dich nachts angerufen haben?"

„Das kann man wohl so sagen! Plötzlich ruft mich dieser Vilfrid an und erzählt mir, dass sie die gleiche Nummer noch einmal abziehen und diese Frau auch noch verloren haben...! Ich will gar nicht wissen... Obwohl – ich weiß es ja."

„Woher?" wollte Stella wissen und war jetzt stark angespannt.

„Kjell hat es mir später erzählt. Er war ja schließlich auch dort. Warum er das gemacht hat – ich kann es Euch nicht sagen. Irgendwie bestand da aus meiner Sicht keine Not. Vielleicht, weil seine Freundin Stina da am langen Ende auch mit drinhing." Er schüttelte den Kopf, nachdenklich. Diese beiden Typen sind solche Hohlköpfe..."

Birna öffnete die Tür und nickte knapp. „Wenn man ganz absurde Dinge will, ist das oft leichter als bei den kleinen Dingen, die einfach wirken. Dein *Letter of Intent* ist unterwegs. Wir können mit dem Verhör fortfahren."

Stella erhob sich, erklärte knapp „Ohne mich..." und verschwand aus der Station und wurde den Rest des Tages nicht mehr gesehen.

#052

Es war bereits dunkel, als Stella die Schritte in ihrem Rücken hörte und wusste, wer mit diesem ruhigen schweren Schritt den kurzen gekiesten Weg zu ihrer Bank gelatscht kam. Bjarne Sandvik war der einzige Mensch, den sie hier überhaupt erwarten konnte.

Und sie hatte ihn erwartet.

„Alles im Kasten?“ fragte sie, bevor er sie erreicht hatte.

Er trat hinter sie, griff ihre Schultern und drückte sie fest, aber nicht unangenehm. Seine Hände waren kräftig und sie mochte es, dass der große Bär sie in dieser Art und Weise berühren konnte, ohne Hintergedanken.

„Alles im Kasten, aber auch wirklich alles, was man an einem Tag erreichen kann. Da kommt jetzt noch viel Akten-Arbeit und es kommen Details – aber grundsätzlich haben wir das heute wohl irre glattgezogen. Hakon ist der vielleicht verrückteste Freak, den ich je gesehen habe, glaube ich. Sei froh, dass Du den verpasst hast. Kannst Du dir das vorstellen? Er hat Efa in der Vernehmung immer wieder *die kleine Sharon* genannt.“

„Die kleine Sharon?“

„Sharon Tate.“

Stellas Hirn zog sich für einen kurzen Augenblick schmerzhaft zusammen, eine eisige Gänsehaut bildete sich auf ihrem Oberkörper. „Was für ein krankes Arschloch. Ein Glück, dass ich nicht dabei war.“

„Das kann man wohl sagen...“ Bjarne meinte das so wörtlich, wie man es nur meinen konnte. Er hatte Stella schon zweimal ausrasten sehen, einmal hatte sie einem Verdächtigen eine Ohrfeige gegeben. Gegen sie hatte es bereits zwei Verfahren gegeben. Einer der Gründe, warum sie sich zur SkanForce geflüchtet hatte. Und sicher auch einer der Gründe, warum sie die Station heute verlassen hatte. Sie kannte sich selbst gut genug.

Und Bjarne war sich sicher, dass Hakon mehr als nur eine schallende Ohrfeige vertragen hätte.

„Wie geht das jetzt weiter?"

„Na ja... Ich denke, die Jungs bekommen hier einen neuen Knast. Eigentlich unvorstellbar. Ich meine: Island hat so wenig Verbrechen, dass die ihre Gefängnisse in den letzten 20 Jahren im Prinzip alle dicht gemacht haben. Aber hier... Ich denke, da gehen gute 15 oder 20 Leute in den Bau, die allesamt an den Experimenten mitgewirkt haben. So weit sind wir noch nicht – das ist die Arbeit für die nächsten Wochen. Aber das, was Snorre vorher im Verhör gesagt hat, stimmt schon: Der Knast ist voll, bevor er richtig fertig ist. Stella – ganz ehrlich: Das war mit Abstand der fetteste Kriminalfall, den sie hier in den vergangenen Jahren hatten, denke ich."

„Bleibst Du hier dabei?"

„Ich werde noch einmal kurz nach Finnland fliegen müssen – aber ansonsten habe ich nichts weiter zu tun," grinste er hinter ihr. „Also ja, ich würde dabeibleiben und das bis zum Ende unterstützen, wenn du willst."

„Ich werde nie kapieren, wie Menschen solche Dinge tun können. Solche blutigen Sachen, die einfach... Ach..." Sie schüttelte den Kopf und die Stimme versagte ihr leicht.

„Ich werde immer die Bilder der Leichentücher unten auf den Felsen von Utøya sehen," erklärte Bjarne ruhig und leise. „Mein Leben lang. Da hat er fliehenden Kindern in den Rücken geschossen. Was für ein Mensch... Da sind die Kerle hier einfach auch nur ein paar durchgeknallte Spinner unter vielen, glaub mir."

„Wohl wahr..." Stella schwieg eine Weile. Dann fragte sie „Könntest Du Dir auch vorstellen, in dem kleinen gelben Haus zu wohnen für ein paar Wochen? Ich will die Sonne noch einmal sehen, bevor ich sterbe..."

Sie saß angespannt da, obwohl sie glaubte, seine Antwort zu kennen.

„Ich denke... Ein paar Wochen werde ich es hier schon aushalten, ja."

Sie drückte seine Hand und eine große Anspannung wich aus

ihrem Körper.

Livas Nachwort

Whow – wer hier angekommen ist, der ist meinem bislang liebsten Werk gefolgt bis zum Schluss... Vielen Dank dafür. Ich habe es geliebt, die Geschichte aufzuschreiben, die mir schon so lange im Kopf herumschwirrte. Und ich habe gewusst, dass ich die nicht für irgendeinen Auftraggeber schreiben möchte, sondern, dass das die Geschichte sein soll, die als erste unter meinem eigenen Namen erscheint.

Ich habe Stella lieben gelernt über die 300 Seiten. Ich hoffe, Du auch. Wenn ja, hat Amazon dafür übrigens das 5 Sterne Rating erfunden. Und wer jetzt denkt „Klar, diese Liva Dalin wird genauso sein wie Stella!" - der täuscht sich. Da gibt es eine Menge meiner biografischen Züge, ja, aber Stella Nykvist ist nicht Liva Dalin. Und auch nicht Bjarne Sandvik.

Gibt es einen Plan, das fortzusetzen? Hm... Ich habe da so einen oder zwei Gedanken... Mal sehen, ob Stella und Bjarne uns noch einmal besuchen.

Könnte schon sein.

Aber dann eher in Dänemark.

Printed in Great Britain
by Amazon

45294886R00177